韩东坡/主编

唐诗宋词元曲精编

【第四卷】

辽海出版社

楚天遥带过清江引^①　二首

薛昂夫

屈指数春来^②，弹指惊春去^③。蛛丝网落花，也要留春住。几日喜春晴，几夜愁春雨。六曲小山屏^④，题满伤春句。　　春若有情应解语，问着无凭据。江东日暮云，渭北春天树，不知那答儿是春住处？^⑤

有意送春归，无计留春住^⑥。明年又着来^⑦，何似休归去。桃花也解愁，点点飘红玉。目断楚天遥^⑧，不见春归路。　　春若有情春更苦，暗里韶光度。夕阳山外山，春水渡旁渡，不知那答儿是春住处？

【注释】

①楚天遥带过清江引：带过曲的名称，是《楚天遥》与《清江引》两支曲子连缀而成的带过曲。

②屈指：弯曲手指计算数目。

③弹指：一弹指的时间，极言时间的短暂。

④六曲小山屏：六扇可折合的山水画屏风。

⑤"春若"句：化用唐白居易《叹春风兼赠李二十侍郎二绝》："春风于我独无情。"那答儿：什么地方。

⑥无计留春住：宋欧阳修《蝶恋花》词有"无计留春住"之句。

⑦着来：接着来。

⑧目断：望尽，望不见。形容极力远望。楚天遥：遥远无边的楚地天空。

【鉴赏】

　　这两支带过曲写惜春、伤春之情。第一支曲表惜春，几乎句句着"春"字："屈指""弹指"以"数春"；"春晴""春雨"镶就"伤春屏"，可见春情之深；问遍"江东云""渭北树"，不知春住何处。第二支曲偏重抒发伤春之感："送春""留春"的循环往复，让作者发出春休归去的呼声；桃花飘红玉，楚天碧无际，看不到春归路；接下的带过部分发出"春若有情春更苦"的感慨，由"伤春"变为"春伤"，更使人体会到伤春之苦：望尽春山春水，找不到春的住处！

水仙子 次韵①

张可久

蝇头老子五千言②，鹤背扬州十万钱③，白云两袖吟魂健④。赋庄生《秋水篇》⑤，布袍宽风月无边。名不上琼林殿⑥，梦不到金谷园⑦，海上神仙。

【注释】

①次韵：曲牌的题目。和他人的诗、词、曲之作并依原诗、词、曲的用韵的次序，叫次韵。

②"蝇头老子"句：此句意为，用蝇头小字抄写五千字的《道德经》。蝇头，指小字。老子五千言，即《老子》，也称《道德经》，全书计五千字。《老子》宣扬的处世做人原则是"寡欲""知足""自然"。

③鹤背扬州十万钱：东晋时，有人称愿各言其志。有人愿为地位很高的扬州刺史，有人希望能多有钱，有人想骑鹤升仙。这时，一人说："腰缠十万贯，骑鹤上扬州。"意欲兼有三者。这里取其骑鹤升仙意。

④白云两袖：指除了天上的白云，一无所有。白云，南朝齐陶弘景《诏问山中何所有，赋诗以答》："山中何所有？岭上多白云。只可自怡悦，不堪持寄君。"是隐居山中的陶弘景对皇帝的回答。后世以白云表隐逸之趣或隐居之处所。吟魂健：指诗兴浓。健，善于。

⑤《秋水篇》：《庄子》中的一篇，其中认为关于是非、有无、得失、贫富、巧拙、大小、贵贱的判断都是相对的。人应听天由命，一切都不应强求，尤其不要争名夺利。

⑥琼林殿：即琼林苑，在东京（今河南开封），曾是宋代皇帝赐宴新科进士的地方。这里指博取功名的处所。

⑦金谷园：晋朝豪贵石崇所建，在今河南洛阳。石崇是当时极富有的人，家中奇珍异宝很多。这里，金谷园是富贵的象征。

【鉴赏】

"名不上琼林殿，梦不到金谷园"，作者张扬的是敝屣（xǐ）功名、浮云富贵、崇尚自然的老庄精神。这种在无边风月中抒发的情怀，也是元代知识分子对所受压抑的一种抗争。

水仙子　乐闲①

张可久

铁衣披雪紫金关②，彩笔题花白玉栏③，渔舟棹月黄芦岸④。几般儿君试拣⑤。立功名只不如闲⑥：李翰林身何在⑦？许将军血未干⑧，播高风千古严滩⑨。

【注释】

①乐闲：曲牌的题目，此句意为乐于闲散。

②紫金关：宋元时期重要的军事防守重地，又名紫荆关、金坡关，在今河北易县紫荆岭上。

③"彩笔题花"句：此句暗用唐李白在长安供奉翰林时所作的《清平调词三首》中的典故。

④黄芦：枯萎的芦苇。

⑤几般儿：几种，几样。

⑥只：就。

⑦李翰林：指李白，曾供奉翰林。身何在：此处意为李白虽曾供奉翰林，但终因"安能摧眉折腰事权贵"而被排

挤出朝廷，四处漫游。

⑧许将军：指唐玄宗时的将军许远。"安史之乱"时，许任睢阳太守，他与真源令张巡协力守城数月，血战至死。

⑨严滩：即七里滩，又名子陵滩，东汉严光（字子陵）隐居垂钓的地方。

【鉴赏】

首三句列出的"铁衣""彩笔""棹月"的三种不同生活际遇与后三句所列的李白、许远、严光三个不同历史人物的命运，虽说是"几般儿君试拣"，但作品向读者宣扬的还是"立功名只不如闲"的"乐闲"题旨。

水仙子　归兴①

张可久

淡文章不到紫薇郎②，小根脚难登白玉堂③。远功名却怕黄茅瘴④，老来也思故乡，想途中梦感魂伤：云莽莽冯公岭⑤，浪淘淘扬子江，水远山长。

【注释】

①归兴：曲牌的题目，意为思归的意兴。

②"淡文章"句：此句意为，无聊的文辞做不了中书郎官。紫薇郎，唐代中书郎的名称，这里泛指朝廷要职。

③根脚：家世的根底。白玉堂：唐宋以后，称翰林院为玉堂。

④黄茅：地名。瘴：瘴气，南方林中潮湿蒸郁致人疾病之气。

⑤冯公岭：地名，在今浙江丽水和缙云间，有"蜀之剑阁"之称。为三国时人冯大果所开凿，故称冯公岭。

【鉴赏】

张可久一生仕途不济，只做过地方的小官吏。在沉抑下僚的政治生涯中，他也从年轻时希望建功立业、青云直上，转向志在岩穴、沉醉山水的志趣中。这支曲子反映了张可久在仕途不达而思归时所产生的矛盾心理：论文笔做不到"紫薇郎"，论身世登不上"白玉堂"，退隐了又怕"黄茅瘴"，因年老"思故乡"，预想归途应是"梦感魂伤"：陆路要穿过白云茫茫的冯公岭，水路要渡过波浪滔滔的扬子江，这一路真是水远山长。

折桂令 九日①

张可久

对青山强整乌纱②，归雁横秋，倦客思家。翠袖殷勤③，金杯错落，玉手琵琶④。人老去西风白发，蝶愁来明日黄花⑤。回首天涯，一抹斜阳，数点寒鸦。

【注释】

①九日：曲牌的题目。九日指农历九月初九重阳日。

②强整乌纱：借"龙山落帽"典故，反其意而用之。龙山落帽，指东晋陶渊明的外祖父孟嘉在龙山桓温宴客，一阵风吹落了他的帽子，孟嘉却泰然处之。见马致远《拨不断·叹世》注。这句是说，面对青山引发归思，却因头顶乌纱帽又去不掉，只好勉为其事。

③翠袖：指歌女舞伎的衣着。殷勤：曲尽心意，恳切。

④玉手：这里指元代杭州的琵琶伎。

⑤明日黄花：重阳节后的菊花。宋苏轼《南乡子·重九涵辉楼呈徐君猷》："万事到头都是梦，休休，明日黄花蝶

也愁。"这里寓含迟暮不遇之感。

【鉴赏】

这支以重阳为题的小曲抒发的是佳节思亲、倦客思家的情结。首三句写"九日"之景,景中含"思"情。中间"翠袖"三个排比句写重阳节的聚宴场面,与首三句形成鲜明的对比。"人老""蝶愁"两句写出悲秋时节人的迟暮心绪。结句"一抹斜阳,数点寒鸦",意境幽远,是作者暮年思归心境的真实写照。

折桂令　次酸斋韵①

张可久

倚栏杆不尽兴亡。数九点齐州②,八景湘江③。吊古词香④,招仙笛响⑤,引兴杯长⑥。远树烟云渺茫,空山雪月苍凉⑦。白鹤双双,剑客昂昂,锦语琅琅⑧。

【注释】

①次酸斋韵:曲牌的题目。酸斋,元曲作家贯云石

的号。

②九点齐州：唐李贺《梦天》诗："遥望齐州九点烟，一泓海水杯中泻。"齐州，指中州，即中国。《尚书·禹贡》把中国境内分为九州。九点，指远望中的九州，小得像模糊的九个小点。

③八景湘江：即湘江八景。见马致远《落梅风·远浦归帆》简析。

④吊古：凭吊往古。词香：词章的墨香。

⑤招仙：招引神仙。《洞冥记》载，汉元鼎元年（前116）起招仙阁于甘泉宫西。

⑥引兴：引发兴致。

⑦雪月：如雪之明月。

⑧锦语：辞藻华美的话。琅琅：清亮的声音。

【鉴赏】

这支应和之曲，把登临远眺与凭吊怀古结合在一起抒写。首三句写登临时"倚栏杆"的感受，是"九点齐州"和"八景湘江"兴亡的意象，而不是目力所及的景象。次三句写登临时的活动，分别是赋词、奏乐和饮酒。"远树""空山"两句，抒写登临所见之景，又是环境的烘托。"白鹤"常与古代有关神仙的传说相联系，照应"招仙笛响"，"剑客"句照应"引兴杯长"，"锦语"句对应的是"吊古词香"。

满庭芳 客中九日①

张可久

　　乾坤俯仰②，贤愚醉醒，今古兴亡。剑花寒③，夜坐归心壮④，又是他乡。九日明朝酒香，一年好景橙黄⑤。龙山上⑥，西风树响，吹老鬓毛霜。

【注释】

　　①满庭芳：原为词牌名，曲牌沿用之。客中九日：曲牌的题目。客中，寄寓他乡之中。

　　②乾坤：天地。俯仰：低头和抬头，比喻时间短暂。汉魏时人曹植《杂诗》有"俯仰岁将暮，荣耀难久恃"的诗句。

　　③剑花：比喻蜡烛的余烬结成剑状。寒：形容蜡焰不旺，烛光暗淡。

　　④壮：这里有强烈、浓厚的意思。

　　⑤橙黄：指秋季。宋苏轼《赠刘景文》："一年好景君

须记，正是橙黄橘绿时。"

⑥龙山：指今湖北荆州江陵县之龙山。此句借晋代桓温曾于重阳日与宾僚登此宴集、孟嘉落帽而神色不变之典故（见前马致远《拨不断·叹世》注），指九日聚会。

【鉴赏】

前三句拈出"乾坤""贤愚""今古"与"俯仰""醉醒""兴亡"这三组的两两相对的时间、空间、世事、德行、历史等概念，这些都是作者"客中"所反复思考的问题。在伴着"剑花寒"的"夜坐"中，作者还是理清了自己的思路：在"是他乡"的感受中，"归心"愈"壮"。"九日"两句是对故乡的"秋风之思"。"龙山"三句表达的不是佳节宴集之欢，而是迟暮归根之意。

普天乐　秋怀①

张可久

为谁忙，莫非命②？西风驿马③，落月书灯。青天蜀道难④，红叶吴江冷⑤。两字功名频看镜⑥，不饶人白发星星。

932

钓鱼子陵⑦，思莼季鹰⑧，笑我飘零。

【注释】

①秋怀：曲牌名。这是一支悲秋叹老的曲子。

②莫：是否。表示推测之词。非命：《墨子》有《非命篇》，主张富贵贫贱非命中所定。

③驿马：忙碌于驿站间往返奔波的马匹。

④青天蜀道难：唐李白"蜀道之难难于上青天"的缩语。

⑤红叶吴江冷：唐崔信明有"枫落吴江冷"的诗句。

⑥频看镜：唐杜甫《江上》诗有"勋业频看镜"之句。

⑦钓鱼子陵：指东汉严子陵归隐垂钓。见邓玉宾《雁儿落带过得胜令·闲适》注。

⑧思莼季鹰：指西晋张翰思莼而归之事。据史书记载，张翰看到秋风刮起，想起家乡的菰菜、莼羹、鲈鱼脍，深有感触地说："人生贵得适志，何能羁宦数千里以要名爵乎!"于是，返回故里。莼，莼菜，又名水葵，其茎及叶柄有黏液，可以做羹。季鹰，张翰字季鹰。

【鉴赏】

元代不重科举，而从吏中选仕，知识分子希图通过金榜题名的出仕路径便落空。

本篇借"秋"来抒岁月消磨、功名难就的悲怀。起二句"为谁忙，莫非命"，自问自答，自怨自艾。"西风""落月""青天""红叶"，写尽一生中的奔忙。

"两字功名频看镜，不饶人白发星星"，是功业无成而老之将至的感叹。结二句以历史上敝屣功名富贵的高士严光、张翰的嘲弄作结：这"忙"而"飘零"的活法的确让人可笑。

寨儿令 次韵①

张可久

你见么，我愁他，青门几年不种瓜②。世味嚼蜡③，尘事抟沙④，聚散树头鸦⑤。自休官清煞陶家⑥，为调羹俗了梅花⑦。饮一杯金谷酒⑧，分七碗玉川茶⑨。嗏⑩，不强如坐三日县官衙⑪？

【注释】

①寨儿令：曲牌名，又名《柳营曲》。寨儿，妓女所居之所。

②青门：汉代长安城东门。秦亡后，东陵侯召平拒做汉官，遂在此种瓜谋生。后指隐居生活。

③嚼蜡：佛语，比喻无味。

④尘事抟沙：尘世间俗事好比捏聚散沙。抟沙，捏聚散沙。

⑤聚散树头鸦：西汉翟公任廷尉时，宾客盈门；罢官后，客如鸦散；复职后，昔日之客又欲登门。翟公在门上书写："一死一生，乃知交情；一贫一富，乃知交态；一贵一贱，交情乃见。"

⑥陶家：指辞官归隐的陶渊明。家，用于人称的语尾助词，无义。

⑦"为调羹"句：梅花如果结成梅子，就味酸，常和盐合在一起做成盐梅，做调羹之用，失去了梅花清香高雅的形象。比喻做了官就俗不可耐了。

⑧金谷酒：金谷指金谷园，西晋富豪石崇的庄园。见前《水仙子·次韵》注。

⑨玉川茶：唐代诗人卢仝，自号玉川子。其《走笔谢孟谏议寄新茶》诗有"一碗喉吻润，二碗破孤闷……七碗吃不得也……玉川子，乘此清风欲归去"之句。

⑩嗏：元曲常用词，有惊诧的意思。

⑪强如：强似。有反问的意思。强，胜过。

【鉴赏】

由秦末东陵侯召平的贵极而贱的身世，引出"世味嚼蜡，尘世抟沙"乃至"聚散树头鸦"的感叹，从而标举陶渊明如清香高雅的梅花，弃官清闲。那"引壶觞以自酌""乐琴书以消忧""登东皋以舒啸，临清流而赋诗"（东晋陶渊明《归去来兮辞》）的生活，难道不比你"坐三日县官衙"的生活强多了吗？

殿前欢　次酸斋韵二首①

张可久

钓鱼台，十年不上野鸥猜②。白云来往青山在，对酒开怀。欠伊周济世才③，犯刘阮贪杯戒④，还李杜吟诗债⑤。酸斋笑我，我笑酸斋。

唤归来，西湖山上野猿哀。二十年多少风流怪⑥，花落花开。望云霄拜将台⑦，袖星斗安邦策，破烟月迷魂寨⑧。酸斋笑我，我笑酸斋。

【注释】

①次酸斋韵二首：曲牌的题目。这两支曲是作者和贯云石《殿前欢·畅幽哉》一首而作，主旨是表达要过诗酒自娱的归隐生活。

②钓鱼台：即汉代严子陵（严光）归隐的钓台。野鸥猜：《列子》寓言记载，海边有一位喜欢与鸥鸟为伴的人。鸥鸟没有机心。这里形容久不谋面，引起鸥鸟的疑心。

③伊周：即伊尹和周公，前者是商汤的阿衡（宰相），后者是周武王、周成王的宰辅。

④刘阮：刘伶、阮籍。"竹林七贤"中人，以嗜酒著名。

⑤李杜：唐代大诗人李白和杜甫。

⑥风流怪：杰出人物和俊异怪杰。

⑦云霄拜将台：东汉永平三年（60年），汉明帝命人在南宫云台画中兴功臣二十八将图像，以示表彰。

⑧破：消磨，耗。烟月：烟花风月。

【鉴赏】

第一支曲开篇便说，十年没有上东汉严光隐居富春江的钓台，连没有机心的野鸥也会猜警起来。对"白云""青山"，开怀畅饮，多么自在。接着述说自己迟迟未能归隐的原因：一是缺少伊尹、周公那样的济世之才，二是自己像刘伶、阮籍那样贪杯，三是与像李白、杜甫那样的诗人交往，欠别人的"诗债"。"酸斋（元曲作家贯云石号酸斋，曾位居显贵，毅然辞官，卖药于钱塘市中）笑我"，是笑我仍为世事所累，不得脱身；"我笑酸斋"是相视而笑，也是准备退隐的会心之笑。第二支曲叙述呼唤我归来，连西湖山上的野猿声都叫哑了。二十年来，有多少杰出人物、俊异怪杰"花落花开"。中间"望""袖""破"三个动词领起的一组鼎足对仗，是对往昔自己空有凌云志向、安邦策略而不得重用，只好在风月场中消磨时光的慨叹。

殿前欢　离思①

张可久

　　月笼沙②，十年心事付琵琶。相思懒看帏屏画③，人在天涯。春残豆蔻花④，情寄鸳鸯帕⑤，香冷荼蘼架⑥。旧游台榭，晓梦窗纱。

【注释】

①离思：曲牌的题目，写离别的相思之苦。

②月笼沙：月光笼罩沙滩。唐杜牧《夜泊秦淮》："烟笼寒水月笼沙。"

③帏屏：帷帐的屏风。

④豆蔻花：指未嫁的少女。唐杜牧《赠别》诗："娉娉袅袅十三余，豆蔻梢头二月初。"后称十三四岁的少女为"豆蔻年华"。

⑤鸳鸯帕：绣着鸳鸯图画的手帕。

⑥"香冷"句：此句意为，散发清香的荼蘼花枝条冷清地挂在花架上。宋苏轼《杜沂游武昌以荼蘼花菩萨泉见响》："荼蘼不争春，寂寞开最晚。"

【鉴赏】

写闺中女思念相隔遥远的情人。离别已经十载，"相思"的"人在天涯"，只得在"月笼沙"的河边月下，将"心事付琵琶"。

从"豆蔻"春残，到"情寄鸳鸯帕"再到"荼蘼架"香冷，是对过去感情发展过程的回顾，也是对青春流逝的感叹。

结句"旧游台榭，晓梦窗纱"，更是睹物思情的表白。

看到旧时携手同游的亭台阁榭，更增添了与情人相会的企盼，无奈只好在窗纱下的晓梦中去追寻那美好的记忆了。

殿前欢　客中①

张可久

望长安，前程渺渺鬓斑斑。南来北往随征雁，行路艰难。青泥小剑关②，红叶溢江岸③，白草连云栈④。功名半纸，风雪千山。

【注释】

①客中：曲牌的题目，此句意为客旅之中。

②青泥：青泥岭，又名泥功山。在甘肃徽县南、陕西略阳西北，古为甘陕入蜀要道。唐李白《蜀道难》："青泥何盘盘，百步九折萦岩峦。"剑关：即今四川剑阁东北的剑门关，地势险峻，是入蜀必经之地。

③溢：充溢，涌漫。唐白居易《琵琶行》："位近溢江地低湿。"

④白草：西北边地的一种草名，成熟时为白色。唐岑参

《白雪歌送武判官归京》有"北风卷地白草折"之句。云
栈：极高峻的栈道。栈道是我国古代在川、陕、甘、滇境内
峭壁上凿孔架桥建阁相连而成的一种道路。

【鉴赏】

　　抒写羁旅中的情怀：首句"望长安"与尾句的"风雪
千山"相照应，形成强烈的反差，点出仕宦之途的艰难曲
折。中间三句鼎足对仗，写"剑关""江岸""云栈"，跋山
涉水之艰辛跃然纸上，写出了"行路艰难"；而"青泥"
"红叶""白草"的描写，又从色彩对比中分别展示了山路、
江边、塞外的不同季节景色的变化。"客中"的最终结果是
"鬓斑斑"仍"功名半纸"，读来令人为之凄然！

清江引　春思①

张可久

　　黄莺乱啼门外柳，雨细清明后。②能消几日春③，又是相
思瘦。梨花小窗人病酒④。

【注释】

①春思：曲牌的题目，此句意为伤春的情思。

②"黄莺"句：唐金昌绪《春怨》："打起黄莺儿，莫教枝上啼。啼时惊妾梦，不得到辽西。"雨细清明：唐杜牧《清明》："清明时节雨纷纷，路上行人欲断魂。"

③"能消"句：此句意为，能够受得了几日春光的折磨。宋辛弃疾《摸鱼儿》："更能消几番风雨，匆匆春又归去。"消，消受，值得。

④病酒：困于酒。

【鉴赏】

借伤春来写伤情：清明细雨，花开花落，黄莺乱啼，衬托的是"人病酒""相思瘦"。

清江引　春晓①

张可久

平安信来刚半纸，几对鸳鸯字②。花开望远行，玉减伤春事。东风草堂飞燕子③。

【注释】

①春晓：曲牌的题目，此句意为春早。

②鸳鸯字：祝福的文字。

③草堂：旧时文人谦称自己所居之处为草堂。

【鉴赏】

题为"春晓"，却由"远行"后的来信起兴，令人止不住要"伤春"。望着信中的"鸳鸯字"，看着堂前的"飞燕子"，人的孤独与鸳鸯、燕子的成双成对形成强烈的反差，因之由怀人而怨物，触景而伤怀，相思之愁和被冷落之怨，一股脑儿全泄到春晓、春燕、春景的春事里去。

小桃红　寄鉴湖诸友①

张可久

一城秋雨豆花凉②，闲倚平山望③。不似年时鉴湖上④，锦云香，采莲人语荷花荡。西风雁行，清溪渔唱，吹恨入沧浪⑤。

【注释】

①寄鉴湖诸友：曲牌的题目。鉴湖，又名镜湖，在今浙江绍兴。旧时又作绍兴的别称。

②秋雨豆花：旧时以农历八月雨为豆花雨。

③平山：指江苏扬州北蜀冈的平山堂，为宋欧阳修所建。

④年时：往年。

⑤沧浪：水之青绿色。《楚辞·渔父》："屈原既放，游于江潭。……渔父见而问之……歌曰：'沧浪之水清兮，可以濯吾缨；沧浪之水浊兮，可以濯吾足。'遂去不复言。"沧浪歌本是楚地流传的古歌谣，渔父所唱，婉劝屈原隐退自全。后用作咏归隐江湖的典故。

【鉴赏】

这支寄友的曲子在秋雨远望中展开思绪：先回顾与诸友在鉴湖上的游兴之乐，一句"西风雁行"，象征了自己在秋风中的飘零，把思路拉回现实，表达对浪迹他乡的厌倦和对隐逸生活的向往之情。

朝天子　山中杂书①

张可久

醉余，草书，李愿盘谷序②。青山一片范宽图③，怪我来何暮？鹤骨清癯④，蜗壳蘧庐⑤，得安闲心自足。蹇驴⑥，酒壶，风雪梅花路。

【注释】

①朝天子：原为词牌名，曲牌沿用之。山中杂书：曲牌的题目。杂书，指兴致不一、不拘流例、遇物即书。

②李愿盘谷序：李愿，唐代人名。唐代文学家韩愈作有《送李愿归盘谷序》一文，称盘谷是"隐者盘旋"的好去处。

③范宽：北宋著名画家，其画峰峦浑厚端庄，气势壮阔伟岸，令人有雄奇险峻之感。

④鹤骨：古代认为鹤是仙鸟，鹤骨犹仙风道骨。清癯：消瘦。

⑤蜗壳：即蜗舍，喻居室极狭小。蘧（qú）庐：客舍、

旅舍。

⑥寒（jiǎn）驴：跛腿驴或劣等马。相传唐代诗人孟浩然、李贺、贾岛等诗人都有骑寒驴、踏风雪、发诗思的故事。

【鉴赏】

醉后草书罢，忽然发现青山如画图。不说人的欣喜，反借青山的责问来提出，更进一层地表达出自己的感受。一介仙风道骨之身，一座蜗舍茅庐，纵情山水的超脱、自适之情，使作者不由得萌发出"寒驴，酒壶，风雪梅花路"的诗兴和归隐田园的想法。

朝天子　闺情①

张可久

与谁，画眉②，猜破风流谜。铜驼巷里玉骢嘶③，夜半归来醉。小意收拾，怪胆禁持④，不识羞谁似你。自知理亏，灯下和衣睡。

【注释】

①闺情：曲牌的题目，指闺室妇女的情怀。

②画眉：汉代京兆尹张敞曾为其妻描眉。这里是闺中少妇借以讥讽她的丈夫与别的女子调情。

③"铜驼"句：大意是，听到铜驼巷里玉骢马的嘶鸣。汉晋时期，有"金马门外聚群贤，铜驼陌上集少年"的说法。铜驼巷，汉代洛阳的一条街巷，是富贵之子游玩的地方。玉骢，白马。这句指责丈夫在外如纨绔子弟那样的冶游生活。

④小意收拾：小心翼翼地整理着。小意，小心的神色。意，神色。收拾，整理、拾掇。怪胆：怪诞，离奇荒诞。禁持：摆布。

【鉴赏】

这支曲子描写夫妇二人的室内生活场景。丈夫在"铜驼巷"的冶游风流及"夜半"醉归的举动，让敏感多疑的女主人公自然少不了心生怨意。丈夫"自知理亏"，从"小意收拾"至"怪胆禁持"再到"灯下和衣睡"，其前倨后恭的姿态犹如一幕活剧展现出来。因之，女主人公的"闺情"也透过丈夫的所作所为折射出来。

红绣鞋 春日湖上①

张可久

绿树当门酒肆，红妆映水鬟儿②，眼底殷勤座间诗③。尘埃三五字④，杨柳万千丝，记年时曾到此⑤。

【注释】

①春日湖上：曲牌的题目。

②鬟儿：梳着环形发髻的少女。

③殷勤：曲尽心意，恳切。

④尘埃三五字：指过去题写的诗的残句已蒙上尘埃。

⑤年时：往年。

【鉴赏】

湖上春游，睹物生情，勾起对往事的美好回忆：那酒肆门前的绿树，那红妆的丫鬟和那墙上残留的诗句，都唤起了作者的记忆，其中也含有对岁月流逝的丝丝无奈之情。

红绣鞋　湖上^①

张可久

　　无是无非心事，不寒不暖花时，妆点西湖似西施^②。控青丝玉面马^③，歌《金缕》粉团儿，信人生行乐耳！

【注释】

　　①湖上：曲牌的题目。

　　②妆点西湖似西施：宋苏轼《饮湖上初晴后雨》诗：“欲把西湖比西子，淡妆浓抹总相宜。”西子，即西施。

　　③青丝：这里指黑毛。

【鉴赏】

　　小曲倡导的是及时行乐的思想：面对西施般美丽的西湖，在心事“无是无非”、花时“不寒不暖”的时光里，走马放歌，该是何等快乐！

红绣鞋　天台瀑布寺①

张可久

　　绝顶峰攒雪剑②，悬崖水挂冰帘③，倚树哀猿弄云尖④。血华啼杜宇⑤，阴洞吼飞廉⑥。比人心山未险⑦！

【注释】

　　①天台瀑布寺：曲牌的题目。天台，指浙江天台县北的天台山。瀑布寺，晋代释慧达在天台山主持建造的寺。

　　②攒：聚集。雪剑：形容尖削的雪峰像密集的雪剑。

　　③冰帘：晶莹如玉的水帘。

　　④弄：戏耍。云尖：云端。

　　⑤血华：血花。啼杜宇：相传远古蜀帝杜宇死后变为杜鹃鸟，啼声凄厉，悲鸣不止，乃至滴血。

　　⑥阴洞：幽暗阴冷的洞穴。飞廉：传说中的风神。

　　⑦"比人心"句：此句意为，比起人世间险恶的人心，山势并不显得那么奇险。《庄子·列御寇》："凡人心险于山川。"

【鉴赏】

　　小令极力摹写天台山的高险：顶峰如"雪剑"，悬水似"冰帘"，哀猿"云尖"叫，杜鹃啼血鸣，阴风洞中吼。末句陡转笔锋，连类取譬，以人心比山险，针砭世情，境界立意迥然高出一般写景小曲。

沉醉东风　秋夜旅思①

张可久

　　二十五点秋更鼓声②，千三百里水馆邮程③。青山去路长，红树西风冷④。百年人半纸虚名。得似璿源阁上僧⑤，午睡足梅窗日影。

【注释】

　　①秋夜旅思：曲牌的题目。旅思，旅途中的思念。

　　②二十五点秋更：古时以更漏计时，每夜五更。二十五点秋更即五个秋夜。

　　③水馆：水驿，水路的转运站。邮程：传递文书信件的

路程。

④红树：枫树。

⑤璩（qú）源阁：璩源寺，在今浙江江山市东南。

【鉴赏】

从时间、空间上着笔，经历了"二十五点"秋更、"千三百里"水程，把"百年人半纸虚名"的"公人"奔波之状全然托出。末二句得出"公人"不如"僧人"的结论。作者厌倦官场的疲惫之态可见一斑。

天净沙　鲁卿庵中①

张可久

青苔古木萧萧②，苍云秋水迢迢③，红叶山斋④小小。有谁曾到？探梅人⑤过溪桥。

【注释】

①鲁卿庵中：曲牌的题目。鲁卿，不详何人。卿，古代对人的敬称。

②萧萧：树木摇动的样子。

③迢迢：水流悠远的样子。

④山斋：指鲁卿的山间草庵。

⑤探梅人：探访梅花之人。这里指作者自己。

【鉴赏】

这支小曲通过对隐居山中的友人鲁卿的造访，赞颂了他的隐逸精神和向往之情。

首二句从近至远，"青苔"句写山行，"秋水"句表水行。

"红叶"句直接描摹山居。结两句以问句领起，"探梅人过溪桥"，把友人比作清香高洁的梅花高士，则"探梅人"盎然的兴致、诚挚的向往之情也自然流露出来。

庆东原　次马致远先辈韵①

张可久

诗情放，剑气豪②，英雄不把穷通较③。江中斩蛟④，云间射雕⑤，席上挥毫⑥。他得志笑闲人⑦，他失脚闲人笑⑧。

【注释】

①次马致远先辈韵：曲牌的题目。先辈，已故的前辈。

②剑气：本指宝剑的光芒，这里用以比喻人的英武豪气。南朝任昉《宣德太后再敦劝梁王令》："剑气凌云，而屈迹于万夫之下。"

③穷通：贫贱与显达。较：计较。

④江中斩蛟：据《晋书·周处传》记载，周处未成年即勇力过人，行为放荡，乡中将他与南山虎、江中蛟并列为三害。周处入山杀虎、入江斩蛟，自己则投拜陆机兄弟为师，成为一代良吏。

⑤云间射雕：据《北齐书·斛律金传》附载，斛律光随世宗皇帝打猎，见云中有一只巨鸟，他一箭射中鸟头，原来是一只雕，于是得了"射雕都督"的绰号。

⑥席上挥毫：据《南史·梁书·萧介传》记载，南朝梁武帝召集新录用官员置酒赋诗，萧介作诗立成，被誉为"即席之美"。

⑦闲人：指帮闲食客。

⑧失脚：失意，蹉跎。

【鉴赏】

这支曲子着意刻画了一位英雄达士的形象：能吟诗，会舞剑，而且从不计较个人的得意与失意。这位"英雄"能斩杀江中蛟龙，能射中云间雕鹰，还能在宴席上挥毫泼墨。

而与"英雄"相对应的"他"，一旦得志就"笑闲人"，一旦失意，则被"闲人笑"。这种鲜明的对比可以看出，作者着意塑造的"英雄"，就是为了讽刺现实生活中的势利小人——"他"。

醉太平 叹世①

张可久

人皆嫌命窘②，谁不见钱亲。水晶环入面糊盆，才沾粘便滚。③文章糊了盛钱囤④，门庭改作迷魂阵⑤，清廉贬入睡馄饨⑥。葫芦提倒稳⑦！

【注释】

①醉太平：原为词牌名，曲牌沿用之。叹世：曲牌的题目，此句意为感叹世事。

②窘（jiǒng）：困迫。

③"水晶环"二句：此二句是一句歇后语，这里是讽

955

刺那些见了钱便变得圆滑的人。

④"文章糊了"句：此句意为，光图攒钱，用写文章的纸糊成盛钱的盒子。囤，能储存粮食的器具。

⑤迷魂阵：原指引人堕落的妓院，这里泛指坑害人的场所。

⑥"清廉"句：此句意为，清正廉洁之人被打入糊涂之列。睡馄饨，比喻昏聩、糊涂之人。

⑦葫芦提：糊里糊涂。也指酒葫芦。

【鉴赏】

首二句点题，讽刺那些不择手段追逐金钱的无耻之徒，揭露元代社会风气的腐败。接着以一连串的比喻，对见利忘义、见钱眼开、为富不仁、贤愚不分之徒进行无情的鞭挞。"葫芦提倒稳"，有众人皆浊我独清的意思，表白自己不愿同流合污，但求独善其身。

迎仙客 括山道中①

张可久

云冉冉②，草纤纤③，谁家隐居山半崦④。水烟寒，溪路险。半幅青帘⑤，五里桃花店。

【注释】

①迎仙客：曲牌名。括山道中：曲牌的题目。括山，括苍山，在浙江东南部。

②冉冉：流动的样子。

③纤纤：细嫩的样子。

④崦：山蔽处。

⑤青帘：酒帘。古时酒店门前挂的青布幌子，以招徕顾客。

【鉴赏】

一幅桃花源似的画图：这里是"云冉冉""草纤纤"，人家隐居在"山半崦"。环境幽深清雅。沿着五里溪水险路一路走来，看到青帘半幅的桃花酒店，固然想在这里歇一下脚，小酌一番，尽情陶醉在这青山碧水之间。于幽雅恬静的意象中透露出作者的归隐之思。

凭栏人 暮春即事①

张可久

小玉栏杆月半掐②，嫩绿池塘春几家。鸟啼芳树丫，燕衔黄柳花③。

【注释】

①暮春即事：曲牌的题目。即事，眼前的景物。

②小玉：唐宋人称呼侍女为小玉。半掐：元代口语，又作半恰、半点儿。"掐"是指拇指和另一手指尖相对握着的形状或数量。

③黄柳花：春天柳枝上新萌的鹅黄色的花芽。唐杜甫《曲江陪郑八丈南史饮》有"雀啄江头黄柳花"之句。

【鉴赏】

　　暮春景物，以两个七言句和五言句的对仗组成，七言刻画环境，五言描摹动物，在律严工整的对仗中写出了大自然的优美与和谐。

凭栏人　江夜①

张可久

　　江水澄澄江月明，江上何人抟玉筝②？隔江和泪听③，满江长叹声。

【注释】

①江夜：曲牌的题目。
②抟（chōu）：用手指拨弄筝弦。玉筝：对古筝的美称。
③和：随。

【鉴赏】

　　写月夜江上筝声的动人。以江景的澄明引出江上筝声，无端的筝声却撩动了听者的无端哀怨。此曲极似唐白居易《琵琶行》长诗的缩写，使人不由得联想起唐李益"不知何处吹芦管，一夜征人尽望乡"的诗句。

落梅风　春晚^①

张可久

东风景，西子湖，湿冥冥柳烟花雾^②。黄莺乱啼胡蝶舞，几秋千打将春去^③。

【注释】

①春晚：曲牌的题目。

②冥冥：晦暗，昏昧。

③"几秋千"句：此句意为，春天就在秋千的荡来荡去中悄悄离去。将，助词，无义。

【鉴赏】

以杭州西湖"湿冥冥"的静景做背景，又"啼"又"舞"的动物点缀其间，秋千上的人"打将春去"，是伤春、惜春，抑或慨叹春残？"几秋千打将春去"，引起的是人生哲理的思考。

一半儿　秋日宫词①

张可久

花边娇月静妆楼，叶底沧波②冷翠沟③，池上好风闲御舟。可怜④秋，一半儿芙蓉一半儿柳。

【注释】

①秋日宫词：曲牌的题目。宫词，以宫廷生活为内容而作的诗歌。

②沧波：碧波。

③翠沟：青绿色的水沟。

④可怜：可惜。

【鉴赏】

宫中的景色是"月静妆楼""波冷翠沟""风闲御舟"，没有了歌舞喧闹、仪仗威严，也没了红叶题诗的佳话。全篇着笔没有写人，但透过宫中冷清寂静的残秋景色的描写，人物的情感自在其中。

梧叶儿 感旧①

张可久

肘后黄金印②，樽前白玉卮③，跃马少年时。巧手穿杨叶④，新声付柳枝⑤，信笔和梅诗⑥。谁换却何郎鬓丝⑦？

【注释】

①梧叶儿：曲牌名。感旧：曲牌的题目，此句意为怀念旧情。

②"肘后"句：比喻官位显赫。《晋书·周顗传》："今年杀诸贼奴，取金印如斗大系肘。"故又称"斗大黄金印"。

③卮（zhī）：古代的一种大盛酒器。

④穿杨：即百步穿杨，形容射箭技术高超。

⑤"新声"句：此句意为以新曲调赋《杨柳枝》曲。宋郭茂倩《乐府诗集》："《杨柳枝》，白居易洛中所制也……薛能曰：'《杨柳枝》者，古题所谓《折杨柳》也。'

乾符五年能为许州刺史，饮酣，令部妓少女作杨柳枝健舞，复赋其辞为《杨柳枝》新声云。"柳枝，即《杨柳枝》曲，乐府曲名。

⑥"信笔"句：此句意为随手写下回复的书信。和梅诗，南朝宋陆凯与范晔交善。陆自江南寄梅花一枝至长安赠范晔，并写诗道："折梅逢驿史，寄与陇头人。江南无所有，聊赠一枝春。"和，应和。

⑦何郎：指南朝梁诗人何逊，其诗以写景炼字见长。

【鉴赏】

这支小曲"感旧"：在"跃马少年时"，曾肘系"黄金印"、手执"白玉卮"，多么荣耀。那时，能"巧手穿杨叶""新声付柳枝"。而如今，当要"信笔和梅诗"时，却已经是"何郎鬓丝"了，点出怀旧的主题。

小梁州　失题①

张可久

篷窗风急雨丝丝②，闷捻吟髭③。淮阳西望路何之④？无一个鳞鸿至⑤，把酒问篙师⑥。【幺】⑦迎头便说兵戈事。风流再莫追思：塌了酒楼，焚了茶肆；柳营花市⑧，更呼甚燕子莺儿⑨！

【注释】

①小梁州：曲牌名。失题：曲牌的题目，与"无题"相类，通常因不便言明而隐其题。

②篷窗：船窗。

③捻：按，捏。

④淮阳：在今河南淮阳及其附近一带。之：往。

⑤鳞鸿：犹说鱼雁，指书信。

⑥篙（gāo）师：撑船熟手。

⑦幺：元曲歌唱，按照前一个曲牌换填词句重唱一遍，这个唱词叫作"幺篇"，或简作"幺"。

⑧柳营花市：犹花街柳巷、花门柳户，指妓院。

⑨燕子莺儿：指妓女或艺伎的名字。

【鉴赏】

幺篇把全曲分为问答两部分。笑问篙师的是战事如何？路该怎么走？答的更干脆，兵戈事断的是风流事。

金字经 感兴^①

张可久

野唱敲牛角^②，大功悬虎头^③，一剑能成万户侯。愁，黄沙白髑髅。^④成名后，五湖寻钓舟^⑤。

【注释】

①感兴：曲牌的题目，此句意为有感于兴致。

②野唱敲牛角：据《楚辞·离骚》王逸注，春秋时卫人宁戚贫贱无以自达，夜宿齐国都城东门外，喂牛时叩角作歌。齐桓公经此，闻声知其贤，用为客卿。后用作失意求仕的典故。

③虎头：虎头金牌。元代皇帝授予大臣方便行事的金牌，比喻大权在握。

④一剑能成万户侯。愁，黄沙白髑髅：此三句化用唐曹松《己亥岁二首》"一将功成万骨枯"的诗句。

⑤五湖寻钓舟：指春秋时越国大夫范蠡辅佐越王勾践复国灭吴后，功成身退，泛舟五湖之事。

【鉴赏】

小令频频用典，意在阐明求仕、立功、成名的关系。但"黄沙白髑髅"的结局，既是多数求仕者的下场，也是众多无辜百姓的悲剧人生。在这种复杂矛盾的人生追求中，作者鼓吹的只能是功成五湖游了。

金字经　乐闲①

张可久

百年浑似醉②，满怀都是春③，高卧东山一片云④。嗔⑤，是非拂面尘。消磨尽，古今无限人。

【注释】

①乐闲：曲牌的题目，此句意为乐于闲散。

②浑：全。

③满怀：满心。

④高卧东山：隐居或隐士的行径。东晋孝武帝时，宰相谢安入朝前曾隐居会稽东山，时称其"高卧东山"。见前关

汉卿《四块玉·闲适二首》注。一片云：南朝齐隐士陶弘景《诏问山中何所有，赋诗以答》："山中何所有？岭上多白云。"后因以"白云"表示隐逸之趣。

⑤嗔（chēn）：恼怒，怪怨。

【鉴赏】

曲的主旨表达的是作者逃避现实、远离是非、求得安闲的思想。指出古今多少人卷入是非的旋涡，为仕途消磨了今生。这种思想基础源于元代社会知识分子沉抑下僚的现状，他们痛感在现实生活中看不到出路，无法实现自己的人生价值，于是标举隐逸，逃避是非，求得安闲。这种思想本身就包含着无奈和不满。

塞鸿秋　春情①

张可久

疏星淡月秋千院，愁云恨雨芙蓉面②。伤情燕足留红线③，恼人鸾影闲团扇④。兽炉沉水烟⑤，翠沼残花片⑥。一行写入相思传⑦。

【注释】

①塞鸿秋：曲牌名。春情：曲牌的题目，此句意为伤春的情怀。

②芙蓉面：指美女的脸。这里指貌美的少妇。

③燕足留红线：喻夫妻离别后的孤单寂寞。宋朝末年，姚玉京嫁后夫亡，玉京奉养公婆如初。时有双燕筑巢梁上。一日，一只燕被鸷（zhì）鸟抓去，另一只燕孤飞悲鸣不止。至秋天，孤燕飞玉京臂上，如与之告别。玉京以红线系其足，嘱其"新春一定要来与我为伴"。次年，孤燕果然飞来。自此秋去春来，前后六七年，从不间断。后姚玉京病逝。次年，孤燕再来，至玉京坟头，也死去。后以"燕足红线"比喻失偶的悲哀。

④鸾影：传说鸾鸟喜群，以镜照之，见影辄舞。团扇：团扇郎歌。《古今乐录》载，晋中书令王珉（mín）喜持白团扇，与其嫂的婢女有情。其嫂痛打婢女，婢女唱"白团扇，辛苦五流连，是郎眼所见"。这里取孤寂时以团扇为伴之意。

⑤兽炉：兽形香炉。沉水：沉水香，俗名沉香、蜜香。古代富贵人家多于厅堂内室燃焚沉水，取其香味，以消闲祛暑。

⑥翠沼：绿色的池沼。

⑦一行：一起。

968

【鉴赏】

少妇的"芙蓉面"上满是愁云恨雨，缘于失偶的悲哀，连双飞的鸾影掠过也显得那么恼人，终日相伴的团扇也把它弃置一旁。室内与炉烟相伴，户外捡残花片片，都难写尽相思的故事。全曲把辞藻、句法与写景、用典交织在一起，表达了"春情"无尽的相思主题。

庆宣和　毛氏池亭①

张可久

云影天光乍有无②，老树扶疏③。万柄高荷小西湖④。听雨，听雨。

【注释】

①庆宣和：曲牌名。毛氏池亭：曲牌的题目，未详所在。

②乍有无：忽有忽无。

③扶疏：树木枝叶繁茂披散的样子。

④小西湖：指毛氏池亭景色秀美如西湖，只是规模小一些。

【鉴赏】

抒写园林风光。从篇首看"乍有无"的"云影天光"，到篇尾的"听雨"，既是一个时间变化的过程，又是一个由视觉转换至听觉的过程。天上的云影映衬"小西湖"的池水，四周是"老树扶疏""万柄高荷"，在这种幽美疏淡的环境中"听雨"，该是多么惬意，多么闲逸。

卖花声　怀古①

张可久

美人自刎乌江岸②，战火曾烧赤壁山③，将军空老玉门关④。伤心秦汉，生民涂炭⑤，读书人一声长叹！

【注释】

①怀古：曲牌的题目。

②"美人自刎"句：指项羽被刘邦大军围于垓下，其

爱姬虞姬自刎而亡。见前马致远《庆东原·叹世》注。

③"战火曾烧"句：汉末魏曹操与吴、蜀在赤壁（今湖北蒲圻）交战。吴将周瑜用蜀诸葛亮火攻之策，大败曹军于此。

④"将军空老"句：东汉班超投笔从戎，长期转战于西域一带，屡建奇功，被封为定远侯。三十余年的戎马生涯使他十分思念家乡。于是，他向皇帝上疏，请求内调。疏中有"臣不敢望到酒泉郡，但愿生入玉门关"之语。班超回到洛阳已七十一岁，不久即病死。《史记·大宛传》也记载，汉武帝太初元年（前104），汉军攻大宛，不利，请求罢兵。汉武帝大怒，派人遮断玉门关，下令"军有敢入者辄斩之"，迫使将士们白白送死或困死在玉门关外。

⑤涂炭：烂泥和炭火。比喻灾难困苦。

【鉴赏】

这支"怀古"曲，以"秦汉"时期的三个历史事件做了典型化概括：虞姬自刎垓下、蜀吴火烧赤壁、班超请入玉门，这些"秦汉"时期让人津津乐道的历史故事增加的只是"生民涂炭"。想起这些"伤心"事，"读书人一声长叹"！

卖花声　客况^①

张可久

　　十年落魄江滨客，几度雷轰荐福碑^②，男儿未遇暗伤怀。忆淮阴年少^③，灭楚为帅，气昂昂汉坛三拜^④。

【注释】

　　①客况：曲牌的题目，此句意为作客他乡的凄凉处境和心情。

　　②十年落魄：唐杜牧《遣怀》诗："落魄江湖载酒行，楚腰纤细掌中轻。十年一觉扬州梦，赢得青楼薄幸名。"雷轰荐福碑：相传北宋时，范仲淹守鄱阳（在今江西），穷书生张镐来投奔范。时荐福寺有唐代书法家欧阳询所书的荐福寺碑文，其拓本的价钱不菲。范仲淹拟拓印千本相赠，以作为张镐赴京赶考的盘缠，不料一夜之间，碑为雷击碎。后人以此比喻人的命运多舛。

　　③淮阴年少：指汉代开国功臣、淮阴侯韩信。

　　④汉坛三拜：据《史记·淮阴侯列传》记载，韩信少

972

时家贫，曾到处寄食，受过胯下之辱。后经萧何力荐，被刘邦登坛拜为大将，辅佐刘邦灭楚建立了汉王朝。

【鉴赏】

首三句是"客况"中的"伤怀"：由于"男儿未遇"，致使自己"十年落魄"，几度遭遇"雷轰荐福碑"的乖舛。后三句以汉初淮阴侯韩信的少年得志来反衬自己"十年落魄"的结局，既发泄了生不逢时的牢骚，又蕴含着希图建功立业的壮志。

汉东山　述感①

张可久

红妆间翠娥②，罗绮列笙歌，重重金玉多。受用也末哥③！二鬼无常上门呵，怎地躲？索共他④，见阎罗⑤。

【注释】

①汉东山：曲牌名。述感：曲牌的题目，此句意为述说自己的感受。

②间：更迭。翠娥：穿绿衬衣的美女。

③也末哥：一作也么哥，表语气的衬字词组，无义。

④索：应。

⑤阎罗：佛教称的地狱王。

【鉴赏】

这支曲子宣泄了对受用"翠娥""罗绮""金玉"的显贵富豪的不满。末句鄙夷地诅咒他们到头来仍逃不脱"见阎罗"的命运。

得胜令①

张子坚

宴罢恰初更②，摆列着玉娉婷③。锦衣搭白马④，纱笼照道行⑤。齐声，唱的是《阿纳忽》时行令。"酒且休斟，待俺银鞍马上听。"

【注释】

①得胜令：曲牌名。

②恰：才，刚刚。

③玉娉婷：对美女的美称。

④搭：加物于架上。

⑤纱笼：纱制的灯笼。

【鉴赏】

　　这首小令描写的是贵族公子哥儿骄奢淫逸的夜生活：丰盛的宴席旁，排列着众多亭亭玉立的美女。宴席结束时天已黑下来。

　　公子哥儿的锦衣搭在白马上，仆人们提着纱灯，照明喝道。

　　大家齐声唱的是时下流行的《阿纳忽》令曲。公子推辞说："不要再给我斟酒了，我要脚踏银镫，上马去听那迷人的《阿纳忽》小曲。"

喜春来　和则明韵二首①

曹　德

春云恰似山翁帽②，古柳横为独木桥。风微尘软落红飘，沙岸好，草色上罗袍③。

　　春来南国花如绣，雨过西湖水似油。小瀛洲外小红楼④，人病酒⑤，料自下帘钩⑥。

【注释】

　　①和则明韵二首：曲牌的题目。和韵，指写的和诗依照所和之诗的韵来作诗。则明，指任昱，字则明。

　　②山翁帽：山简的白头巾。山简为魏晋时期"竹林七贤"之一山涛的幼子，字季伦，因常倒戴白头巾，人称"山翁帽"。

　　③草色上罗袍：指绿色的绫罗袍子。南朝梁江总妻《赋庭草》有"雨过草芊芊，连云锁南陌。门前君试看，是妾罗裙色"的诗句。

　　④瀛洲：传说中的海中三座仙山之一，与蓬莱、方丈并称。这里指湖中小岛。红楼：歌姬舞女的居所。

　　⑤病：困。

　　⑥料自：料理，收拾。

【鉴赏】

　　这两支和任昱的曲子，第一首写乡野的盎然春意，在对"春云""古柳""落红"等春景的描绘中，一句"草色上罗袍"笔锋陡然一转,由写景到写人,转换尤妙,写出了春色撩人的感觉。第二首独写西湖的风流,置身于"春花""湖水""红楼"的美景中,不由得使人"病于酒""下帘钩"。

三棒鼓声频 题渊明醉归图①

曹 德

先生醉也,童子扶者②。有诗便写,无酒重赊③,山声野调欲唱些④,俗事休说。问青天借得松间月,陪伴今夜。长安此时春梦热,多少豪杰,明朝镜中头似雪,乌帽难遮⑤。星般大县儿难弃舍,晚入庐山社⑥。比及眉未攒⑦,腰曾折⑧。迟了也,去官陶靖节⑨!

【注释】

①三棒鼓声频:元代的行乞小调。题渊明醉归图:小调的题目。渊明,晋人陶潜,字渊明。渊明醉归图,不详。

②扶者:扶着。

③赊:买时欠账。

④山声野调：山歌民谣。些：语气词，无义。

⑤乌帽：乌纱官帽。

⑥庐山社：指晋代慧远法师等在庐山结成的白莲社。

⑦比及：等到。眉未攒：据晋代《莲社高贤传·不入社诸贤传》载，慧远法师结庐山社时，曾以书招渊明，渊明"遂造（到）焉，忽攒眉而去"。攒（cuán）眉，眉毛紧蹙。

⑧腰曾折：东晋陶渊明在彭泽令任上，公田全部让种上秫稻（稻之黏者），其妻坚持种秔（jīng）稻（稻之不黏者）。郡上派督邮来督察，县吏自应束带去拜见。渊明叹曰："我岂能为五斗米折腰向乡里小儿？"当日解下印绶去职，赋《归去来兮辞》一篇。

⑨陶靖节：陶渊明死后，友人私谥他为靖节先生。

【鉴赏】

"三棒鼓声频"是元代乞丐常唱的时令小调。这支曲子一棒鼓唱陶渊明的隐居生活："童子扶者"的醉态是"醉归图"的主题画面，也是陶渊明隐居生活具有代表性的形象。

陶以诗、酒、山歌为乐，"俗事休说"才能过好"惟适是安"的隐逸生活。

二棒鼓嘲讽得势朝官。先以对比手法描写隐者是以松为友、以月为伴，而在长安追求功名的"豪杰"，他们一个个

"明朝镜中头似雪，乌帽难遮"，荣华如浮云，到头来只能是竹篮打水一场空。

三棒鼓劝说"星般大"的小官们趁早归隐，不要在尝尽低眉折腰、屈身事人的羞辱后再去效法陶渊明，否则就"迟了也"！

逐层深入地阐明了劝人效法陶渊明及早辞官归隐的主题。

雁儿落带过得胜令①

高克礼

寻致争不致争②，既言定先言定。论至诚俺至诚，你薄幸谁薄幸③？岂不闻"举头三尺有神明"，忘义多应当罪名④！海神庙见有他为证⑤，似王魁负桂英，碜可可海誓山盟⑥。绣带里难逃命，裙刀上便自刑⑦，活取了个年少书生⑧。

【注释】

①雁儿落带过得胜令：见前邓玉宾同题注。

②致争：极力争辩。

③薄幸：薄情，负心。

④当：担当。

⑤海神庙：宋元戏曲中有《王魁负桂英》的南戏和杂剧。大意是说，落第士子王魁贫病交加，幸得名妓敫桂英热忱相助，伴其读书。后王魁二次进京赶考。行前二人同往海神庙山盟海誓。后王魁中状元，悔前盟，休桂英另娶。桂英得休书后，再去海神庙打神告庙，并自缢庙内。

⑥磕可可：确确实实，实实在在。

⑦自刑：自尽。

⑧活取：活活地索去。

【鉴赏】

这支小曲以一个痴情女子的口吻，痛快淋漓地对负心汉进行了鞭挞：前四句以排比的句式提出指责，事理连珠；接下来以神明的海神庙为证，重申海誓山盟；结尾几句讲报应，也是警告，连"绣带""裙刀"也成了刑具，要取那负心的"年少书生"！

黄蔷薇带过庆元贞　天宝遗事①

高克礼

又不曾看生见长，便这般割肚牵肠。唤奶奶酪子里赐赏②，撮醋醋孩儿也弄璋③。断送他萧萧鞍马出咸阳④，只因他重重恩爱在昭阳⑤，引惹得纷纷戈戟闹渔阳⑥。哎，三郎⑦！睡海棠⑧；都则为一曲舞《霓裳》⑨。

【注释】

①黄蔷薇带过庆元贞：带过曲的名称，即《黄蔷薇》和《庆元贞》两个曲牌组成的带过曲。天宝遗事：曲牌的题目，指天宝年间唐明皇李隆基与贵妃杨玉环的逸闻遗事。天宝，唐玄宗李隆基的年号。

②唤奶奶：指杨贵妃曾收安禄山为义子事。酪子里：暗地里，背地里。

③"撮醋醋"句：此句意为，（安禄山）干着酸溜溜的事，竟还恬不知耻地称自己有白玉一样的品德。撮醋醋，比喻不合时宜。指安禄山与杨贵妃淫乱之事。弄璋，这里指抚

弄玉器以示自己的德性。这句讥讽安禄山。

④他：指唐玄宗李隆基。

⑤他：指杨贵妃。昭阳：汉代宫殿名，这里指后宫。

⑥渔阳：唐代郡名，治所在今天津蓟县，安禄山曾在此起兵叛唐。

⑦三郎：唐明皇李隆基，排行老三，宫中称三郎。

⑧睡海棠：这里指妩媚动人的杨贵妃。见前马致远《四块玉·马嵬坡》注。

⑨《霓裳》：《霓裳羽衣》舞和曲。见前马致远《四块玉·马嵬坡》注。

【鉴赏】

这支带过曲借叙述唐天宝间的"遗事"——杨贵妃收安禄山为义子，二人在后宫淫乱，追述了"安史之乱"的祸由皆因杨贵妃"引惹"。

这是一种"女人祸水"的观点。

水仙子　游越福王府①

乔　吉

　　笙歌梦断蒺藜沙②，罗绮香余野菜花③。乱云老树夕阳下，燕休寻王谢家④，恨兴亡怒煞些鸣蛙⑤。铺锦池埋荒甃⑥，流杯亭堆破瓦⑦，何处也繁华?

【注释】

　　①水仙子：曲牌名，见前马致远《水仙子·和卢疏斋西湖》注。游越福王府：曲牌的题目。越，指古越国的地方，在今浙江一带。福王，宋太祖的十世孙赵与芮被封福王，府第在今浙江山阴。

　　②"笙歌"句：此句意为，管弦歌舞早已不存，只有满地的沙蒺藜刺。蒺藜，一种野生蔓状植物，果皮上有刺，常长在沙地上。又称蒺藜刺。元代口语有"蒺藜沙上野花开"，比喻埋没了英才。

　　③罗绮：质地轻软的丝织品。

　　④王谢：指晋代住在首都建康（今南京）乌衣巷的江

南两大门阀世族王导和谢安。这里指高门望族。唐刘禹锡《乌衣巷》诗："旧时王谢堂前燕，飞入寻常百姓家。"

⑤怒煞些鸣蛙：《韩非子·内储说上》记载，春秋越国的君主勾践曾经向怒鸣着的青蛙凭轼致敬，以鼓舞越国士卒向吴国复仇的士气。怒煞些，恨极的意思。

⑥"铺锦池"句：此句意为，铺设精美的池塘，成了断井颓垣。甃（zhòu），井砖，古代的井以甃为壁。

⑦"流杯亭"句：此句意为，"曲水流觞"的流杯亭，也成了一堆破砖烂瓦。曲水流觞的故事出自东晋名士王羲之等人于三月上巳日在兰亭宴集，置酒杯漂浮于弯曲的渠水上，取杯饮酒赋诗。

【鉴赏】

越地的福王府是宋太祖赵匡胤十世孙赵与芮的王府，府第在绍兴府山阴县。赵与芮的儿子赵禥为宋度宗。这支曲的主旨是借游前朝福王府，感叹兴亡盛衰之无常。曲的前四句对比昔日繁华与眼前荒凉之景，是历史兴替、繁华如梦的感叹。后四句仍然是借景抒怀。一句"恨兴亡怒煞些鸣蛙"，借"鸣蛙"之口发出"恨""怒"之声，表达出自己的不平之鸣。同时，发出"何处也繁华"的叹息。此曲在写法上，就眼前寻常景随发随生联想和沉思，借景写情，情随景生，将无限的感慨与沉思又寄寓在眼前所见、所闻的物象中。

水仙子　赋李仁仲懒慢斋①

乔　吉

　　闹排场经过乐回闲②，勤政堂辞别撒会懒③。急喉咙倒唤学些慢，掇梯儿休上竿④，梦魂中识破邯郸⑤。昨日强如今日，这番险似那番⑥，君不见鸟倦知还⑦？

【注释】

　　①赋李仁仲懒慢斋：曲牌的题目。赋，题写。李仁仲，作者乔吉的朋友。懒慢斋，李仁仲的斋名。

　　②闹排场：演戏。乐回闲：由乐到闲。

　　③勤政堂：古代州、府、县任职办事的处所。撒：散漫。会：遇，碰到。

　　④掇梯儿休上竿：元代有俗语"掇了梯儿上竿"，意思是只知贪进不考虑危险，此句意为莫受他人怂恿。

　　⑤邯郸：邯郸梦，即黄粱梦。见前卢挚《金字经·宿邯郸驿》注。

　　⑥"这番"句：此句意为，这次的风险却像那次一样。

⑦鸟倦：东晋陶渊明《归去来兮辞》："云无心以出岫，鸟倦飞而知还。"鸟倦飞指归隐。

【鉴赏】

这是为朋友斋号题写的小令。"闲""懒""慢"的提醒和"掇梯儿休上竿""梦魂中识破邯郸"的告诫，都紧扣"鸟倦知还"的主旨。

水仙子　嘲少年①

乔　吉

纸糊锹轻吉列枉折尖②，肉脿胶干支刺有甚粘③，醋葫芦嘴古邦倖装欠④。接梢儿虽是谄⑤，抱牛腰只怕伤廉⑥。性儿神羊也似善⑦，口儿蜜钵也似甜，火块儿也似情忺⑧。

【注释】

①嘲少年：曲牌的题目。嘲，讽。

②纸糊锹：纸糊的锹。轻吉列：极轻。枉：徒然。

③肉脿胶：肉脿样的胶。干支刺：干，脆。

④嘴古邦：噘着嘴，鼓着腮。欠：痴呆。

⑤接梢儿：未详。疑是拉皮条。诌：献媚。

⑥抱牛腰：指捞大钱。

⑦"性儿神羊"句：此句意为，本性像祭神的羊般善良。

⑧忺（xiān）：高兴，热情。

【鉴赏】

小曲嘲讽了权豪势要家的恶少：他们横行霸道、为非作歹，却巧嘴鼓簧、道貌岸然、趋利忘义、为富不仁，中看不中用，像人却是鬼。

在写作手法上，这首小令有两个显著特点：一是用了"纸锹""膘胶""醋葫芦""神羊""蜜钵""火块儿"等多个比喻，二是以"轻吉列""干支剌""嘴古邦""接梢儿""抱牛腰"等多个俚语方言敷衍成篇。这使整支曲子在辛辣的讽刺中增加了诙谐的格调。

水仙子 展转秋思京门赋①

乔 吉

琐窗风雨古今情②，梦绕云山十二层③，香销烛暗人初定④。酒醒时愁未醒，三般儿挨不到天明⑤：巉地罗帏静⑥，森地鸳被冷⑦，忽地心疼。

【注释】

①展转秋思京门赋：曲牌的题目。展转，辗转，形容卧不安席。汉代刘向《九叹·惜贤》："忧心展转，愁怫郁兮。"京门，指京都。

②琐窗：格子窗，指雕刻有连锁图案的窗子。

③"梦绕"句：此句意为，萦思梦绕着家乡。云山，指家乡。唐沈佺期《临高台》诗："回首思旧乡，云山乱心曲。"十二层，古以十二为众多，如一天分十二时，天下仙人所居为十二楼，巫山有十二峰等。这里表示峰峦叠嶂。

④人初定：即刚入人定之时。古时一昼夜为十二时，人定为十二时之一，相当于现在21点至23点。

988

⑤三般儿：三样。指下文的"罗帏静""鸳被冷""心疼"。挨：熬。

⑥巉（chán）地：即"划地"，依旧，照样。罗帏：丝织的床帏。

⑦森地：阴森寒冷的。

【鉴赏】

这支曲子写身在"京门"时的"秋思"。时间为"人初定"，气候是"风雨"，梦的内容是"古今情"和"云山"。梦破的原因是"酒醒时愁未醒"，更兼让人难以入眠的"三般儿"："罗帏静""鸳被冷""心疼"。

作者身在京门，但对京都的繁华并不留恋，而是心系家园，秋夜思归，折射出他在仕途的失意。既然"思"到辗转反侧的地步，可知归思之重；借酒浇愁，原本是为了压抑归思，忘却"古今情"和"云山梦"，但由于酩酊醉酒，才招致"心疼"而醒；醒后"罗帏静""鸳被冷"，又让人"酒醒""愁未醒"，这三更半夜的时光可怎么熬到天明？作者内心涌动的不平，隐然可见。

水仙子　寻梅①

乔　吉

冬前冬后几村庄，溪北溪南两履霜②，树头树底孤山上③。冷风来何处香？忽相逢缟袂绡裳④。酒醒寒惊梦⑤，笛凄春断肠⑥，淡月昏黄⑦。

【注释】

①寻梅：曲牌的题目。

②两履：两只鞋。履，鞋。

③孤山：杭州西湖畔的一座小山。宋代隐逸诗人林逋曾隐居于此，植梅养鹤，"孤山梅"由此得名。

④"忽相逢"句：此句意为，忽然碰见了白绢衣袖、薄绸下裳的梅花仙子。缟，白。袂，袖。绡，薄绸。

⑤酒醒寒惊梦：相传隋代赵师雄冬晚过罗浮山，村舍中一素衣淡妆的女子邀他同去酒店喝酒。赵醉酒酣睡。待他酒醒时，却发现自己睡在一棵白梅树下。原来所遇女子是一位梅花仙子。

唐诗宋词元曲精编

⑥笛凄春断肠：宋代连静女《武陵春》词："笛里声声不忍听，浑是断肠声。"意思是说，声声凄厉的笛声像是在诉说春将去、梅欲败，令人肝肠欲断。此句暗用西晋向秀的《思旧赋》。向秀与嵇康、吕安友善，嵇善吹笛。后嵇被司马昭杀害，向秀经过昔日欢会之所，怀念旧友，作《思旧赋》。其序有"邻人有吹笛者，发音嘹亮。追思曩昔游宴之好，感音而叹"。后常以"闻笛"指怀念旧人。

⑦淡月昏黄：宋林逋咏梅诗有"暗香浮动月黄昏"之句。此句即翻化林诗而成。

【鉴赏】

首三句以三个鼎足对仗来写作者"寻梅"的挚爱之情："冬前冬后"写寻梅时间之长，"溪北溪南""树头树底"写寻梅之芬。

"冷风"句从嗅觉上道出寻到梅的缘由，梅花的幽香是梅花之魂，梅花如白衣仙子，又刻画出梅花的形神。最后三句用典故来表达自己寻得梅花后的复杂微妙的心理活动：瞬间的惊喜换来的却是挥之不去的忧伤和迷惘——梅花的孤高标世与自己的一生潦倒恰成鲜明的对照。

水仙子 暮春即事①

乔 吉

风吹丝雨喋窗纱②，苔和酥泥葬落花③，卷云钩月帘初挂。玉钗香径滑④，燕藏春衔向谁家？莺老羞寻伴，蜂寒懒报衙⑤，啼煞饥鸦。

【注释】

①暮春即事：曲牌的题目。即事，眼前的景物。

②喋（xùn）：喷。

③苔和酥泥：苔藓与泥搅和在一起，润湿如酥。

④玉钗香径滑：花园的小路如玉钗般光滑。

⑤报衙：古代州府县的吏役击鼓升堂时的哄哄叫喊声。

【鉴赏】

咏暮春时节的即景：从风雨落花写到云月香径，再写到燕莺蜂鸦。在纯粹的写景之中，仍能从暮春景物中体味出伤春的情怀。

水仙子 为友人作①

乔 吉

　　搅柔肠离恨病相兼，重聚首佳期卦怎占②？豫章城开了座相思店③。闷勾肆儿逐日添④，愁行货顿塌在眉尖⑤。税钱比茶船上欠⑥，斤两去等秤上掂⑦，吃紧的历册般拘钤⑧。

【注释】

　　①为友人作：曲牌的题目。

　　②重聚首：重新相聚。占：占卜。

　　③"豫章城"句：此句暗用双渐、苏卿相恋的故事。相传宋代歌伎苏卿与书生双渐相爱，被茶商冯魁夺爱。双渐追至豫章，终与苏卿重聚。这里借典故以强调相思之情。豫章城，宋元时地名，即今江西南昌。

　　④勾肆：勾栏瓦肆，是当时城市中市民游乐的场所。

　　⑤行货：即商品、货物。顿塌：亦作"囤塌"，积聚的意思。眉尖：眼前。

　　⑥"税钱比"句：此句意为，相思犹如那应缴的赋税，

到了茶商船上还一直拖欠。比：古时称限期追征税赋曰"比"。茶船：沿袭"豫章城"茶商的典故。

⑦等秤：戥子秤，是称极小物品的秤。掂：量物轻重。

⑧吃紧的：紧要的。历册：账簿。拘钤：管制，约束。

【鉴赏】

这首小令是替友人抒发对所爱之人的思念。其特点是把离愁别恨譬作商品：在豫章城开了相思店，把离恨比作拖欠的税钱，要用秤去称量，还要用账簿分文不差地记上。在语言运用上，宋元俗语和商场行话交替使用，且又显得当行本色，展现了作者驾驭语言的熟练能力，极富生活情趣。

水仙子　怨风情①

乔　吉

眼中花怎得接连枝②，眉上锁新教配钥匙③，描笔儿勾销了伤春事④。闷葫芦铰断线儿⑤，锦鸳鸯别对了个雄雌⑥。野蜂儿难寻觅⑦，蝎虎儿干害死⑧，蚕蛹儿毕罢了相思⑨。

【注释】

①怨风情：曲牌的题目。风情，指男女恋情。

②"眼中花"句：此句意为，为情所困，两眼昏花，终难结成美满姻缘。连枝，即连理枝，指两树的枝叶相连，同出一本。常用来比喻爱情的结合，牢不可分。

③眉上锁：双眉紧锁。

④描笔儿：女子描花之笔，亦可用来写信。这里指女子写信赋诗。勾销：取消，抹掉。伤春：失恋。

⑤"闷葫芦"句：是说负心人像闷葫芦一样和自己中断了联系。闷葫芦，哑谜。铰断，剪断。

⑥锦鸳鸯别对了个雄雌：鲜艳华美的鸳鸯另外重新配对。指负心人另寻新欢。别，另外。

⑦野蜂：这里指爱情不专一的负心人。

⑧蝎虎儿干害死：这句大意是，"守宫"女白白为他害相思而守贞。蝎虎儿，壁虎，又名守宫。古人认为，把用丹砂喂养的守宫捣碎，点在妇女身上，如果不与男子交接，则终身不灭。故把壁虎称为守宫。干害死，白白地害相思。

⑨蚕蛹：蚕吐丝结茧后成蛹，此时不再吐丝。这里指对男方的相思不复存在。毕罢：摆脱，结束。思：与"丝"谐音。

【鉴赏】

此曲写失恋女子对负心男子的怨恨。八句话分别用连理枝、眉上锁、配钥匙、描花笔、闷葫芦、铰断线、锦鸳鸯配对、野蜂采花、壁虎守宫、蚕结茧成蛹等十个比喻，将失恋女子的相思忧愁、困惑猜疑、焦虑失望乃至懊恼悔恨等一瞬间的心理活动揭示得淋漓尽致。语言采用俚俗口语，风格泼辣俏皮。

水仙子 咏雪①

乔 吉

冷无香柳絮扑将来②，冻成片梨花拂不开③。大灰泥漫了三千界④，银棱了东大海⑤，探梅的心禁难挨⑥。面瓮儿里袁安舍⑦，盐罐儿里党尉宅⑧，粉缸儿里舞榭歌台。

【注释】

①咏雪：曲牌的题目。

②柳絮：这里指雪花如漫天飘浮的柳絮。据南朝宋刘义

996

庆《世说新语·言语》载，一次，谢安与儿女讲论文艺，时大雪骤降，谢安说："白雪纷纷何所似？"其侄女谢道韫答："未若柳絮因风起。"扑将：扑。将，助词，无义。

③"冻成片"句：唐岑参《白雪歌送武判官归京》诗："忽如一夜春风来，千树万树梨花开。"

④泥漫：弥漫。三千界：佛教语言有"三千大千世界"的说法，指漫无边际的大千世界。

⑤"银棱"句：此句意为，把东海全都凝成银色的冰凌。

⑥心禁：心旌，指心情、心意。挨（ái）：遭受，忍受。

⑦"面瓮儿"句：此句意为，读书人的屋舍被大雪盖住了，像藏在面瓮里一样。袁安，东汉时人。他寒微时住在洛阳。有一次下大雪，很多人到外乞食，他却僵卧不起。洛阳令巡行到他家门口，见状问他为何如此？他回答说："大雪之中人们都不免冻饿，不愿去打扰别人。"洛阳令认为贤。于是推荐他出来做官。

⑧党尉：指北宋时太尉党进。相传每逢下雪天，他就在家里"浅斟低唱，饮羊羔美酒"。

【鉴赏】

《咏雪》是一首咏物诗章，极力渲染大雪纷飞的景象。大雪如冰冷无香的柳絮扑向大地，又如冻成片的梨花。接着用"大灰泥漫了三千界",进一层烘托飞雪之大。从扑面飞来的柳絮,到"漫了三千界"的"大灰泥",由远及近,从高到低,尽情描摹,面对如此大雪和酷寒天气,那些喜欢踏雪赏梅的文人也怯寒止步。此曲多用俗语,生动形象,把用典与俗语巧妙地融合在一起,别具艺术魅力。

水仙子　乐清箫台①

乔 吉

枕苍龙云卧品清箫②,跨白鹿春酣醉碧桃③,唤青猿夜拆烧丹灶④。二千年琼树老⑤,飞来海上仙鹤。纱巾岸天风细⑥,玉笙吹山月高,谁识王乔⑦?

【注释】

①乐清箫台:曲牌的题目。乐清,今浙江乐清,临近瓯江口。箫台,乐清的箫台山。传说,周灵王太子王子晋在箫台山顶垒石弄箫奏乐,引来群鹤飞舞,兴尽跨鹤离去。

②苍龙:指苍劲曲折的松柏树枝。云卧:高卧,有隐居之意。品:吹弄乐器。

③春酣：春盛、春浓之际。

④烧丹灶：炼丹炉。

⑤琼树：玉树。

⑥纱巾岸：头戴露出额头的纱巾。岸，露出的额头。

⑦王乔：王乔即王子乔，为周灵王太子晋，传说得道成仙。好吹笙做凤凰鸣，游伊洛河之间。曾骑鹤吹笙降于缑（gōu）氏山。诗文中用以咏仙家的典故。

【鉴赏】

"云卧"是赏美景，"酣醉"是度良辰，"唤青猿"也并非为炼丹修道以求长生。

若不能尽享良辰美景，纵然两千年的玉树琼枝也会枯老，何如骑鹤而去自由自在？迎风而立，谁人知我王子乔的心思？

整首小令中，"枕苍龙""品清箫""跨白鹿""醉碧桃""唤青猿""烧丹灶""琼树""仙鹤""玉笙吹""王乔"等词语的运用，显得"仙气"十足。

折桂令 赠罗真真①

乔 吉

　　罗浮梦里真仙②，双锁螺鬟③，九晕珠钿④。晴柳纤柔⑤，春葱细腻⑥，秋藕匀圆⑦。酒盏儿里央及出些脺腆⑧，画帧儿上唤下来的婵娟⑨。试问尊前，月落参横⑩，今夕何年？

【注释】

　　①赠罗真真：曲牌的题目。罗真真，元代后期一歌伎。

　　②罗浮梦：隋代赵师雄在罗浮山遇白衣女子，与之同饮，酒醒后睡于白梅树下。见前《水仙子·寻梅》注。

　　③螺鬟：形容女子的发髻状如螺壳。

　　④晕：日月的外层光环。钿：金首饰。

　　⑤柳：这里指美女的腰肢如柳枝。

　　⑥葱：这里指美女的手指如葱根。

　　⑦藕：这里指美女的胳膊如秋天的藕节。

　　⑧酒盏：这里指脸上的笑窝。央及：连带。

⑨画帧（zhēn）：画帧，画幅。婵娟：美女。

⑩参横：参星横于天空。参，二十八星宿之一，早晨天亮时升起。

【鉴赏】

为歌伎写照，比之为罗浮山的仙女。从发式、装束、腰肢、手指、臂膀、酒窝等处起笔，多用比喻，处处写真。

折桂令　七夕赠歌者二首①

乔　吉

崔徽休写丹青②，雨弱云娇③，水秀山明④。箸点歌唇⑤，葱枝纤手，好个卿卿⑥。水洒不着春妆整整⑦，风吹的倒玉立亭亭，浅醉微醒，谁伴云屏⑧？今夜新凉，卧看双星⑨。

黄四娘沽酒当垆⑩，一片青旗⑪，一曲骊珠⑫。滴露和云⑬，添花补柳⑭，梳洗工夫。无半点闲愁去处，问三生醉梦何如⑮？笑倩谁扶⑯，又被青纤⑰，搅住吟须⑱。

【注释】

①七夕赠歌者二首：曲牌的题目。七夕，农历七月初七之夜。歌者，指文中的崔徽和黄四娘。

②崔徽：宋代歌伎，曾请画家为自己画像赠心上人。写：描摹。丹青：图画。

③雨弱云娇：如细雨般娇柔的云鬓。

④水秀山明：比喻清秀的眼睛和像春山一样的眉毛。

⑤箸点：指痣。

⑥卿卿：夫妻间的爱称。

⑦春妆：盛妆。

⑧云屏：用云母片镶嵌的屏风。

⑨双星：牛郎、织女两颗星。

⑩黄四娘：元代歌女。沽酒当垆：指卖酒。《史记·司马相如列传》："文君夜亡奔相如，相如乃与驰归成都……买一酒舍沽酒，而令文君当垆。"

⑪青旗：青帘，古时酒店门口高处挂的幌子。

⑫骊珠：宝珠。传说出于骊龙颌下。这里比喻歌声的婉转动听。

⑬滴露和云：露水滴在云鬟上。和，连。

⑭添花补柳：指在瘦细的腰肢间插花。

⑮三生：佛教语，指前生、今生、来生。

⑯倩：借助。

⑰青纤：指细长的手指。

⑱搅：扰乱。须：胡须。

【鉴赏】

这两首七夕赠歌者的小令，第一首着重描写歌者崔徽的形体容貌。"浅醉""卧看双星"的描写，给人以文静的印象；第二首先介绍黄四娘的身份，有"问"有"笑"的描写和"搅住吟须"的动作，展现在人们眼前的是一个性格颇为开朗的女性。

折桂令　雨窗寄刘梦鸾赴宴以侑尊云①

乔　吉

妒韶华风雨潇潇②，管月犯南箕③，水漏天瓢④。湿金缕莺裳，红膏燕嘴，黄粉蜂腰。梨花梦龙绡泪今春瘦了⑤，海棠魂羯鼓声昨夜惊着⑥。极目江皋⑦，锦涩行云⑧，香暗归潮⑨。

【注释】

①雨窗寄刘梦鸾赴宴以侑尊云：曲牌的题目。寄，托人传送。刘梦鸾，元代后期杭州歌伎。侑尊，伴酒。

②韶华：年华，时光。

③管：即便是，尽管。月犯南箕：指刮起风。箕星是二十八宿中主风的星辰，相传月亮一遇到它，天就会起风。

④水漏天瓢：大雨就像从天上水瓢往下倾泻一样。

⑤梨花梦：唐代诗人白居易《长恨歌》形容杨贵妃的愁容有"梨花一枝春带雨"的诗句，这里用来形容歌女刘梦鸾。龙绡：鲛绡，即手帕。

⑥羯鼓：一种打击乐器，唐代天宝年间最盛行。相传唐玄宗最善此鼓。一次仲春二月，连雨数日，天刚放晴，玄宗击羯鼓而海棠树叶吐花发。这里泛指笙歌乐舞。

⑦江皋（gāo）：江边高地。

⑧锦涩行云：霭霭行云阻止了你的衣锦到来。

⑨香暗归潮：涌涌江潮也使你的香气缓缓退去。

【鉴赏】

小令想象刘梦鸾雨夜去伴酒佐觞。湿了"莺裳""燕嘴""蜂腰"，表现了作者怜香惜玉之情；几次用典，把刘梦鸾比作杨贵妃，表达了对刘的深切感情；末几句则是作者企盼刘梦鸾归来而不期的怅惘心情的流露。

折桂令　丙子游越怀古①

乔　吉

蓬莱老树苍云②，禾黍高低③，狐兔纷纭。半折残碑，空余故址，总是黄尘。东晋亡也再难寻个右军④，西施去也绝不见甚佳人。海气长昏，啼鴂声干⑤，天地无春。

【注释】

①丙子游越怀古：曲牌的题目。丙子，指元至元二年（1336）。越，古越地，指今浙江一带。

②蓬莱：古代传说仙人所居之地，与瀛洲、方丈并称三山。

③禾黍：《诗经·黍离》小序中说，周大夫行役过故宗庙宗室之地，看见到处长着禾黍，感伤王都颠覆。唐许浑《金陵怀古》诗有"禾黍高低六代宫"的诗句。

④右军：指东晋书法家王羲之，曾官至右军将军。

⑤啼鴂（jué）：杜鹃鸟。干：空叫。

【鉴赏】

这支怀古之曲，说越地"故址"的"老树""禾黍""狐兔""残碑"，"总是黄尘"，睹物生情，发思古之幽情。

而"空余"二字，饱含千古盛衰、一世霸业、短暂风流都化为空无的感慨，情寓于景，理蕴于景。

接着以东晋王羲之和春秋越国美女西施等俊士佳人为例，说这些风流人物也不过是历史上的匆匆过客。

结句"天地无春"的表白，与曲题丙子年（1336）距宋亡之年（1276）正好一甲子的周期相联系，可以窥出作者怀古的真实之意是抒亡国之慨。

曲中反复渲染的凄凉之景、空寂之理、悲怆之情也就不难理解了。

殿前欢　登江山第一楼①

乔吉

拍栏杆，雾花吹鬓海风寒②，浩歌惊得浮云散。细数青山，指蓬莱一望间③。纱巾岸，鹤背骑来惯④。举头长啸，直上天坛。

【注释】

①登江山第一楼：曲牌的题目。江山第一楼，即镇江北固山甘露寺内的多景楼，宋代大书法家米芾（fú）赞为"天下第一楼"。元人周权《多景楼》诗有"谁言宇宙无多景，今见江山第一楼"之句。此楼耸立江畔，俯瞰大江，遥望东海，江山美景尽收眼底。

②拍栏杆：宋辛弃疾《水龙吟·登建康赏心亭》："江南游子，把吴钩看了，栏杆拍遍，无人会、登临意。"雾花：指带风的水汽。

③蓬莱：见作者《折桂令·丙子游越怀古》注。这里指多景楼的胜景有如蓬莱仙境。

④纱巾岸：露出额头的头巾。见作者《水仙子·乐清箫台》注。鹤背骑来惯：惯常骑在鹤背上来往。这里用周灵王太子王子乔跨鹤成仙的典故，形容如仙人一样超逸。

【鉴赏】

魏晋时期王粲《登楼赋》抒写怀才不遇、壮志难酬、去国怀乡的情怀，一直是文人"登楼"作品的主调。登临而"拍栏杆"，放声"浩歌"，一任"海风"吹拂，胸中自有去国怀乡、有志难展的慷慨悲凉之气。"细数"而"指"

蓬莱仙山，且欲效王子乔骑鹤遨游于无羁无绊的天地之间，"举头长啸，直上天坛"，唯如此，才能忘掉人间烦恼，超然自逸，胸襟开朗。

清江引　笑靥儿①

乔　吉

凤酥不将腮斗儿匀②，巧倩含娇俊③。红镌玉有痕④，暖嵌花生晕⑤。旋窝儿粉香都是春。

【注释】

①笑靥儿：曲牌的题目。靥，酒窝。

②凤：这里指凤仙花，又名指甲花。腮斗：腮帮子，即脸蛋。

③巧倩：精巧美丽。

④"红镌玉"句：此句意为，在如玉的脸面上涂上红的窝痕。

⑤"暖嵌花"句：此句意为，像把一朵鲜艳的小花镶嵌在温暖的晕圈里。

【鉴赏】

美人的酒窝也许比美人脸上的痣更"巧倩含娇俊"。乔吉的这支小曲采用赋的手法，直接描摹靥的形态。

卖花声　悟世①

乔　吉

肝肠百炼炉间铁②，富贵三更枕上蝶③。功名两字酒中蛇④。尖风薄雪⑤，残杯冷炙⑥，掩清灯竹篱茅舍。

【注释】

①卖花声：曲牌名。悟世：曲牌的题目，指对世事的顿悟。

②"肝肠百炼"句：这里指肝肠如炉铁一样坚硬冰冷。晋刘琨《重赠卢谌》："何意百炼钢，化为绕指柔。"这里反其意而用之。

③"富贵三更"句：指荣华富贵像半夜三更枕头上的一场梦。蝶，指庄周梦蝶事。见王和卿《醉中天·咏大蝴

《蝶》注。

④酒中蛇：即"杯弓蛇影"，令人心惊。

⑤尖：锐利。薄：逼迫。

⑥炙：烧烤的肉。

【鉴赏】

"悟"由"炉间铁"而起，重点是对"富贵""功名"的顿悟："富贵"如庄周梦蝶，空幻无凭；"功名"如杯弓蛇影，缥缈难定。结尾三句是"悟"时的环境：为"尖风薄雪"所困，只能蜗居于"竹篱茅舍"中，对一盏青灯、两盘残肴，酌几杯淡酒。在写景状物中，使人倍感世态之炎凉，人心之灰冷，这也就是"悟世"的结果。

朝天子　小娃琵琶①

乔　吉

暖烘，醉容，逼匝的芳心动②。雏莺声在小帘栊③，唤醒花前梦。指甲纤柔，眉儿轻纵④，和相思曲未终。玉葱⑤，翠峰，娇怯琵琶重。

【注释】

①朝天子：原为词牌名，曲牌沿用之。小娃琵琶：曲牌的题目，指小女弹琵琶。

②逼：迫近。匝：环绕。

③雏莺：这里指弹琵琶的"小娃"。帘栊：挂着竹帘的窗户。

④纵：竖。

⑤玉葱：指女子手指。

【鉴赏】

这首小令描写了一位琵琶少女的演奏："暖烘""醉容"的环境，是为了挑动她的"芳心"。

娇小如"雏莺"般的她刚一撩拨，就唤醒了多少看客的"花前梦"。

她的"玉葱"般的手指舒缓地拨弄着琴弦，眉峰轻轻地蹙起，那"娇怯"的神志衬得琵琶是那么粗重。

山坡羊　冬日写怀二首①

乔　吉

朝三暮四，昨非今是，痴儿不解荣枯事②。攒家私，宠花枝。黄金壮起荒淫志，千百锭买张招状纸③。身，已至此；心，犹未死。

冬寒前后，雪晴时候，谁人相伴梅花瘦？钓鳌舟④，缆汀洲⑤。绿蓑不耐风霜透⑥，投至有鱼来上钩。风，吹破头⑦；霜，皴破手⑧。

【注释】

①冬日写怀二首：曲牌的题目。写怀，抒发胸怀。

②不解：不知，不懂。荣枯事：指盛衰、沉浮的事理。

③招状纸：犯人供认罪状的文书。

④钓鳌：唐李白自题"海上钓鳌客"去谒见宰相。宰相问："以何物为钓线？"李白说："以风波逸其情，乾坤纵其志，以虹霓为丝，明月为钩。"后以"钓鳌"喻抱负远大

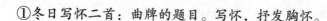

或举止豪迈。鳌，传说中的海中大龟。

⑤缆：系舟。

⑥不耐：耐不住。

⑦投至：等到。破：遍，尽。

⑧皴：皮肤被冻裂口。

【鉴赏】

这是乔吉在"离家一月、闲居客舍"的冬至日所写。两支抒怀曲分别嘲弄了两种人：

第一支是对"攒家私""宠花枝"的"痴儿"的讽刺，他们黄金壮起的是"荒淫志"，钱财买来的是"招状纸"，但他们却痴心难改，这是因为他们不懂得沉浮盛衰转换的道理。

第二支是对冒着风霜缆舟垂钓者的穷酸相写照：他们求鱼而不得，待到鱼儿上了钩，身心早已被无情的风霜摧残。这与唐柳宗元"孤舟蓑笠翁，独钓寒江雪"的形象绝不相类。

山坡羊 寄兴①

乔 吉

鹏抟九万②，腰缠十万，扬州鹤背骑来惯③。事间关④，景阑珊⑤，黄金不富英雄汉。一片世情天地间。白，也是眼；青，也是眼。⑥

【注释】

①寄兴：曲牌的题目。寄兴是指由其他事物引发寄托某种意思。

②鹏抟九万：《庄子·逍遥游》说大鹏鸟从北海迁到南海的时候，渡过了三千里的海面，乘旋风而上，一飞九万里。后人常以此比喻人的志向远大。这里讽刺钻营投机之徒的青云直上。

③"腰缠十万"二句：东晋时，有人各言其志。这时，一人说："腰缠十万贯，骑鹤下扬州。"意欲兼有官位、钱财、升仙三者。这里用来比喻人的贪婪。见前张可久《水仙子·次韵》注。

④间关：险阻，表示不顺利。

⑤阑珊：衰残。

⑥白、青：白眼、青眼：《晋书·阮籍传》说，阮籍能为青白眼。青眼即用黑眼珠看人，表示尊重或喜爱；白眼就是用白眼珠看人，表示轻视或憎恶。这里是指代势利眼式的人物。

【鉴赏】

无意于"鹏抟九万"，也不奢求"腰缠十万"，而追求的只是"鹤背"生涯。"黄金"不为，"世情"无奈，管他什么白眼、青眼。曲子表达的是我行我素、愤世嫉俗的末路英雄形象。

小桃红　赠朱阿娇①

乔　吉

郁金香染海棠丝②，云腻宫鸦翅③，翠靥眉儿画心字④，喜孜孜。司空休作寻常事⑤。樽前但得，身边服侍，谁敢想那些儿⑥。

【注释】

①赠朱阿娇：曲牌的题目。朱阿娇，元代后期的女艺人。

②郁金香：多年生草本植物，花有紫、红、白、黄等色，香气芬芳。花瓣可做香料。海棠丝：即垂丝海棠，为海棠花的一种名贵品种。这里指妇女的头发。

③云：指蓬松的头发。腻：滑泽。宫鸦翅：即鸦髻，一种如鸦羽状的发式。

④翠靥：用绿色的花子贴在眉心或两颊，又称翠钿。画心字：指用彩绘的花子贴在眉心上。

⑤"司空"句：此句意为，饮酒作乐只是件很平常的事。唐时，时任司空的李绅宴请刘禹锡，让歌女劝酒，刘赋诗有"司空见惯浑闲事"之句。

⑥那些儿：这里指那些非分、非理之事。

【鉴赏】

前四句对朱阿娇的外貌进行描写：用名贵的香料"郁金香""海棠"染的头发，做的是"宫鸦翅"发饰，润泽光亮，画眉靥，贴花子，一副"喜孜孜"的神态。后四句以朱阿娇的口吻说：被邀赴宴侍酒是寻常所做的事，在宴席上只要能在你身边服侍，就是件荣幸的事，谁还敢再有那些其他的非分之想。写出了作者和歌女朱阿娇的亲密关系。

小桃红　春闺怨①

乔　吉

　　玉楼风飐杏花衫②，娇怯春寒赚③。酒病十朝九朝嵌④。瘦岩岩⑤，愁浓难补眉儿淡⑥。香消翠减，雨昏烟暗，芳草遍江南。

【注释】

①春闺怨：曲牌的题目。

②玉楼：装饰华丽的楼房。飐：触动。

③娇怯：惊恐。赚：骗。

④嵌：深陷。

⑤瘦岩岩：极瘦的样子。

⑥"愁浓"句：大意是，由于怨愁，平日连眉儿也懒得画，眉妆颜色也淡了，愁的浓度难以弥补眉妆的淡色。

【鉴赏】

《小桃红·春闺怨》系元代杂剧家、散曲作家乔吉所作。小桃红系越调，曲牌名。此曲表现了处于春闺里的女子的哀怨情愁。

因闺怨而怨及"风飚""春寒"；靠"病酒"来浇愁，就会愁上更愁，怨上更怨，只落得个"瘦岩岩"。

结三句由人及景，愁雨怨烟中，似乎连遍及江南的芳草也充满了无穷无尽的愁怨。

小桃红　晓妆①

乔　吉

绀云分翠拢香丝②，玉线界宫鸦翅③。露冷蔷薇晓初试④。淡匀脂，金篦腻点兰烟纸⑤。含娇意思，㛤人须是⑥：亲手画眉儿⑦。

【注释】

①晓妆：曲牌的题目。

②绀（gàn）云：指深青色的头发。绀，深青色。拢：梳理。

③玉线界：头皮上分开头发后显出的一条白色界线。宫鸦翅：一种发式。

④初试：开始试妆。

⑤"金篦腻点"句：此句意为，用金篦子润湿兰胭脂来装点。金篦，用金制成的梳头篦子。腻，滑泽。点，装点。兰，指泽兰炼成的发油、香脂等。烟纸，胭脂。

⑥殢人：亲昵之人。

⑦画眉：指汉张敞为妻描眉的典故。

【鉴赏】

妇女在"露冷蔷薇"的晨晓就开始梳妆。她拢起自己的黑发，在头顶篦开后做成鸦髻状。又涂匀脂油，用金篦子润湿兰膏和胭脂。

这时，她的心理活动开始起了波澜：她幻想满含娇态地让亲昵的人儿亲手为她画眉。这支曲子在描述妇女梳妆动作的同时，突然转入对她心理活动的刻画，显得饶有情趣。

小桃红　绍兴干侯索赋①

乔　吉

昼长无事簿书闲②，未午衙先散③。一郡居民二十万。报平安，秋粮夏税咄嗟儿办④。执花纹象简⑤，凭琴堂书案，日日看青山⑥。

【注释】

①绍兴干侯索赋：曲牌的题目，此句意为绍兴的干侯求取诗文。绍兴，元代郡名，在今浙江绍兴。干侯，干文传，苏州人，曾徙吴江县，有善政，修《宋史》，官至礼部尚书。索，讨取。赋，诵咏的诗文。

②簿书：公务文书。

③午：晌午。

④咄（duō）嗟：犹出口之间。

⑤象简：象牙笏。

⑥日日看青山：南朝宋刘义庆《世说新语·简傲》记述，王徽之任车骑将军桓冲的参军。桓冲对王徽之说："你

在这个位置上很久了，近来应当料理些事情。"开始王不回答，以手板抵住面颊，忽然说："西山今天早上，最有爽朗之气。"这就是"拄笏看山"的典故，喻为官有高尚情趣。

【鉴赏】

这是乔吉应有善政的干文传所求而赋写的小令，赞扬了干侯为官的清闲和干练。"簿书闲""衙先散""秋粮夏税"完，都是"报平安"的具体体现。"执象简""凭书案""看青山"，侧面反映出干侯为政清简的作风。整支小曲写得颂而不谀。

凭栏人　金陵道中①

乔　吉

瘦马驮诗天一涯②，倦鸟呼愁村数家③。扑头飞柳花④，与人添鬓华。

【注释】

①金陵道中：曲牌的题目。金陵，今江苏南京。

②瘦马驮诗：暗用唐李贺的典故。传说李贺常"骑蹇驴，背一古破锦囊，遇有所得，即书投囊中"。即在驴背上得好诗句就写下来，投入囊中。

③倦鸟：以倦鸟自比归隐之人。

④扑头：拂面而来。

【鉴赏】

这本是作者沦落天涯、颠沛流离中的抒怀之作。首二句暗用李贺、陶渊明的典故，表明归隐时的赋诗索句生活；后二句以景衬情，缭乱的柳絮像愁绪一样扑面而来，更增添了作者的白发。

天净沙　即事①

乔 吉

莺莺燕燕春春，花花柳柳真真②，事事风风韵韵。娇娇嫩嫩，停停当当人人③。

【注释】

①即事：曲牌的题目，即就当前事物景象题咏。

②真真：画中美女的名字。

③"停停当当"句：宋朱熹《朱子语类·论语》："如夫子言，文质彬彬，自然停当恰好。"这里指美女的容貌与打扮熨帖自然，恰到好处。

【鉴赏】

首二句摹春景，后三句赞美人。"真真"二字借叠词巧体，暗用典故，由写事过渡到写人。通篇全用叠词，是此曲的一大特色。

落梅风

贯云石

新秋至，人乍别。顺长江水流残月。悠悠画船东去也①！这思量起头儿一夜②。

【注释】

①画船：装饰华丽的船。
②起头儿一夜：头一夜，第一夜。

【鉴赏】

悲秋中的离别令人感到孤独和惆怅，而画船东去唯见水流残月的图景，昭示主人公送别后伫立江头之久。结二句发感慨：离人随流水已走远，离愁却越发浓重，可这对离人的相互思念才仅仅是开始的第一夜呀！

殿前欢 二首

贯云石

畅①幽哉，春风无处不楼台。一时怀抱俱无奈②，总对天开③。就渊明归去来④，怕鹤怨山禽怪⑤，问甚功名在！酸斋⑥是我，我是酸斋。

怕西风，晚来吹上广寒宫⑦，玉台不放香奁梦⑧。正要情浓，此时心造物^⑨同，听甚《霓裳》^⑩弄^⑪？酒后黄鹤送。^⑫
山翁^⑬醉我，我醉山翁。

【注释】

①畅：甚，真正。

②"一时"句：唐吴融《重阳日荆州作》有"惊时感事俱无奈"之句。怀抱，心意，心情。

③总对天开：全给老天敞开。形容景色优美，像大自然展示的画卷。

④就渊明归去来：归于陶渊明结庐田园的生活。东晋陶渊明归居田园，写有《归去来兮辞》。就，归于。

⑤"怕鹤怨"句：南朝齐周颙（yóng）假归隐之名以沽名钓誉，孔稚圭作《北山移文》讥之。文中有"蕙帐空兮夜鹤怨，山人去兮晓猿惊"之句。

⑥酸斋：作者贯云石自号酸斋。

⑦广寒宫：指传说中的月宫。

⑧"玉台"句：此句意为天上仙宫仙女们的美梦还没有消散。玉台，天上仙宫。放，解散，放回。香奁，古代妇女梳妆用的镜匣，这里用来代指美女。

⑨造物：天造万物。

⑩《霓裳》：即《霓裳羽衣》曲，唐代最有名的乐舞，相传是唐玄宗根据他游月宫时的情景写成。见前马致远《四

块玉·马嵬坡》注。弄：奏乐或乐一曲曰"弄"。

⑪ "酒后"句：据南朝梁任昉《述异记》载，有黄鹤载羽衣仙子到荀环的住地，"宾主欢对，已而辞去，跨鹤腾空"。此句即袭用这一典故。

⑫ 山翁：晋人山简生活在动乱的年代里，经常借酒浇愁，喝得烂醉如泥。

【鉴赏】

这是两首披露作者矛盾心曲的小令。第一支曲由"无奈"的春愁引起，敞开心怀要抛弃功名，踏上陶渊明的归隐之路，可又怕世人笑话自己像周颙那样是为了沽名钓誉。第二支曲由秋风说起，同样表达了告别饮酒生活、向往隐逸之路的矛盾心理。在没有做出抉择前，只能在醉乡中讨生活。

塞鸿秋　代人作①

贯云石

战西风遥天几点宾鸿至②，感起我南朝千古伤心事③。展花笺欲写几句知心事④，空教我停霜毫半晌无才思⑤。往常得兴时⑥，一扫无瑕疵⑦。今日个病厌厌刚写下两个相思字⑧。

【注释】

①塞鸿秋：曲牌名。代人作：曲牌的题目，此句意为应人之请，拟其身份口吻而作。

②宾鸿：深秋时节飞来的鸿雁。古代称仲秋时最先飞来的大雁为主，季秋时飞来的大雁为宾。

③南朝千古伤心事：谓南朝古往今来的伤感动情的事情。南朝指晋以后在南方建都的宋、齐、梁、陈等朝代，与北方的北魏、西魏、东魏、北齐、北周等北朝相对峙。因为南朝的君王大都荒淫无道，醉生梦死，所以，都很快亡国。金代吴激《人月圆》词有"南朝千古伤心事"之句。

④展：伸展，铺开。花笺：精致华美的信笺。

⑤停霜毫：停笔。霜毫，细长而尖的白毛，指毛笔。半晌：一会儿。

⑥得兴：来了兴致。

⑦扫：描，画。瑕疵：指很小的缺点、毛病。

⑧厌厌：形容精神萎靡不振的样子。

【鉴赏】

这首小令以伤古感时为主题。"代人作"是拟别人身份口吻而作，但以"相思"的口吻有感于千古兴亡伤心事，则是以藏写露。

首句以鸿雁在秋风中的凄苦景象见景生情，托物寄兴，兴起的是"南朝千古伤心事"。然而，"欲写几句知心事"，却是"半晌无才思"。这与"往常得兴时，一扫无瑕疵"形成鲜明的对照。其原因在于内心的难言之隐和悲伤至极。

其"病恹恹"的状态和写不下去的情态用"相思"两字标示，这又是以"代人作"的口吻，曲折地表达了内心欲吐又止的伤古感时之情。

清江引　二首

钱　霖

梦回昼长帘半卷，门掩荼蘼院①。蛛丝挂柳棉，燕嘴粘花片，啼莺一声春去远。

恩情已随纨扇歇②，攒到愁时节③。梧桐一叶秋④，砧杵千家月⑤，多的是几声儿檐外铁⑥。

1028

【注释】

①荼蘼：即酴醾，开白花，棘长条，可编柴门。选取荼蘼，一是初夏之景，不与万紫千红争春，二是洁白素雅，三是叶柄有刺，有个性。

②纨扇：用细绢制成的团扇。相传汉成帝的妃子班婕妤失宠后，作《怨诗》，以被捐弃的团扇寄托哀怨之情。后用作咏失宠、失意的典故。

③攒：同"趱"，赶到，到了。愁时节：指秋天。楚宋玉《九辩》："悲哉秋之为气也。"

④梧桐一叶秋：《淮南子·说山》："一叶落知天下秋。"唐温庭筠《更漏子》词："梧桐树，三更雨，不道离情正苦。一叶叶，一声声，空阶滴到明。"

⑤砧杵千家月：唐韩翃《酬程廷秋夜即事见赠》诗："星河秋一雁，砧杵夜千家。"

⑥檐外铁：屋檐下挂的风铃。

【鉴赏】

钱霖曾一度"弃俗为黄冠（道士），更名抱素，号素庵"。从第一支曲的内容来看，大约是写他的从道生活。"梦回"二句写他白天闭门酣睡，一觉醒来，尚嫌"昼长"。柴门半掩，院内满架的荼蘼白花点缀其间。三、四两句"蛛丝挂柳棉，燕嘴粘花片"，描绘春夏之交的动物活动。你看屋檐下的蛛网，挂住几片柳絮，正在随风摇曳；燕子低飞，正用小嘴衔起泥上的落红残片，准备去筑香巢。结句以一声悦耳的黄莺鸣叫，扰乱作者凝神静观的思绪，使他恍然悟到了春的归去。后一首写妇女的愁情：秋夜景色的描绘，既反映女主人公的夜深难寐，又烘托了孤寂的环境；而几声檐下风铃的响声，更触动女主人公对往日生活的回忆和留恋，暗衬了负心郎的无情。

折桂令　春情①

徐再思

平生不会相思，才会相思，便害相思。身似浮云，心如飞絮，气若游丝②。空一缕余香在此，盼千金游子何之③。证候来时④，正是何时？灯半昏时，月半明时。

【注释】

①折桂令：曲牌名，又名《蟾宫曲》。春情：曲牌的题目，指伤春的情怀。

②气若游丝：比喻气息微弱。

③千金：这里言其珍贵。何之：之何，到哪里去了。

④证候：症候，指害相思病的症状。

【鉴赏】

相思的症候是：身似浮云，心如飞絮，气若游丝。症候来的时间是：灯半昏时，月半明时。可见相思之苦损身体、耗精力，爱、恨、怨、怜尽在独守孤灯的不言中。这支曲的写作特点在于，首尾连环叠韵，累累如贯珠。

殿前欢　观音山眠松①

徐再思

老苍龙，避乖高卧此山中②。岁寒心不肯为梁栋③，翠蜿蜒俯仰相从④。秦皇旧日封⑤，靖节何年种⑥，丁固当时梦⑦。半溪明月，一枕清风。

【注释】

①观音山眠松：曲牌的题目。观音山，在扬州西北蜀冈

东峰。元至元年间（1264—1294）开山建寺，山因寺内供观音像而得名。眠松，倒伏、横陈之松。

②避乖：躲避乖迕，避世乱的意思。宋朱熹《读十二辰诗卷掇其余作此聊复一笑》诗："君看蛰龙卧三冬，头角不与蛇争雄。"

③岁寒心：指持守节操，不为外界环境所扰。孔子《论语》："岁寒然后知松柏之后凋也。"

④翠蜿蜒：指攀附在松枝上的藤萝。旧俗以藤萝缠树喻和美的夫妇关系。

⑤秦皇旧日封：《史记·秦始皇本纪》："二十八年……乃遂上泰山……因封其树为五大夫。"

⑥靖节：东晋陶渊明死后，被友朋私下谥（shì）赠"靖节"之号。

⑦丁固当时梦：指梦想成真。丁固，三国时吴人，曾梦见松树生其腹上。他对人说："松字十八公也，后十八岁，吾其为公乎？"后十八年，他果然官至三公之一的大司徒。

【鉴赏】

以松喻人是此作的最大特点。高卧山中的老苍龙有着一颗"岁寒心"，与明月清风为伴，避乖不肯为梁栋，尽管是始皇封、靖节种、丁固梦，也只求"翠蜿蜒俯仰相从"。

对松的赞颂实则是对避世隐士的赞颂。

水仙子　夜雨①

徐再思

一声梧叶一声秋②，一点芭蕉一点愁③，三更归梦三更后。落灯花，棋未收④，叹新丰逆旅淹留⑤。枕上十年事，江南二老忧，都到心头。⑥

【注释】

①夜雨：曲牌的题目。

②一声梧叶一声秋：晚唐词人温庭筠《更漏子》词："一叶叶，一声声，空阶滴到明。"宋张辑《疏帘淡月》："梧桐雨细，渐滴作秋声。"都借秋雨写愁。

③一点芭蕉：芭蕉叶上的每一滴雨点。唐李商隐《代赠》："芭蕉不展丁香结，同向春风各自愁。"

④落灯花，棋未收：宋赵师秀《约客》诗："约客不来过夜半，闲敲棋子落灯花。"灯花，灯芯燃烧时结成的花朵形状。

⑤"叹新丰"句：唐初文士马周，年轻时孤贫，曾游

宿新丰的驿馆中,受到店主的冷遇。新丰,今陕西西安临潼东北。淹留,长期逗留。

⑥枕上十年事,江南二老忧,都到心头:唐杜荀鹤《旅舍遇雨》:"半夜灯前十年事,一时和雨到心头。"二老,指父母双亲。

【鉴赏】

羁旅中的客愁,又兼秋夜之雨,真个是"梧桐更兼细雨,到黄昏点点滴滴";在这促愁的夜雨中,躲在客馆想进入归乡的美梦,谁料想三更后那回家的梦便被惊醒,眼前只留下一盏摇曳的残灯和一盘散乱未竟的残棋;回想多年来仕途失意、宦海漂泊的游子生涯和江南家乡双亲为自己担忧的情景,万千的感慨和无尽的悲酸都一起涌上心头。

水仙子　红指甲①

徐再思

落花飞上笋牙尖②,宫叶犹将冰箸粘③,抵牙关越显得樱唇艳④。怕伤春不卷帘,捧菱花香印妆奁⑤。雪藕丝霞十缕⑥，镂枣斑血半点⑦，掐刘郎春在纤纤⑧。

【注释】

①红指甲：曲牌的题目。

②笋牙：竹笋的嫩芽，色纯白。这里指美人的手指。

③宫叶：见前卢挚《沉醉东风·重九》注的红叶题诗典故。冰箸：即冰柱。这里指玉指。

④抵：至，到达。这里指手托。

⑤菱花：菱花镜。古铜镜往往做成菱形或背后刻有菱花。妆奁：女子梳妆所用的镜匣之类。

⑥"雪藕"句：此句意为，十个像雪白藕节般的手指上的红指甲映射出十缕丝霞。雪藕，指雪白如藕节的手指。

⑦镂枣：镂刻的枣，这里比喻染红的指甲盖。

⑧刘郎：这里指情郎。春：春心，爱意。纤纤：指玉手。

【鉴赏】

刻意摹写了手指甲如"落花""宫叶""丝霞""镂枣"，手指如"笋芽""冰箸""雪藕"。捧妆奁则留香，托腮帮则衬唇艳。而"掐刘郎春在纤纤"才是点睛之笔："女为悦己者容"，美好的红指甲在情郎眼里才显出它的价值所在。

水仙子　马嵬坡①

徐再思

翠华香冷梦初醒②，黄壤春深草自青③。羽林兵拱听将军令④，拥銮舆蜀道行⑤。妾虽亡天子还京⑥。昭阳殿梨花月色⑦，建章宫梧桐雨声⑧，马嵬坡尘土虚名⑨。

【注释】

①马嵬坡：曲牌的题目，见前白朴《醉中天·佳人脸上黑痣》注。

②翠华：以翠羽饰于旗杆顶上的旗帜，为皇帝仪仗。古代诗文中多借指皇帝。

③黄壤：黄土，这里指埋葬杨贵妃的土。

④拱：环卫。

⑤銮舆：皇帝的车驾。

⑥妾虽亡天子还京：指杨贵妃在马嵬坡被赐死自缢后，唐玄宗于乾元二年（759）从蜀郡还京。

⑦昭阳殿：汉代宫殿名。这里借指杨贵妃生前的居处。

梨花月色：指唐玄宗日夜怀念杨贵妃。唐白居易《长恨歌》有"行宫见月伤心色""梨花一枝春带雨"。

⑧建章宫：汉代宫殿名，这里借指唐玄宗返京后的居处。梧桐雨声：指唐玄宗还京后的凄凉和孤寂。唐白居易《长恨歌》："秋雨梧桐叶落时。"

⑨"马嵬坡"句：此句意为，马嵬坡上的一抔（póu）黄土掩埋了唐玄宗、杨贵妃半世恩爱的虚名。唐白居易《长恨歌》："马嵬坡下泥土中，不见玉颜空死处。"

【鉴赏】

曲以杨贵妃自己的口吻道出：首句突兀发难，香冷梦醒是因杨贵妃从温柔富贵的顶峰突然坠入惨死的深渊，一抔黄壤，冢无完尸，而唐玄宗却在羽林军的拱卫下"蜀道行"，继而"还京"。"妾虽亡天子还京"，这是一怨；当初昭阳殿海誓山盟，建章宫唐玄宗孤独晚年，这李杨爱情只是枉世的虚名，这是二怨；一国之君竟连自己宠爱的妃子也保不住，让妾在荒岭做孤魂野鬼，这是三怨。"尘土虚名"是怨过之后的大彻大悟。

清江引　相思①

徐再思

　　相思有如少债的②，每日相催逼。常挑着一担愁，准不了三分利③。这本钱见他时才算得。

【注释】

　　①相思：曲牌的题目。
　　②少债：欠债。
　　③准：抵押，折价。三分利：本钱三成的利，是当时最低的利。利，利钱，利息。

【鉴赏】

　　以相思比欠债，想象奇特。欠债在元代是一件非同小可的大事。元代实行"羊羔息"，利息是本钱的倍数，常使得欠债人卖儿卖女，倾家荡产。这相思就好比欠债，分离时间越长，相思便像高利贷越滚越多。日里魂牵，夜里梦绕，愁肠百结。这本钱只有见到"他"时才能算清。

凭栏人　春情①

徐再思

髻拥春云松玉钗②，眉淡秋山羞镜台③。海棠开未开？粉郎来未来？④

【注释】

①春情：曲牌的题目，见前注。

②"髻拥"句：此句意为，挽得高高的发髻却已偏倚，使得玉钗松脱开。春云，指蓬松的长发。

③眉淡秋山：指眉妆。晋代葛洪《西京杂记》："（卓）文君姣好，眉色如望远山。"

④海棠：落叶小乔木，叶子卵形或椭圆形，花白色或淡粉红色。花在仲春开放。宋李清照《如梦令》："试问卷帘人，却道'海棠依旧'。"

【鉴赏】

前两句摹态，写女主人公的疏于梳妆。后两句写"春情"的心理：渴望心上人的到来而怕花早开，花早开会触动人的"春情"难耐。

阳春曲　赠海棠①

徐再思

玉环梦断风流事②，银烛歌成富贵词③。东风一树玉胭脂，双燕子，曾见正开时。

【注释】

①赠海棠：曲牌的题目。海棠，指杨贵妃醉酒状，被唐玄宗戏称为睡海棠。见前马致远《四块玉·马嵬坡》注。

②"玉环"句：此句意为，杨玉环从风流往事的美梦中惊醒。玉环，杨玉环，是唐代皇帝玄宗李隆基的贵妃。断，尽。

③"银烛"句：此句意为，海棠是象征富贵的花，犹如银烛照红妆。宋苏轼《海棠》诗："只恐夜深花睡去，故烧银烛照红妆。"

【鉴赏】

这首赠歌女的小令以花喻人，以杨贵妃做前车之鉴，告诫人们：富贵风流倒是快意于一时，但美的毁灭也往往就在瞬息之间。"双燕子"们，想想杨贵妃这个睡海棠吧！

朝天子　西湖①

徐再思

里湖，外湖②，无处是无春处。真山真水真画图，一片玲珑玉③。宜酒宜诗，宜晴宜雨，销金锅锦绣窟④。老苏，老逋⑤，杨柳堤梅花墓⑥。

【注释】

①西湖：曲牌的题目。

②里湖，外湖：宋代诗人苏轼曾两度出任杭州知州。任内曾疏浚西湖，在湖内筑苏堤，堤分西湖为两部分，堤西为里湖，堤东为外湖。

③玲珑：指空明的样子。

④宜晴宜雨：宋苏轼《饮湖上初晴后雨》："湖光潋滟晴方好，山色空蒙雨亦奇。"销金锅：据宋周密《武林旧事》记载，游西湖之人，"日糜金钱，靡有纪极，故杭谚有'销金锅儿'之号"。此指挥霍金钱的地方。锦绣窟：与"销金锅"对举，此指衣锦披绣、花天酒地的地方。

⑤老苏，老逋：指宋人苏轼和林逋。

⑥杨柳堤：西湖苏堤上遍植杨柳，故又有杨柳堤的称呼。梅花墓：林逋墓。林逋在西湖孤山隐居，唯与梅花、白鹤为伴，有"梅妻鹤子"之誉。

【鉴赏】

这首写杭州西湖的小令，摆脱了一般文人在西湖的烟霞云树、水光山色和亭台楼阁上做文章的窠臼，而是从自然风光和人文景观两方面着笔。

其自然风光是如玲珑玉一般的"真山真水真画图"。其人文景观的描写，则选取了苏轼和林逋的杨柳堤和梅花墓。一位是文学高手，一位是隐逸高士，他们都为美丽的西湖增色不少。

梧叶儿　钓台^①

徐再思

　　龙虎昭阳殿^②，冰霜函谷关^③，风月富春山。不受千钟禄^④，重归七里滩^⑤，赢得一身闲。高似他云台将坛^⑥。

【注释】

　　①钓台：曲牌的题目，指汉代严子陵垂钓处，在今浙江桐庐富春山，下瞰富春渚，有东、西二台，各高数百丈。

　　②昭阳殿：汉皇宫名。见前《水仙子·马嵬坡》注。

　　③函谷关：在今河南灵宝南，深险如函，是长安的东大门，为历代兵家必争之地。

　　④千钟禄：古时以六斛四斗为一钟，一斛等于十斗。千钟极言俸禄之厚。

　　⑤七里滩：指汉严子陵隐居处。见前邓玉宾《雁儿落带过得胜令·闲适》注。

　　⑥云台将坛：指东汉表彰中兴名将的云霄拜将台。见前张可久《殿前欢·次酸斋韵二首》注。

【鉴赏】

　　首三句的一组鼎足对仗，把文臣伴君如伴龙虎、武将守关顶风冒雪同严子陵的云山归隐做了对比，其价值取向不言自明。接下来三句直叙严子陵不为功名利禄所累，"赢得一身闲"，从而得出"高似他云台将坛"的结论。

梧叶儿　春思二首①

徐再思

　　芳草思南浦②，行云梦楚阳③，流水恨潇湘。花底春莺燕，钗头金凤凰④，被面绣鸳鸯：是几等儿眠思梦想⑤！

　　鸦鬓春云髻⑥，象梳秋月蓖⑦，鸾镜晓妆迟⑧。香渍青螺黛⑨，盒开红水犀⑩，钗点紫玻璃⑪：只等待风流画眉⑫。

【注释】

　　①春思二首：曲牌的题目。见前张可久《清江引·春思》注。

②南浦：指送别的地方。南朝梁江淹《别赋》："春草碧色，春水渌波，送君南浦，伤如之何?"

③楚阳：指楚地的阳台，用楚王与神女会合之事。见前乔吉《水仙子·嘲楚仪》注。这里指男女欢会之所。

④钗头金凤凰：指刻有雌凤雄凰的金钗。

⑤几等儿：多么。

⑥軃（duǒ）：下垂的样子。

⑦象梳：象牙梳。敧（qī）：倾斜。

⑧鸾镜：刻着鸾鸟图样的铜镜。

⑨"香渍"句：此句意为，香料融入青螺黛中。螺黛，螺子黛，画眉的墨。

⑩"盒开"句：此句意为，打开红水犀骨制的梳妆匣。

⑪"钗点"句：此句意为，拿起装饰有紫水晶的发钗。

⑫画眉：指汉张敞为妻描眉事。

【鉴赏】

第一首侧重于写触景生情：首句见芳草而伤离别，暗含江淹《别赋》之意，是兴起；"行云""流水"二句是欢会和恨别的回想；接下一组鼎足对仗是所见，莺燕、凤凰、鸳鸯的呼朋引伴，成对成双，令女主人公顾影自怜而心生羡妒，更使她触目生愁，以至于睡时梦中都是拂之不去的愁情。

第二首侧重于写梳妆时女主人公的心理：第一组鼎足对仗描绘的是懒于梳妆的镜头，第二组鼎足对仗展示的是闲置的化妆品。原因就在于：等待着风流情郎来为我描眉梳妆。

寨儿令^①

鲜于必仁

汉子陵^②，晋渊明^③，二人到今香汗青^④。钓叟谁称，农父谁名，去就一般轻^⑤。五柳庄月朗风清^⑥，七里滩浪稳潮平^⑦。折腰时心已愧^⑧，伸脚处梦先惊^⑨。听，千万古圣贤评。

【注释】

①寨儿令：曲牌名。

②汉子陵：东汉时人严光，字子陵，与汉光武帝为同窗好友，隐居不仕。见前邓玉宾《雁儿落带过得胜令·闲适》注。

③晋渊明：东晋时人陶渊明（陶潜），厌倦官场，辞官，归隐田园。

④香汗青：流芳史册。汗青，古代书写用竹简，先将青竹简烧烤干，既易于书写，也免遭虫蛀，称为汗青。后代指书册。

⑤去就：去留，去来，进退。一般轻：一样不放在心上。

⑥五柳庄：晋陶渊明有《五柳先生传》称，家门前有五株柳树，因自号五柳先生，居处称五柳庄。后世借此地代指隐居之地。

⑦七里滩：又名子陵滩，在今浙江桐庐富春江畔，是汉代严子陵隐居地。见前邓玉宾《雁儿落带过得胜令·闲适》注。

⑧折腰：陶渊明任彭泽令时，上司派员巡视，需严装拜迎，陶说："我岂能为五斗米折腰向乡里小儿？"当即离职归隐。见前白朴《寄生草·饮》注。这里表示居官之不自由。

⑨"伸脚"句：东汉严子陵在富春江隐居时，光武帝刘秀曾将严召至京。时刘秀与严子陵同睡一床。夜里，严子陵曾将自己的脚伸在刘秀的肚皮上。第二天，太史即进报客星犯御座甚急。曲中引用此典，是说伴君如伴虎，为官多凶险。

【鉴赏】

这首小令抒发对东汉隐士严光（字子陵）、东晋隐士陶潜（字渊明）的赞颂。首三句说他们二人流芳史册，"香汗青"。

中间五句描写他们的隐居生活和处世态度：一位在五柳庄"月朗风清"，一位在七里滩"浪稳潮平"，对于"钓叟""农父"的称呼，谁也不放在心上，而是处之泰然，"去就一般轻"。

"折腰"句表示居官不自由，称颂陶渊明毅然辞官归隐；"伸脚"句比喻伴君如伴虎，为官多凶险。结句"听，千万古圣贤评"，鼓吹总结历史经验教训、辞官隐逸以求远灾避祸。

折桂令　诸葛武侯①

鲜于必仁

草庐当日楼桑②，任虎战中原③，龙卧南阳④；八阵图成⑤，三分国峙⑥，万古鹰扬⑦。《出师表》谋谟庙堂⑧，《梁甫吟》感叹岩廊⑨。成败难量：五丈秋风，落日苍茫。

【注释】

①诸葛武侯：曲牌的题目。武侯指三国蜀丞相诸葛亮，曾封武乡侯，简称武侯。

②草庐：结草为庐，隐者所居。诸葛亮《出师表》："先帝（刘备）……三顾臣于草庐之中。"楼桑：地名，在今河北涿州，是三国蜀王刘备故里。

③任：听凭，放任。中原：泛指黄河中下游地区。

④龙卧南阳：南阳卧龙，指诸葛亮。诸葛亮躬耕于南阳，徐庶在向刘备推荐诸葛亮时称之为"卧龙"。

⑤八阵图：古代作战时的一种战斗队形及兵力部署。《三国志·诸葛亮传》说诸葛亮"推演兵法，作八阵图"。

⑥三分国峙：三国鼎立。峙，对峙。

⑦鹰扬：鹰之奋扬。比喻大展雄威。

⑧"《出师表》"句：此句意为，留下《出师表》为朝廷出谋划策。《出师表》是诸葛亮准备北伐中原时写给蜀后主刘禅的表文。谋谟，筹划。庙堂，宗庙明堂，代指朝廷。

⑨《梁甫吟》：又名《梁父吟》，古乐府曲名。相传诸葛亮好为《梁甫吟》。他在曲中自比良相勇帅管仲、乐毅。岩廊：高廊，代指朝廷和庙堂。

【鉴赏】

首三句摆出刘备三顾茅庐之前的时局形势。

中间五句是对诸葛武侯一生功绩的概括，抒发作者对他无限敬仰的情怀。

结三句是说由于武侯病逝于五丈原，蜀汉的复汉大业"成败难量"。

醉太平①

曾 瑞

相邀士夫②，笑引奚奴③，涌金门外过西湖④。写新诗吊古。苏堤堤上寻芳树，断桥桥畔沽醽醁⑤，孤山山下醉林逋。洒梨花暮雨。

【注释】

①醉太平：曲牌名。

②士夫：金元以来对一般男子的通称，并不专指士大夫。

唐诗宋词元曲精编

③奚奴：女奴仆。

④涌金门：旧名丰豫门，为杭州西城门。

⑤断桥：西湖名胜之一，又名段家桥。位于白堤入口处。醽醁（línglù）：美酒名。

【鉴赏】

这首游杭州西湖之作，其游乐路径是从城内出发，出城西涌金门，绕湖畔南行，经苏堤、孤山、白堤回到涌金门，尽览周三十里湖光山色，把邀士、携妓、吊古、写诗、饮酒的活动融入游乐中，体现了作者自在的生活情趣。

落梅风　二首

周文质

鸾凤配，莺燕约①，感萧娘肯怜才貌②。除琴剑又别无珍共宝③，只一片至诚心要也不要④？

楼台小，风味佳⑤，动新愁雨初风乍。知不知对春思念他，倚栏杆海棠花下？

【注释】

①鸾凤：鸾鸟与凤凰。古人常用以喻美善贤俊。莺燕：莺和燕。皆春时鸟，多用以喻春光物候。约：约会。

②萧娘：这里指痴情女子。唐杨巨源《崔娘》诗："风流才子多春思，肠断萧娘一纸书。"肯：会，至于。怜：爱恋。

③琴剑：琴和剑，是古代文人随身所带的物品。共：与。

④至诚心：非常诚恳的心意。《汉书·楚元王传》："其言多痛切，发于至诚。"

⑤风味：风情韵致。

【鉴赏】

第一支曲写的是男子"至诚"之爱的表白。"鸾凤"相配，"莺燕"相约，春候春事，俊男美女，感怀于萧娘会爱恋我的才貌。除却随身所带的琴、剑之外没有其他什么珍宝，"只一片至诚心要也不要"？

第二支曲是写女子怀人的痴情：写春风春雨春花，都是衬托"倚栏杆""思念他"。"风味"的"楼台""栏杆"，风雨中的"海棠花"，都成了触动她春情萌发的景致。

唐诗宋词元曲精编

揭秘唐诗的审美艺术

唐代离别诗审美艺术

一、唐代离别诗序说

（一）离别诗溯源

"人世死前惟有别"（李商隐《离亭赋得折杨柳二首》之一），中国农耕生活的背景造成汉民族安土重迁、安居乐业的群体意识，所谓的"使民重死而不远徙"（《老子》）、"虽信美而非吾土兮，曾何足以少留"（王粲《登楼赋》）。曹丕《燕歌行》中有了"别日何易会日难，山川悠远路漫漫"的慨叹，所以颜之推《颜氏家训》强调："别易会难，古人所重。"离别本来就是人间最为痛楚的悲剧性心理体验之一，渗透了对人生滋味的痛切感受，独抒性灵的诗歌创作自然也要以此为重要题材。屈原所写的《楚辞·九歌·少司命》中就有了"悲莫悲兮生别离，乐莫乐兮新相知"的人生感叹，诗人将离别时分的这种凄然感受转化到诗的艺术表现之中。它"把人的'生别离'视为悲的极致，这对于中国文学作品中的离别诗、送别诗的悲美情绪主题积淀了深层结构"（吴功正：《中国文学美学》上卷，江苏教育出版社

2001 年 9 月版，第 394 页）。刘禹锡《洛中送韩七中丞之吴兴口号五首》其二也有"离别苦多相见少"的人生感悟。宾主两相分别一事，若加细分，也有离别、送别之异，着眼点并不完全相同。为了行文的便利，本文一般都用离别诗一词，偶然也使用送别诗这一说法。因为，离别诗比较全面地兼顾离别双方，既可直接写作"留别"字样，如白居易写给邻女湘灵的《留别》："秋凉卷朝簟，春暖撤夜衾。虽是无情物，欲别尚沉吟。况与有情别，别随情浅深。二年欢笑意，一旦东西心。独留诚可念，同行力不任。前事讵能料，后期谅难寻。唯有潺湲泪，不惜共沾襟。"孟浩然的《留别王维》："寂寂竟何待，朝朝空自归。欲寻芳草去，惜与故人违。当路谁相假？知音世所稀。只应守寂寞，还掩故园扉。"孟浩然又有《将适天台留别临安李主簿》等。或径题"别"字，如钱起《别张起居》："有别时留恨，销魂况在今。风涛初振海，鹓鹭各辞林。旧国关河绝，新秋草露深。陆机婴世网，应负故山心。"也可题为"与人别"，如李远《与碧溪上人别》："欲入凤城游，西溪别惠休。色随花旋落，年共水争流。客思偏来夜，蝉声觉送秋。明朝逢旧侣，唯拟上歌楼。"广而言之，也可以包括送别诗在内。而送别诗应该说更多是就审美主体自身送别对方而言，如众所周知的李白《黄鹤楼送孟浩然之广陵》、岑参《白雪歌送武判官归京》等。

历仕宋、齐、梁三朝的诗人江淹，他在贬为建安吴兴（今福建浦城）令后写下了《别赋》，在作品中发出了这样的沉重之音："黯然销魂者，唯别而已矣！"庾信《小园赋》有所谓"荆轲有寒水之悲，苏武有秋风之别，《关山》则风月凄怆，《陇水》则肝肠断绝"之说，人们生命迫促、岁月无情的悲哀往往与山川阻隔、人世离散的悲哀交织在一起。如贾岛《落第东归逢僧伯阳》"相逢须语笑，人世离别频"之类。离散时分，品味苦涩，正是人们重经风雨考验，深入体察人生滋味的开始。正所谓"远游无处不消魂"（陆游《剑门道中遇微雨》），着眼于这样的现实生活，重新审视自己的生命价值，人们这时的感情色彩一般都是凄清与悲凉，自然也就萌发了"黯然销魂"的情愫。江淹《别赋》又强化了这样的理念："是以别方不定，别理千名。有别必怨，有怨必盈。"特别是在贬谪背景下的送别，不仅对于诗人来说有了新的心境，对于诗作来说也有了新的诗境，张炎《词源·离情》所谓："矧情至于离，则哀怨必至；苟能调感怆于融会中，斯为得矣。""离情当如此作，全在情景交炼，得言外意。"

《论语·宪问》："士而怀居，不足以为士矣。"从这个意义上说，"士"意识也就是一种"游子"意识，远游四方、别亲求仕是他们人生历程中不可或缺的一个环节。国人向来很重视友情，有着诸多丰富的离别的社会实践，自然也就有着不能尽数的离别诗的创作，因此，离别诗在我国有着悠久的传统。亲人友朋之间的迎来送往，本来就是社会交往最为普遍的形式之一，所以，离别的话题也就成了传统诗歌中一种最为常见的创作题材。《诗经》中的《邶风·燕燕》《邶风·击鼓》《秦风·渭阳》等诗都可以说是中国离别诗的滥觞。朱熹《朱子语类》论《邶风·燕燕》："譬如画工一般，直是写得他精神出。"王士禛在《分甘余话》中也说："《燕燕》之诗，许彦周以为可泣鬼神。合本事观之，家国兴亡之感，伤逝怀旧之情，尽在阿堵中。《黍离》《麦秀》，未足喻其悲也。宜为万古送别诗之祖。"乔亿《剑溪说诗又编》指出："《旄丘》《陟岵》，羁旅行役之祖也。"上引《楚辞·九歌·少司命》等作也有一定离别诗的成分。以后，随着时间的推移，送别在人们的现实生活中越来越重要，离别诗也就渐渐丰富起来。固然现存相传为苏武和李陵相赠答的五言诗——《别诗》，实际上其真正作者已不可考，但产生时期至迟也应该在东汉末年。这些诗一般都叙写朋友、夫妇、兄弟之间的离别，故总题为《别诗》，艺术手法已经呈现出丰富而成熟的美学特征。

曹植《送应氏》《赠白马王彪》等诗进一步提升了离别诗的思想境界与艺术品位。嗣后，离别诗逐渐成为中国古典诗歌的一个重要门类，并且在南北朝前后开始出现第一个离别诗创作的高峰期，兹举数例：殷仲文《送东阳太守》"昔人深诚叹，临水送将离。如何祖良游，心事屡在斯。虚亭无留宾，东川缅逶迤"，范云《别诗》"孤烟起新丰，候雁出云中。草低金城雾，木下玉门风。别君河初满，思君月屡空。折桂衡山北，摘兰沅水东。兰摘心焉寄，桂折意谁通"，等等。沈约可以说是一代文宗，在诗文等方面都有全面的艺术收获，离别诗也一样，如他的《别范安成》就是一首相当成功的离别之作："生平少年日，分手易前期。及尔同衰暮，非复别离时。勿言一樽酒，明日难重持。梦中不识路，何以慰相思？"林家骊先生在《沈约研究》第五章《沈约的诗歌创作》中对这首诗歌有精当的阐释："前四句写少年离别之'易'，后四句写老年离别之'难'，而全诗的基调在于对离别难的慨叹。少年之'易'正是加重了老年之'难'的伤感，而老年之'难'也反衬了少年的率性，这'易'与'难'的纷纭交错，将离别的哀愁脉脉吐出，但却给人以无穷的意味。此诗直抒胸臆，感情真挚动人，又具有丰富的涵载容量，所以较之一般的离别之作，自有创新之处。"（林家骊：《沈约研究》，杭州大学出版社1999年8月版，第135页）沈约又有《饯谢文学离夜》诗："汉池水如带，巫山云似盖。""全诗不以眼前着笔，而是以谢朓要去的荆州写起，首四句，写山写云，写此去荆州的遥远路途中的景致，表明离别的非同寻常，寄寓了诗人千头万绪的别情。'一望沮漳水，宁思江海会'二句，以荆地江河远离，分别易相会难，以水之交汇喻人情之反复，由景抒情，抒发沈约对谢朓的深深眷恋。而末二句直抒胸臆，寄心于江水，表示要心随谢朓前往荆州，极写别后的相思情深，感染力很强。"（同上书，第 136 页）这样的运思方式，对唐人离别诗的创作有深刻的影响，换言之，也就是这样的模式，开启了唐代离别诗的艺术法门。何逊《临行与故游夜别》《与胡兴安夜别》更有"夜雨滴空阶，晓灯暗离室""露湿寒塘草，月映清淮流"等名句。萧统《文选》也已在诗歌中设立"祖饯"一类，可见离别诗创作之盛。

（二）唐代离别诗的时代意识

　　孟郊《送任载、齐古二秀才自洞庭游宣城并序》："文章者，贤人之心气也。心气乐则文章正，心气非则文章不正。当正而不正者，心气之伪也。贤与伪，见于文章。一直之词，衰代多祸。贤无曲词。文章之曲直，不由于心气；心气之悲乐，亦不由贤人，由于时故。""共惜年华未立名，路歧终日轸羁情。青春半是往来尽，白发多因离别生。"（刘沧《送友人下第归吴》）。据《唐六典》卷五载：唐代，全国有驿馆 1643 所，其中水驿 260 所，陆驿 1297 所，86 所水陆相兼。客中送客，别有一番滋味。唐代长安送别，往西去的，大多在渭城进行。渭城也就是秦朝的咸阳故城，在长安西北，渭水北岸，汉武帝时改名渭城，治所在今咸阳市东二十里。从长安到此约一天路程，李商隐《赴职梓潼留别畏之员外同年》有诗句说"京华庸蜀三千里，送到咸阳见夕阳"。而往东者则在灞陵送别，《三辅黄图》卷六"桥"字条下记载："灞桥，在长安东，跨水作桥，汉人送客至此桥，折柳赠别。王莽时灞桥灾，数千人以水沃救不灭"，后来重建，改称"长存桥"。事见《汉书·王莽传下》。五代后周王仁裕《开元天宝遗事》也载："长安东灞陵有桥，来迎去送皆至此桥，为离别之地，故人呼之销魂桥。"程大昌《雍录》说："汉世凡东出函潼，必自霸陵始，故赠行者于此折柳。"李白有《灞陵行送别》诗，就反映了这样的主题："送君灞陵亭，灞水流浩浩。上有无花之古树，下有伤心之春草。我向秦人问路歧，云是王粲南登之古道。古道连绵走西京，紫阙落日浮云生。正当今夕断肠处，黄鹂愁绝不忍听。"王夫之《唐诗评选》卷一谓之"夹乐府入歌行，掩映百代"。

唐以前，送别场面相对简朴，到唐代，送别意识大为增强，饯别场面热闹隆重，高适所谓"到处有逢迎"（《夜别韦司士得城字》），有时更有"天子亲临楼上送，朝官齐出道边辞"（张籍《送裴相公赴镇太原》）的壮观，《旧唐书·司马承祯传》载：圣历元年（698）司马归天台，敕李峤饯于洛阳东，李峤、宋之文、薛曜均以七绝相送。《旧唐书·

李适传》又载：景云二年（711），睿宗再召司马承祯入京，返天台，睿宗亲自以诗送之，李适、沈佺期等三百余人送之。玄宗现存有《送贺知章归四明》诗："遗荣期入道，辞老竟抽簪。岂不惜贤达，其如高尚心。寰中得秘要，方外散幽襟。独有青门钱，群僚怅别深。"所以，沈德潜《唐诗别裁集》卷九感叹："爱其贤，全其节，两得之矣。"并且，有别必有诗，《全唐文》载送人序文篇篇都有"终皆赋诗以慰行旅""群公赋诗以光荣钱"之类的结尾，甚至南海的七岁女童也能应声而就《送兄》（武后召见，令赋送兄诗，应声而就）一首："别路云初起，离亭叶正飞。所嗟人异雁，不作一行归。"兄妹情意的深厚，技艺的纯熟，笔法的老到，都可谓极致，深得称赏。

离别已被唐人充分地诗意化了，同时，离别时的诗意也被唐人充分地丰富化了。"他们并不一味抒写离别之苦，而多将送别时的环境美和情意美有机融合，构成富有诗意的离别。"（余恕诚：《唐诗风貌》，安徽大学出版社 2000 年 3 月版，第 10 页）有依依的惜别，也有拳拳的钱别，更有豪迈的壮别；或表达山高水深的友谊，或抒发依依惜别的深情，或诉说抑郁沉重的哀怨，或倾吐经世济民的壮志。总的来看，唐以前的离别诗抒情成分多于叙事写景的成分，初盛唐时期则抒情成分多于叙事，也有全篇都写景的，其离别诗的主调则是开朗振奋的。如宋之问《送朔方何侍郎》："闻道云中使，乘骢往复还。河兵守阳月，塞虏失阴山。拜职尝随骠，铭功不让班。旋闻受降日，歌舞入萧关。"离别诗在四杰的作品中占了很大比重，较之清丽凄怨的六朝离别诗开拓出了新的境界，不再只是表达悲哀痛苦、深情厚谊，而是把惜别之情扩大到对社会人生的看法，将身世遭遇的感慨、热烈烂漫的情绪，融入珍重惜别的情感之中。如杨炯的《送临津房少府》诗："歧路三秋别，江津万里长。烟霞驻征盖，弦奏促飞觞。阶树含斜日，池风泛早凉。赠言未终竟，流涕忽沾裳。"综观这一时期的创作，离别诗中的文人式的悲情，多加入豪士般的爽朗，开始多了壮大昂扬的气象，而少了凄凉消沉的情调，悲凉中更有悲壮，感伤中更有感奋，深情与豪情相伴。有的离别诗神思飞越，实质上是一曲人生走向辉煌的壮歌。

离别诗"经过唐初宫廷诗人的大量写作，便形成一种由离别之地、离别之景与离别之情组合而成的固定套式"（许总：《唐诗史》（上册），江苏教育出版社 1994 年 6 月版，第 380 页），骆宾王《于易水送人》完全打破了这一创作格局："此地别燕丹，壮士发冲冠。昔时人已没，今日水犹寒。"诗歌作于高宗调露元年（679）冬天遇赦出狱、北赴幽燕时，诗人把自己建功立业的雄心壮志以及这样一种情怀难以实现的痛楚，都寄之于对古代英雄侠客的深切向往中，慷慨激昂，深挚感人。结句沉着凝重，韵致无穷，令人回味不止，正如刘若愚《中国诗歌中的时间、空间和自我》所指出，诗歌"最后一句中引进了宇宙的观点，从而把历史事件的短暂和自然界的永恒相对比"（莫砺锋编，尹禄光校：《神女之探寻——英美学者论中国古典诗歌》，上海古籍出版社 1994 年 2 月版，第 205 页），诗歌通过映照，情绪跌宕起伏。情真意工、格调高雅的离别之作，能从自己独特的审美感受出发，又能超越自我，从而与广阔的社会生活与友人的人生经历紧密相连，壮人情怀。毛先舒《诗辩坻》："临海《易水送别》借轲、丹事，用一'别'字映出题面，余作凭吊，而神理已足。二十字中而游刃如此，何等高笔！"俞陛云《诗境浅说续编》："一气挥洒，怀古苍凉，劲气直达，高格也。"马戴《易水怀古》与此诗风相近，或受此诗的审美意韵影响创作而成："荆卿西去不复返，易水东流无尽期。落日萧条蓟城北，黄沙白草任风吹。"骆宾王《送郑少府入辽共赋侠客远从戎》也是格高韵美之作："边烽警榆塞，侠客度桑乾。柳叶开银镝，桃花照玉鞍。满月临弓影，连星入剑端。不学燕丹客，徒歌易水寒。"骆宾王又有《饯郑安阳入蜀》也是以景写情，其中的"形将离鹤远，思逐断猿哀"等句动人心魄。

宋之问《送杨六望赴金水》也是寄深情于字里行间："借问梁山道，嶔岑几万重。遥州刀作路，绝壁剑为峰。惜别路穷此，留欢意不从。忧来生白发，时晚爱青松。勿以西南远，夷歌寝盛容。台阶有高位，宁复久临邛。"诗歌借助精工刻画的描写，表达了诗人的浓情密意。诗人又有《送杜审言》："卧病人事绝，嗟君万里行。河桥不相送，江树远含情。别路追孙楚，维舟吊屈平。可惜龙泉剑，流落在丰城。"其中也是借助"河桥""江树"等客观物象表达自己的深情。陈子昂《送殷大入蜀》："禺山（一作"蜀山"）金碧路，此地饶英灵。送君一为别，凄断故乡情。片云生极浦，斜日隐离亭。坐看征骑没，惟见远山青。"离别家乡多年的作者因为要送友人入蜀，自然牵动出自己的那一份故园之思。

谢榛《四溟诗话》卷一论"七言绝句"，认为："盛唐人突然而起，以韵为主，意到辞工，不假雕饰；或命意得句，以韵发端，浑成无迹，此所以为盛唐也。宋人专重转合，刻意精炼；或难于起句，借用旁韵，牵强成章，此所以为宋也。"这也适合论述盛唐离别诗的审美特质。送别在唐人的生活中被充分地艺术化了，充满了美的意味。"气将然诺重，心向友朋开"（张说《岳州宴别潭州王熊》），张说是唐代诗风由初期婉丽为主转为盛唐气象的关键人物，《送梁六自洞庭山作》便是他"天然壮丽"、清旷和雅理想风采的真实展现："巴陵一望洞庭秋，日见孤峰水上浮。闻道神仙不可接，心随湖水共悠悠。"岑参出塞期间多有送友人赴边或归京等情事，于是，创作有大量的离别之诗，表达诗人的豪情壮志，如《送李副使赴碛西官军》"功名只向马上取，真是英雄一丈夫"，《送人赴安西》"从来思报国，不是爱封侯"，《武威送刘单判官赴安西行营便呈高开府》："男儿感忠义，万里忘越乡"等，并且多能融北地风光和胡人风情于一体，使画面带着鲜明浓烈的地方风情和民族特色，如《热海行送崔侍御还京》《火山云歌送别》《白雪歌送武判官归京》《天山雪歌送萧治归京》《走马川行奉送出师西征》等。现举《走马川行奉送出师西征》一诗："君不见，走马川行雪海边，平沙莽莽黄入天。轮台九月风夜吼，一川碎石大如斗，随风满地石乱走。匈奴草黄马正肥，金山西见烟尘飞，汉家大将西出师。将军金甲夜不脱，半夜军行戈相拨，风头如刀面如割。马毛带雪汗气蒸，五花连钱旋作冰，幕中草檄砚水凝。虏骑闻之应胆慑，料知短兵不敢接，车师西门伫献捷。"确如许𫖮《彦周诗话》所言："岑参诗亦自成一家，盖尝从封常清军，其记西域异事甚多。如《优钵罗花歌》《热海行》，古今传记所不载也。"

叶燮《原诗》："从来豪杰之士，未尝不随风会而出，而其力则尝能转风会。"到了中晚唐，离别诗创作更见繁盛，扩大了内容，开辟了新的诗境，丰富了诗歌样式，在许多方面有了新的拓展。赵翼《瓯北诗话》卷四："中唐诗以韩、孟、元、白为最。韩、孟尚奇警，务言人所不敢言；元、白尚坦易，务言人所共欲言。"就离别诗而言，这样的结论也无大错。韩愈《送侯参谋赴河中幕（侯继时从王谔辟）》诗表达了诗人对好友侯继一展宏图的良好愿望。诗歌首先展现王者之师的凛然正气，"感激生胆勇，从军岂尝曾。洸洸司徒公，天子爪与肱。提师十万余，四海钦风棱"，然后表达了自己"犹思脱儒冠，弃死取先登。又欲面言事，上书求诏征"的理想，只是可叹"侵官固非是，妄作谴可惩"，于是转而寄希望于友人："今君得所附，势若脱鞲鹰。檄笔无与让，幕谋识其膺。收绩开史牒，翰飞逐溟鹏。男儿贵立事，流景不可乘。岁老阴渗作，云颓雪翻崩。别袖拂洛水，征车转崤陵。"贞元十二年（796）秋，韩愈应宣武军节度使董晋之邀，离长安前去赴任。孟郊则有《送韩愈从军》诗："志士感恩起，变衣非变性。亲宾改旧观，僮仆生新敬。坐作群书吟，行为孤剑咏。始知出处心，不失平生正。凄凄天地秋，凛凛军马令。驿尘时一飞，物色极四静。王师既不战，庙略在无竞。王粲有所依，元瑜初应命。一章喻檄明，百万心气定。今朝旌鼓前，笑别丈夫盛。"白居易《初出城留别》："朝从紫禁归，暮出青门去。勿言城东陌，便是江南路。扬鞭簇车马，挥手辞亲故。我生本无乡，心安是归处。"表现的是更具有普遍时代意义的离别的主题。

刘长卿《别严士元》也是这一时期离别诗创作的重要收获："春风倚棹阖闾城，水国春寒阴复晴。细雨湿衣看不见，闲花落地听无声。日斜江上孤帆影，草绿湖南万里情。东道若逢相识问，青袍今已误儒生。"范晞文《对床夜语》卷三对此有这样的感叹："知刘长卿五言，不知刘七言亦高。……散句如'汉口夕阳斜渡鸟，洞庭秋水远连天''江上月明胡雁过，淮南木落楚山多''细雨湿衣看不见，闲花落地听无声'，措思削词皆可法。余则珠联玉映，尤未易遍述也。"又如刘长卿《时平后送范伦归安州》怅吟离情的凄苦："事往时平还旧丘，青青春草近家愁。洛阳举目今谁在，颍水无情应自流。"在有关离别的感情体验中，也都有着诗人作为抒情主体的影子。如韩翃诗歌现存 164 首，其中送别诗就有 105 首，如《送秘书谢监赴江西使幕》《送万巨》等，占总数的 64%。项斯《送殷中丞游边》表达了诗人祈求太平以靖边安民的高远之志："话别无长夜，灯前闻曙鸦。已行难避雪，何处合逢花。野寺门多闭，羌楼酒不赊。还须见边将，谁拟静尘沙。"友情深浓的二人彻夜长谈，意犹未尽。诗人接着悬想殷中丞此去路途的艰险，但愿能够得遇繁花之地，慰藉那颗凄苦的心。诗篇最后振起，希冀边将能扫净胡沙，那么，游边的人也就自然会有所作为。不过，中晚唐的离别诗更多表现了那一时期人们的羁旅之思与离别之苦，不再有盛唐诗人常有的那种蓬勃向上的雄豪之气，世风的变化在离别诗中得到敏感的反映。如许浑《谢亭送别》："劳歌一曲解行舟，红叶青山水急流。日暮酒醒人已远，满天风雨下西楼。"张祜《秋晓送郑侍御》:"离鸿声怨碧云净,楚瑟调高清晓天。尽日相看俱不语,西风摇落数枝莲。"同时,中晚唐离别诗的视域也更为逼仄,如姚合《送林使君赴邵州》"驿路算程多是水,州图管地少于山"和《送王建秘书往渭南庄》"庄僻难寻路"等都显示出那样一种"困狭景况与感受"(许总:《唐宋诗宏观结构论》,人民文学出版社 2006 年 2 月版,第 239 页)。张继《江上送客游庐山》则是别有一番风调,已没有离情别绪的哀愁:"楚客自相送,露裳春水边。晚来风信好,并发上江船。花映新林岸,云开瀑布泉。惬心应在此,佳句向谁传?"

严羽《沧浪诗话·诗评》:"唐人好诗,多是征戍、迁谪、行旅、离别之作,往往能感动激发人意。"在这样的作品中,人们往往向亲友吐露了灵魂深处无法忘情现实生活巨大苦难的隐秘心曲,引发对方的同一情怀,自然更加"激发人意"了。

(三) 唐代离别诗的情感空间

离情别恨是人类所共有的情感。唐人离别诗大致可分为科举送别、官场钱别、边塞赠别,其他形式的离别如觐亲和留别亲友、送人漫游或登山访胜以及送法师或道人云游等,叙写中各人又追求自己的意态。同时,唐人离别诗也记录了与外国友人的深厚情谊,即所谓"受命辞云陛,倾城送使臣"（钱起《送陆珽御使新罗》），兴发意蕴极为丰富，散发着浓郁的时代气息，如王维《送秘书晁监还日本国》"鳌身映天黑，鱼眼射波红"。晁监，即晁衡，原名阿倍仲麻吕，玄宗开元五年（717），随日本遣唐使来中国，后留中国，并改名为晁衡，历任左补阙、仪王友、左散骑常侍等职。天宝十二载（753），任秘书监兼卫尉卿时，以唐朝使者身份随日本访华的藤原河清等人乘船回国，当时，玄宗、王维、包佶、赵骅等人都有诗相赠。项斯有《送客归新罗》诗表达了对新罗友人的深情："君家沧海外，一别见何因。风土虽知教，程途自致贫。浸天波色晚，横笛鸟行春。明发千樯下，应无更远人。"顾非熊《送朴处士归新罗》"鳌沈崩巨岸，龙斗出遥空"也是一时佳构，马戴也有《送朴山人归新罗》。又如刘言史《送婆罗门归本国》："刹利王孙字迦摄，竹锥横写叱萝叶。遥知汉地未有经，手牵白马绕天行。龟兹碛西胡雪黑，大师冻死来不得。地尽年深始到船，海里更行三十国。行多耳断金环落，冉冉悠悠不停脚。马死经留却去时，往来应尽一生期。出漠独行人绝处，碛西天漏雨丝丝。"

1. 科举送别。科举送别又可细分为送人赴举、贺人入第、慰人下第三类。送人赴举者，如马异《送皇甫湜赴举》："马蹄声特特，去入天子国。借问去是谁，秀才皇甫湜。吞吐一腹文，八音兼五色。主文有崔李，郁郁为朝德。

青铜镜必明，朱丝绳必直。称意太平年，愿子长相忆。"据徐松《登科记考》卷一六载，唐元和元年（806年）是崔邠知贡举，诗中有"主文有崔李"句，可见此诗应该作于这一年。贺人入第者，如项斯《送顾非熊及第归茅山》："吟诗三十载，成此一名难。自有恩门入，全无帝里欢。湖光愁里碧，岩景梦中寒。到后松杉月，何人共晓看。"其他有张籍《送朱庆余及第归越》："东南归路远，几日到乡中。有寺山皆遍，无家水不通。湖声莲叶雨，野气稻花风。州县知名久，争邀与客同。"顾非熊《送友人及第归苏州》："见君先得意，希我命还通。不道才堪并，多缘蹇共同。"

程千帆《唐代进士行卷与文学》指出：唐代进士"每年不过三十人左右，登第非常艰难，一举成名的几乎是绝无仅有，落第的人每年都非常之多"（程千帆：《唐代进士行卷与文学》，上海古籍出版社1980年8月版，第15页）。与此相关，唐人的送别诗中就有数量相当可观的慰人下第之作，中晚唐尤甚，如韦应物《送别覃孝廉》："思亲自当去，不第未蹉跎。家住青山下，门前芳草多。秭归通远徼，巫峡注惊波。州举年年事，还期复几何。"沈德潜《唐诗别裁集》卷一一"说得心平气和，送不第人，自应如此"，正道出这一类诗歌的情感倾向。其他又有贾岛《送沈秀才下第东归》、姚合《送卢二弟茂才罢举游洛谒新相》等。李远有《友人下第因以赠之》："刘毅虽然不掷卢，谁人不道解樗蒲。黄金百万终须得，只有挼莎更一呼。"诗人的《及第后送家兄游蜀》则是较为奇特的一种了："人谁无远别，此别意多违。正鹄虽言中，冥鸿不共飞。玉京烟雨断，巴国梦魂归。若过严家濑，殷勤看钓矶。"

2. 官场饯别。如贾岛《送刘侍御重使江西》："时当苦热远行人，石壁飞泉溅马身。又到钟陵知务大，还浮溢浦属秋新。早程猿叫云深极，宿馆禽惊叶动频。前者已闻廉使荐，兼言有画静边尘。"姚合《送家兄赴任昭义》："早得白眉名，之官濠上城。别离浮世事，迢递长年情。广陌垂花影，遥林起雨声。出关春草长，过汴夏云生。黠吏先潜去，疲人相次迎。宴余和酒拜，魂梦共东行。"刘言史《送人随姊夫任云安令》："闲逐维私向武城，北风青雀片时行。孤帆瞥过荆州岸，认得瞿塘急浪声。"慰人遭贬的又是别一种情怀了，如高适《送李少府贬峡中，王少府贬长沙》："嗟君此别意何如，驻马衔杯问谪居。巫峡啼猿数行泪，衡阳归雁几封书。青枫江上秋天远，白帝城边古木疏。圣代即今多雨露，暂时分手莫踟蹰。"因为同时要兼顾被贬的二人，诗人在作品中出现了两地的一些地名，沈德潜《唐诗别裁集》卷一三就此指出："连用四地名，究非律诗所宜，五六浑言之，斯善矣。"

3. 边塞赠别。正所谓"七千里别宁无恨，且贵从军乐事多"（朱庆余《送刘思复南河从军》），所以，唐人的送别诗中有较多的是在战争背景下的场景展现。贺知章《送人之军》："常经绝脉塞，复见断肠流。送子成今别，令人起昔愁。陇云晴半雨，边草夏先秋。万里长城寄，无贻汉国忧。"高步瀛《唐宋诗举要》卷四就认为是"勉励得体，合古人赠言之旨"。卢纶《送郭判官赴振武》："黄河九曲流，缭绕古边州。鸣雁飞初夜，羌胡正晚秋。凄凉金管思，迢递玉人愁。七叶推多庆，须怀杀敌忧。"许浑《送苏协律从事振武》："琴尊诗思劳，更欲学龙韬。王粲暂投笔，吕虔初佩刀。夜吟关月苦，秋望塞云高。去去从军乐，雕飞代马豪。"许浑又有《吴门送振武李从事》诗，也抒发了一样的豪情。马戴《赠友人边游回》则是从一个新的层面加以展开："游子新从绝塞回，自言曾上李陵台。尊前语尽北风起，秋色萧条胡雁来。"

4. 觐亲或留别亲友。杜甫《送韩十四江东觐省》："兵戈不见老莱衣，叹息人间万事非。我已无家寻弟妹，君今何处访庭闱。黄牛峡静滩声转，白马江寒树影稀。此别应须各努力，故乡犹恐未同归。"沈德潜《唐诗别裁集》卷一三："前半言江东觐省，后半言蜀江送别。"应该说，这是这一类题材最为经典也是最为常见的写作格式。又如贾岛《送董正字常州觐省》："相逐一行鸿，何时出碛中。江流翻白浪，木叶落青枫。轻楫浮吴国，繁霜下楚空。春来欢侍阻，正字在东宫。"李商隐《别薛岩宾》与自身的一般作品构思不同，而是显得朴实感人："曙爽行将拂，晨清坐欲凌。别离真不那，风物正相仍。漫水任谁照，衰花浅自矜。还将两袖泪，同向一窗灯。桂树乖真隐，芸香是小惩。清规无以况，且用玉壶冰。"

5. 送人漫游或登山访胜。这一类诗多表达出一种精神解脱的审美享受，透过这一份平淡，也同样能让人感受到时代的脉搏，如周峕在《润州送师弟自江夏往台州》一诗中深情倾诉了自己对台州山水的神往，为其师弟有这样好的行程而歆羡、赞叹，同时也为自己有向往之心而无得游之机而遗憾："远客乘流去，孤帆向夜开。春风江上使，前日汉阳来。别路犹千里，离心重一杯。剡溪木未落，羡尔过天台。"贾岛《送郑山人游江湖》也抒发了"南游衡岳上，东往天台里。足蹑华顶峰，目观沧海水"的神思，诗里流动着优美和谐的旋律。李远《送人入蜀》也表达了对友人游蜀的祝福："蜀客本多愁，君今是胜游。碧藏云外树，红露驿边楼。杜魄呼名语，巴江作字流。不知烟雨夜，何处梦刀州。"

6. 情侣或夫妻离别。韦庄《古离别》较有代表性，写尽了恋人之间的离愁别恨："晴烟漠漠柳毵毵，不那离情酒半酣。更把玉鞭云外指，断肠春色在江南。"诗人最后把自己的一腔深情厚谊都寄寓在江南绵延的春色中，显得特别感人。又如徐月英的《送人》："惆怅人间万事违，两人同去一人归。生憎平望亭前水，忍照鸳鸯相背飞。"晁采《春日送夫之长安》也是这一类的作品："思君远别妾心愁，踏翠江边送画舟。欲待相看迟此别，只忧红日向西流。"聂夷中的乐府《古别离》是别体，但也可以说是这一类题材的拓展或深化："欲别牵郎衣，问郎游何处？不恨归日迟，莫向临邛去。"冷朝阳的《送红线》也应该归到这一领域为宜，固然二人之间的情感不一定就达到恋人的程度，但从序中"潞州节度使薛嵩有青衣，善弹阮咸琴，手纹隐起如红线，因以名之。一日辞去，朝阳为词"所表达的情怀看，二人过从还是较为密切的："采菱歌怨木兰舟，送客魂销百尺楼。还似洛妃乘雾去，碧天无际水空流。"

7. 送法师、道人云游或归山等。如韩愈《送文畅师北游》。贾岛《送张道者》："新岁抱琴何处去，洛阳三十六峰西。生来未识山人面，不得一听乌夜啼。"张籍《送吴炼师归王屋》："玉阳峰下学长生，玉洞仙中已有名。独戴熊须冠暂出，唯将鹤尾扇同行。炼成云母休炊爨，已得雷公当吏兵。却到瑶坛上头宿，应闻空里步虚声。"项斯《送僧》："灵山巡未遍，不作住持心。逢寺暂投宿，是山皆独寻。有时过静界，在处想空林。从小即行脚，出家来至今。"姚合《送文著上人游越》表达了"念我为官应易老，羡师依佛学无生"的情怀。李商隐也有《送臻师二首》："昔去灵山非拂席，今来沧海欲求珠。楞伽顶上清凉地，善眼仙人忆我无。""苦海迷途去未因，东方过此几微尘。何当百亿莲花上，一一莲花见佛身。"司空图则有《送道者二首》，也是别有一番情韵："洞天真侣昔曾逢，西岳今居第几峰。峰顶他时教我认，相招须把碧芙蓉。""殷勤不为学烧金，道侣惟应识此心。雪里千山访君易，微微鹿迹入深林。"

二、唐代离别诗的抒情范式

方岳《深雪偶谈》曾说："惜别诗要须道路临歧缱绻，画态亦然。'相看临野水，独自上孤舟。长因送人处，忆得别家时'，外此曾未多见。徐道晖'不来相送处，恐有独归时'，脱胎语尔。"每个诗人都有自己特定的生活积累和审美崇尚。离别诗在创作的时候，既要注入审美主体真实、自然而又充沛的情意，更要把这样一种看不见、摸不着的无形的深情，化为具体可感的审美艺术形象，在言愁悲别、慰人慰己中揭示出诗人内心的情感波澜，展现出诗人广阔而深远的内心世界，正如沈德潜《唐诗别裁集》卷一〇在评述殷遥《送友人下第归省》诗时所说的："真到极处，去《风》《雅》不远。"李商隐在《杜司勋》中说："高楼风雨感斯文，短翼参差不及群。刻意伤春复伤别，人间唯有杜司勋。"实际上，在离别诗这一题材中，唐代的许多诗人都有着那么一段"刻意"为之的审美历程，在美的道路上留下了自己的奋进足迹。在抒情的审美范式上，离别诗主要表现为直抒胸臆与委婉深曲两种，唐人也不例外。

（一）直抒胸臆

程千帆先生《读诗举例——在中国文学批评史师训班上的讲话》的一番话可谓高屋建瓴："写诗应当注意含蓄，不能像散文那样直说，这是传统的说法，也就是贵曲忌直。这话对不对呢？在一定的条件之下和范围之内，是可以这样说的，但如果将它绝对化了，就会走向反面了。事实是，诗每以含蓄、曲折取胜，而有些直抒胸臆，一空依傍的作品，也同样富于诗意，具有极大的艺术魅力，能够表达人类生活中最美好的感情，列入诗林杰作之中而毫无愧色。"（程千帆：《古诗考索》，上海古籍出版社 1984 年 12 月版，第 51 页）就离别诗而言，也是这样。常建《送宇文六》属于那种立意深远的诗篇："花映垂杨汉水清，微风林里一枝轻。即今江北还如此，愁杀江南离别情。"生机盎然的春色，把友人惜别的愁情反衬得极为浓郁。微风掠过树林里，一枝娇花轻轻颤动，这正是诗人的心因离别而颤抖。江北初有花开尚且如此，那浓如美酒的江南春色，将怎样地撩拨友人的离绪？这首诗感情倾诉真率而明畅。

王维诗歌现存约 400 首，其中送别诗就有 70 多首，如《送赵都督赴代州得青字》，尽情抒发对于现实生活的切实感受，情调激越高亢："天官动将星，汉地柳条青。万里鸣刁斗，三军出井陉。忘身辞凤阙，报国取龙庭。岂学书生辈，窗间老一经。"《送张判官赴河西》也将个人的情感与社会人生的感受结合起来，具有激人进取的艺术力量："单车曾出塞，报国敢邀勋？见逐张征虏，今思霍冠军。沙平连白雪，蓬卷入黄云。慷慨倚长剑，高歌一送君。"邢济任桂州（今广西桂林）经略使，诗人作《送邢桂州》，其中的"日落江湖白，潮来天地青"一联，构成了壮阔苍茫的意境，高步瀛《唐宋诗举要》卷四谓之"气象雄阔，涵盖一切"，最后归结出"明珠归合浦，应逐使臣星"的题旨，借后汉孟尝革除前弊，使得合浦珠还的典故，表达了诗人为官一任，造福一方的为政之道。王维《送孟六归襄阳》（一作张子容诗）为孟浩然保有高洁的内心世界而欣喜："杜门不复出，久与世情疏。以此为良策，劝君归旧庐。醉歌田舍酒，笑读古人书。好是一生事，无劳献子虚。"

　　如果说王维的送别诗更多地表现了诗人心地友善、真情抚慰的话，那么，高适的送别诗则从现实的充满机遇和美好的前程来宽慰友人，豪情满怀，壮思飞动，给人以昂扬感奋的熏染，如《送李侍御赴安西》"离魂莫惆怅，看取宝刀雄"，《送蹇秀才赴临洮》"倚马见雄笔，随身唯宝刀"等，诗的旋律显得铿锵有力。又如《送田少府贬苍梧》"江山到处堪乘兴，杨柳青青那足悲"，《送柴司户充刘卿别官之岭外》"有才无不适，行矣莫徒劳"，这些诗中寓含的情感，都是诗人平生志气的直接表现。孟浩然《留别王侍御维》"当路谁相假？知音世所稀"，倾吐心中的郁结，抒写诗人的失意之情。孟浩然还有《送吴悦游韶阳》"安能与斥鹦，决起但枪榆"，《送朱大入秦》"游人武陵去，宝剑直千金。分手脱相赠，平生一片心"等句也是直抒胸臆的。

岑参《胡笳歌送颜真卿使赴河陇》："君不闻胡笳声最悲，紫髯绿眼胡人吹。吹之一曲犹未了，愁杀楼兰征戍儿。凉秋八月萧关道，北风吹断天山草。昆仑山南月欲斜，胡人向月吹胡笳。胡笳怨兮将送君，秦山遥望陇山云。边城夜夜多愁梦，向月胡笳谁喜闻。"王夫之《唐诗评选》卷一："四用胡笳，各不相承。有如重见叠出，而端绪一如贯珠，腕下岂无神力！"诗人又有《送严维下第还江东》："严子滩复在，谢公文可追。江皋如有信，莫不寄新诗。"岑参《送李副使赴碛西行军》"功名只向马上取，真是英雄一丈夫"，更是掷地有声。刘禹锡《送张盥赴举》为人引荐，果然奏效："尔生始悬弧，我作座上宾。引箸举汤饼，祝词天麒麟。今成一丈夫，坎坷愁风尘。长裾来谒我，自号庐山人。道旧与抚孤，悄然伤我神。依依见眉睫，嘿嘿含悲辛。永怀同年友，追想出谷晨。三十二君子，齐飞凌烟旻。曲江一会时，后会已凋沦。况今三十载，阅世难重陈。盛时一已过，来者日日新。不如摇落树，重有明年春。火后见琼璜，霜余识松筠。肃风乃独秀，武部亦绝伦。尔今持我诗，西见二重臣。成贤必念旧，保贵在安贫。清时为丞郎，气力侔陶钧。乞取斗升水，因之云汉津。"

姚合有《送薛二十三郎中赴婺州》："我住浙江西，君去浙江东。日日心来往，不畏浙江风。"项斯《送苏处士归西山》："南游何所为，一箧又空归。守道安清世，无心换白衣。深林蝉噪暮，绝顶客来稀。早晚重相见，论诗更及微。"诗歌首先叙及功名无成的情状，赞许苏处士的高洁情怀，最后表达了日后细论诗文的人生理想。许浑《赠别》："眼前迎送不曾休，相续轮蹄似水流。门为若无南北路，人间应免别离愁。"杜荀鹤《送僧赴黄山沐汤泉兼参禅宗长老》："闻有汤泉独去寻，一瓶一钵一无金。不愁乱世兵相害，却喜寒山路入深。野老祷神鸦噪庙，猎人冲雪鹿惊林。患身是幻逢禅主，水洗皮肤语洗心。"诗歌首先写出僧友对黄山汤泉的向往与急切之情，接着集中笔力想象道路之艰辛，最后表达一切都能如愿的理想，为僧友祝福。

（二）委婉深曲

"秋气云暮，芜城草衰；亭皋一望，烽戍满目；边马数

唐诗宋词元曲精编

声，心惊不已。感离别于兹辰，限乡关于远道。孰曰有情而不叹息？伤时临歧者，得无诗乎？"（梁肃《送元锡赴举序》）与朋友离别之际，往往是满腔愁绪一时却难以言说。离别诗也就讲究抓住离别这一使人情感跌宕的特殊环境，将笔触伸向人的心灵深处，多层次、多方位地展示人们情感的大千世界，深隽的感情从字里行间溢了出来，感人肺腑。刘永济《唐人绝句精华》："善写情者，不贵质言，但将别时景象有感于心者写出，即可使诵其诗者发生同感也。"也就是说，实现自身闲愁、别情与江山形胜融为一体的审美理想，如卢照邻《送二兄入蜀》："关山客子路，花柳帝王城。此中一分手，相顾怜无声。"在惦念中有喜悦，欢愉中有黯淡，人物情感的心路历历如绘，写尽了骨肉分别时那种既复杂又丰富的情感世界，而且寓情于景。杨巨源《送章孝标校书归杭州因寄白舍人》："曾过灵隐江边寺，独宿东楼看海门。潮色银河铺碧落，日光金柱出红盆。不妨公事资高卧，无限诗情要细论。若访郡人徐孺子，应须骑马到沙村。"《金圣叹评点唐诗六百首》对此推崇得无以复加："送人诗，此为最奇。看他更不作旗亭握别套语，却奋快笔，斗然直写自己当时亲自过其地，亲眼曾看其景，其奇奇妙妙，非世恒睹，有不可以言语形容也者。而今日校书别我归去，则正归到其处，真是令我身虽在此送君，心已先君到杭州也。……作如此送人诗，真令所送之人通身皆是亢爽也！传称先生作诗'不为新语，律体务实，工夫颇深'，如此等诗，岂非'律体务实，工夫颇深'之明验耶？彼惟骛新语之徒，夫恶足以知之！"

　　孟浩然《送杜十四之江南》真切地描绘离别时的环境和人物的心理："荆吴相接水为乡，君去春江正淼茫。日暮征帆何处泊？天涯一望断人肠。"岘山，一名岘首山，历来是登临饯送的胜地。诗人有《岘山送萧员外之荆州》，讲求横的距离与纵的空间的完美统一："岘山江岸曲，郢水郭门前。自古登临处，非今独黯然。亭楼明落日，井邑秀通川。涧竹生幽兴，林风入管弦。"

　　王昌龄在《诗格》中强调："凡诗，物色兼意兴为好。若有物色，无意兴，虽巧亦无处用之。"《芙蓉楼送辛渐二首》之一即为这样的作品："寒雨连江夜入吴，平明送客楚山孤。洛阳亲友如相问，一片冰心在玉壶。"时诗人任江宁丞，据《元和郡县志》载："江南道润州，晋王恭为刺史，改创西南楼为万岁楼，西北楼为芙蓉楼。"登临可以俯瞰长江，遥望江北。辛渐是他的朋友，这次拟由润州渡江，取道扬州，北上洛阳。王昌龄可能陪他从江宁到润州，然后在此分手。首句即勾画出典型的送别环境，夜雨增添了萧瑟的秋意，也渲染出离别的黯淡气氛，省却了真正的主词，而让"寒雨"直接充当，更显得友情的深厚，以后苏轼的《游金山寺》的开头两句由此受到一些启发。诗人以多情的连绵细雨起意，真可谓是细雨知我心，那种惆怅、那种思念尽在其中，以此表达对辛渐的一番深情。刘长卿《送陆沣还吴中》也是以雨作为构象立意之本的，心理空间与时代氛围有机地融为一体："瓜步寒潮送客，杨花暮雨沾衣。故山南望何处，春水连天独归。"一个"孤"字道出依依惜别之情，"既写出了眼前直寻所获之景物特征，是绝妙的'物色'，又同时表出诗人因友人旅途冷寂而产生的一份同情，以及因友人离去而生发之一份孤寂，情景二而一，又无绝妙的'物色兼意兴'"。（胡晓明：《中国诗学之精神》，江西人民出版社2001年9月第2版，第44页）最后，诗歌化用鲍照《白头吟》"直如朱丝绳，清如玉壶冰"与骆宾王《别李峤得胜字》"离心何以赠，自有玉壶冰"等诗意，用虚拟的艺术手法来抒写此刻的内心情怀，展现出审美主体玉壶冰心般的纯洁与磊落。王昌龄的离别诗多能达到这一空灵而又味永的审美艺术境界，如《留别郭八》："长亭驻马未能前，井邑苍茫含暮烟。醉别何须更惆怅，回头不语但垂鞭。"诗人在这里透过一层，从对面着手，具体而微地叙写离别者的动作神态，表明了离别时分双方都留恋不已的心情。主要表现为两点：一是着重抓住行人回头不语，不忍扬鞭跃马的细节，二是由此展露对方上马而将行未行时的片刻心理状态，进而凸显出行人对前来送别的友人无限依恋之情，感人至深。正如邓中龙《唐代诗歌演变》所论："七绝是最不容易讨好的诗体，短短的 28 字,刚一开始,便要结束。因此,作者必须具有非常周密的想象力,再加上大刀阔斧的剪裁功夫。且由于篇幅短小,不可能也不适宜运用典故,所以,它必须是白描,而在白描之中,又必须寓意深远。此种体裁,对任何诗人来说,都是一种极大的考验。王昌龄可以说是通过了此种考验的大诗人。"(邓中龙:《唐代诗歌演变》,岳麓书社 2005 年 1 月版,第 102 页)王昌龄其他较好的作品还有《送李之邕之秦》:"别怨秦楚深,江中秋云起。天长梦无隔,月映在寒水。"《别刘谞》也有"身在江海上,云连京国深"的情意表达。可见,"王昌龄所追求的是这样一种诗歌:以寥寥数笔引发一种情绪,勾画出一种人物,及描绘出一种感情充沛的境界。他是描绘动人形象、戏剧性行为及含蓄景象的大师"(〔美〕宇文所安:《盛唐诗》,生活·读书·新知三联书店 2004 年 12 月版,第 117 页)。

李颀作品多为古诗,其中以赠答诗、送别诗最为擅长,如《赠张旭》《别梁锽》等。沈德潜《唐诗别裁集》卷五论《别梁锽》诗"结有世路风波意,非专言江湖难涉也",正指出了诗歌情感抒发的普泛性。又如《送陈章甫》:"四月南风大麦黄,枣花未落桐阴长。青山朝别暮还见,嘶马出门思旧乡。陈侯立身何坦荡,虬须虎眉仍大颡。腹中贮书一万卷,不肯低头在草莽。东门沽酒饮我曹,心轻万事皆鸿毛。醉卧不知白日暮,有时空望孤云高。长河浪头连天黑，津口停舟渡不得。郑国游人未及家，洛阳行子空叹息。闻道故林相识多，罢官昨日今如何？"王夫之《唐诗评选》卷一称："顾集绝技，骨脉自相均适。"七律《送魏万之京》感慨深沉，与杜甫一些作品的诗风相近："朝闻游子唱骊歌，昨夜微霜初渡河。鸿雁不堪愁里听，云山况是客中过。关城树色催寒近，御苑砧声向晚多。莫是长安行乐处，空令岁月易蹉跎。""骊歌"指告别之歌。逸诗有《骊驹》篇云："骊驹在门，仆夫具存；骊驹在路，仆夫整驾。"客人临去歌《骊驹》，后人因而将告别之歌称"骊歌"。又如《送刘昱》"行人夜宿金陵渚，试听沙边有雁声"，寓情于景，深挚感人。

王维《送綦毋潜落第还乡》（一作《送别》）："圣代无隐者，英灵尽来归。遂令东山客，不得顾采薇。既至君门远，孰云吾道非。江淮度寒食，京洛缝春衣。置酒临长道，同心与我违。行当浮桂棹，未几拂荆扉。远树带行客，孤村当落晖。吾谋适不用，勿谓知音稀。"诗歌先从应试一事入手，点明落第缘由，次及由落第而还乡，由还乡而送别，悬想别后的生活状况，最后落脚到慰勉之意。所以，沈德潜《唐诗别裁集》卷一论此诗的结构是"反复曲折，使落第人绝无怨尤"。关于王维《送綦毋潜落第还乡》，高步瀛《唐宋诗举要》卷一引《青轩诗辑》："带字当字极佳。非得画中三昧者，不能下此二字。"王维《送张五归山》："送君尽惆怅，复送何人归？几日同携手，一朝先拂衣。东山有茅屋，幸为扫荆扉。当亦谢官去，岂令心事违。"一、二句点明送别，三、四句承写惜别，五、六句转写友人归山之幸，最后归结到自己也准备归隐。王维又有《留别丘为》，也是这样的艺术手法："归鞍白云外，缭绕出前山。今日又明日，自知心不闲。亲劳簪组送，欲趁莺花还。一步一回首，迟迟向近关。"师长泰《论王维的送别诗》："虚境是实境的延伸。诗人据实构虚，以自己的生活体验为基础，通过艺术想象，突破了事物之间的固有联系，能动地改变了现实的时空形式，造成了虚境与实境的变换，在送别诗中展现了丰富多彩的大自然界和社会生活图景，从而充实了送别诗的内容，扩大了送别诗的思想境界。"（中国唐代文学会王维研究会编：《王维研究》第一辑，中国工人出版社 1992 年 9 月版，第 271 页）通过上面几首诗歌的品读，能使人们更好理解王诗的这一审美方式。

李白《送杨山人归嵩山》："我有万古宅，嵩阳玉女峰。长留一片月，挂在东溪松。尔去掇仙草，菖蒲花紫茸。岁晚或相访，青天骑白龙。"诗中写环境高雅幽美，使人产生更为丰富的诗意联想。构思的重点正是称赞杨山人的高雅品格。高适《送别》："昨夜离心正郁陶，三更白露西风高。萤飞木落何淅沥，此时梦见西归客。曙钟寥亮三四声，东邻嘶马使人惊。揽衣出户一相送，唯见归云纵复横。"正如许总《唐诗史》所论："诗写离别，亦借以托寓乡思，但却无临歧洒泪、儿女情长之态，全然是一副爽旷情怀，'离心郁陶'仅略略带过，离别场面亦非执手无语，而是以'曙钟寥亮''东邻嘶马'构成雄壮的交响，结句借'归云'带出乡思，却以经'纵复横'加以推扩铺展，这样，主观的情思与客观的实景便在完全的对应叠合之中形成一种壮阔而生动的诗境。"（许总：《唐诗史》上册，江苏教育出版社1994年6月版，第471—472页）岑参《送崔子还京》："匹马西从天外归，扬鞭只共鸟争飞。送君九月交河北，雪里题诗泪满衣。"时代的精神面貌宛然可见。又《原头送范侍御》："别君只有相思梦，遮莫千山与万山。"

李贺《洛阳城外别皇甫湜》抒写离别的沉重："洛阳吹别风，龙门起断烟。冬树束生涩，晚紫凝华天。单身野霜上，疲马飞蓬间。凭轩一双泪，奉坠绿衣前。"诗人先以荒凉萧瑟的冬日晚景衬托自己与皇甫湜之间难舍难分的情谊，"单身"再衬以"疲马"，这情调也是够令人潸然落泪的了，何况是在这凄清的时刻呢。所以，诗人最后表明，我别无长物，只有以我的眼泪报答你的那一份深情了。贾岛《冬夜送人》也写出这种场景中的朋友之情，不过宾主之间已经换了角色，蕴含着诗人忧生的嗟叹及悲慨感伤的情怀："平明走马上村桥，花落梅溪雪未消。日短天寒愁送客，楚山无限路迢迢。"贾岛又有《送别》诗："门外便伸千里别，无车不得到河梁。高楼直上百余尺，今日为君南望长。"诗句最后以一"长"字兜住，语似质直而意蕴深婉，情似平淡而低回郁结。皎然有《送卢仲舒移家海陵》："世故多离散，东西不可嗟。小秦非本国，楚塞复移家。海岛无邻里，盐居少物华。山中吟夜月，相送在天涯。"天涯送别，本自悲伤，何况是在世故多已离散的时节；卢仲舒又是移往海滨的蛮荒之地，那里一无朋友可聚，二无物产可供滋养，诗人之心不禁为之悬起。关于钱起《送僧归日本》："上国随缘住，来途若梦行。浮天沧海远，去世法舟轻。水月通禅观，鱼龙听梵声。惟怜一灯影，万里眼中明。"章燮《唐诗三百首注疏》卷四有精当的体认："前半不写送归，偏写其来处。后半不明写出送归，偏写海上夜景。送归之意，自然寓内。如此则诗境宽而不散，诗情蕴而不晦矣。"

卢纶现存诗歌 388 首，其中送别诗 110 首，如《送李端》："故关衰草遍，离别自堪悲。路出寒云外，人归暮雪时。少孤为客早，多难识君迟。掩泪空相向，风尘何处期？"首联为全诗奠定深沉感伤的情感基调，颔联则是一幅隆冬送别图，一吐心中的不快。颈联回溯自己少年之不幸及客游生涯之久远，但以得识对方为幸事。尾联写诗人归途中思绪万千、抚今追昔、百感交集的情怀。而今掩泪一别，不知前路又在何方。在这世事纷争的社会中，种种人生阴影一起袭上心头：风尘扰攘，前途茫茫，生死难卜。诗歌以一个"悲"字贯穿全篇，将惜别和感世融合起来，表现了乱世离别的孤寂心绪。又如《送万巨》展现的也是特定时代的精神状态，描写的都是一番酸楚的景象："把酒留君听琴，难堪岁暮离心。霜叶无风自落，秋云不雨空阴。人愁荒村路细，马怯寒溪水深。望断青山独立，更知何处相寻。"

钟惺、谭元春《唐诗归》卷一二评卢象《八月十五日》一诗时说："古人作弟妹诗易于妙绝，惟真乃妙。"柳宗元《别舍弟宗一》正是这样情真意切的作品："零落残魂倍黯然，双垂别泪越江边。一身去国六千里，万死投荒十二年。桂岭瘴来云似墨，洞庭春尽水如天。欲知此后相思梦，长在荆门郢树烟。"作品将现实的时空转为审美的时空，状景真切，而时空的切换又是如此腾挪跳跃，空间画面中渗透了时间感，给人以新颖而强烈的美的刺激，手笔之大，令人叹为观止。开篇化用江淹《别赋》句意，切合题意，"残""倍"等字则自然能在沟通现实和历史时空的基础上，透过一层，直抒本怀，《金圣叹评点唐诗六百首》："'残魂'者，剩魂也；剩魂者，言初被贬时，魂被惊断，其未断时剩犹到今也。'零落'者，言此剩魂已不成魂，只是前魂之所零星散落者也。'倍黯然'者，言此零星散落之魂，万万不堪又遭怖畏，而不意又有舍弟之别去也。"颔联时空融合，有着十余年来窜逐数千里的外贬生活带着血泪的回顾。颈联从眼前瞻望宗一将要远去的云梦大地，但见天宇寥廓。最后，诗人以一"长"字连接两地，"荆门郢树烟"更是通过艺术想象，据实构虚，通过别后宗一所处环境的悬拟，使诗人的悠长思念与自然景物交织，创造了一个忠实于审美情感的迷蒙的时空情境，营造真切可感的语境，但又比生活真实时空更富于绚丽的美的色彩，以景缩情，增强了诗境的深远感，给人以无限的遐思。许浑《行经庐山东林寺》"他岁若教如范蠡，也应须入五湖烟"，也运用了用虚拟的情景来深化主题这一审美手法，把心中的那一份情态表现得逼真如绘。总之，《别舍弟宗一》以散点的视角去观察，并能把不同时地的一个个独立的审美视野进行空间并构，以层次分明的系列意象抒发了不尽的忆念与浓烈的酸楚，点染惜别意绪，深切动人，审美主体的深情又是附着于对审美客体的以形写神的描绘中表现出来，使结构具有一种纵深感和立体感，深化从狭小视界来吐纳客体世界的叙写格式，初步具备诗美的现代形态，足当纪昀《瀛奎律髓刊误》卷四三"语意浑成而真切"的赞誉。廖文炳《唐诗鼓吹注解》卷一论《别舍弟宗一》一诗时对全诗的情韵、结构等都有详尽的分析："此言既遭迁谪，残魂黯然，又遇兄弟暌离，故临流而挥泪也。去国极远，投荒极久，幸一聚会，未几又别。而瘴气之来，云黑如墨，春光之尽，水溢如天，气候若此，能不益增其离恨乎？自此别后，怀弟之梦，长在于荆门郢树之间而已。若后会期，岂可得而定哉？"真可谓是知音之言，对作者的内心情怀与审美艺术追求的剖析令人折服。缪塞《五月之夜》说："最美丽的诗歌就是最绝望的，有些不朽的篇章是纯粹的眼泪。"（转引自钱锺书：《七缀集》修订本，上海古籍出版社 1994 年 8 月第 2 版，第 129 页）柳宗元《别舍弟宗一》正可以说是用眼泪凝结成的美丽诗篇，千百年来一直动人心弦。

顾非熊《下第后送友人不及》："失意经寒食，情偏感别离。来逢人已去，坐见柳空垂。细雨飞黄鸟，新蒲长绿池。自倾相送酒，终不展愁眉。"景色画面上渗透了惜别眷念的深情厚谊，关切之意自见，允称佳什。上举韦庄《古离别》诗用优美动人的景色来反衬离愁别绪，获得和谐统一的效果：晴烟漠漠，杨柳毵毵，日丽风和，一派美景。作者没有把春天故意写成一片黯淡，而是如实选写出它的秾丽，并且着意点染杨柳的风姿，从而暗暗透出了在这个时候和心爱的人诀别的难堪之情。所以，第二句转入"不那离情酒半酣"，便构成一种强烈的反差，使满眼春光都好像黯然失色，春色越浓，牵起的离情别绪也更加强烈。然而作者还嫌不够饱满，因此三、四两句再进一层。行人要去的是江南，江南的春天来得比北方早，杨柳自然更加繁茂，春色也更加动人，可惜这些给行人带来的并非欢乐，而是更多的因春色而触动的离愁。所以在临别的时候，送行者用马鞭向南方指点着，饶有深意地说出"断肠春色在江南"的话。正如王夫之《姜斋诗话》所说："'昔我去矣，杨柳依依。今我来兮，淫雨霏霏'，以乐景写哀，以哀景写乐，一倍增其哀乐。"

送别诗是中国传统诗歌的一个重大题材，人们在此倾注了深厚的情怀。女诗人薛涛也有《送友人》，在诗艺上有着自己的独特追求："水国蒹葭夜有霜，月寒山色共苍苍。谁言千里自今夕，离梦杳如关塞长。"沈约《别范安成》是较早以梦的意象入送别题材的："梦中不识路，何以慰相思。"薛涛在前人的基础上进一步做了开拓，你即便到千里之外的关塞，我的心也会永相随，但诗人又以梦境展开，就使得情意更为深婉。

唐代离别诗的主导意象

审美作为一种活动和现象非常复杂与微妙。但"我们通过梳理某一单元意象在中国文学美学史长河里的存在现象，能够寻绎出一个意象符号系列和系统"（吴功正：《中国文学美学》上卷，江苏教育出版社 2001 年 9 月版，第 241 页）。意象选择极能体现出人们各具个性的审美情趣。"春色入垂杨，烟波涨南浦。落日动离魂，江花泣微雨。"（寇准《南浦》）近人李叔同《握别》（亦称《送别》）："长亭

唐诗宋词元曲精编

外，古道边，芳草碧连天；晚风拂柳笛声残，夕阳山外山。天之涯，地之角，知交半零落；一壶浊酒尽余欢，今宵别梦寒。"该作品基本上包含了唐人离别诗中常见的意象，有长亭、古道、杨柳、夕阳、春草、美酒以及南浦、明月等，这些包蕴性极强的意象都积淀了丰厚的离别情怀，但唐人并不是去重复或模仿前人的意境和情调，而在许多方面付出了自己新的努力。他们往往以审美情感为中介选择、组合这些富有表现力、感染力的意象，融进浓郁的情感色彩，以期更好地渲染离别氛围，传达离别心声，深化离别主题，丰富诗语信息，强化它的诗美，产生强烈的易于感人的艺术力量。如王昌龄《送十五舅》："深林秋水近日空，归棹演漾清阴中。夕浦离觞意何已，草根寒露悲鸣虫。"秋水、夕浦、离觞等意象的有机选择与组合，就使客观外景涂抹上自己的主观情感。又辛文房《唐才子传》卷四中誉为"磊落有奇才。……性耿介，不干权要"的司空曙《送皋法师》"江草知寒柳半衰，行吟怨别独迟迟"，韩翃《送蒋员外端公归淮南》"淮南芳草色，日夕引归船"。下面着重就唐人离别诗中一些构筑审美意蕴的主体意象做一简要论析。

（一）长　亭

早在秦汉时期便开始在大道旁置亭，供旅行者休憩或送别饯行之用。庾信《哀江南赋》已有"十里五里，长亭短

亭"的句子，倪璠注《白孔六帖》"馆驿"条中有"十里一
长亭，五里一短亭"之说。唐人离别诗中对此也多叙写。柳
宗元《离觞不醉至驿却寄相送诸公》写于离开永州至京途
中，流露出诗人政治上的失意之感："无限居人送独醒，可
怜寂寞到长亭。荆州不遇高阳侣，一夜春寒满下厅。"春寒
景物的描绘，寂寞气氛的渲染，与诗人心中的那一份浓重的
离愁极为合拍。李端《送袁稠游江南》以长亭作为抒情的
立足点，抒发对友人远游的深情："江南衰草遍，十里见长
亭。客去逢摇落，鸿飞入杳冥。空城寒雨细，深院晓灯青。
欲去行人起，徘徊恨酒醒。"于良史《江上送友人》则是在
诗的最后点出送别的地点，长亭以外，故交更少，也更处荒
芜之地，所以，希望友人能更加保重，从而委婉地诉说出诗
人深邃复杂的心曲："看尔动行棹，未收离别筵。千帆忽见
及，乱却故人船。纷泊雁群起，逶迤沙溆连。长亭十里外，
应是少人烟。"

（二）南 浦

与北方诗人多用"长亭"一词相对，南方诗人则多用
"南浦"意象渲染送别气氛，逐渐形成惯例。"浦"在《说
文解字》中注为"水滨"，《风土记》载："大水有小口别通
曰浦。"和"长亭"一样，诗歌中的"南浦"也多为泛指。
屈原《九歌·河伯》就有了"与子交手兮东行，送美人兮

南浦"的诗句，江淹《别赋》更是构建了"春草碧色，春水渌波；送君南浦，伤如之何"这样动人心魄的意象。王褒长期羁留北国，但诗中还是吐露南音，如《别陆子云》："解缆出南浦，征棹且凌晨。还看分手处，唯余送别人。中流摇盖影，边江落骑尘。平湖开曙日，细柳发新春。沧波不可望，行云聊共因。"唐人离别诗中"南浦"意象的使用就更加普遍，古代诗歌中有时还将"南浦"与"北梁"对举，以加深离别情怀。如骆宾王《畴昔篇》："北梁俱握手，南浦共沾衣。"唐人用得比较成功的作品很多，如王维《齐州送祖二》（一作《送别》）："送君南浦泪如丝，君向东州使我悲。为报故人憔悴尽，如今不似洛阳时。"白居易《南浦别》："南浦凄凄别，西风袅袅秋。一看肠一断，好去莫回头。"李端《宿洞庭》："白水连天暮，洪波带日流。风高云梦夕，月满洞庭秋。沙上渔人火，烟中贾客舟。西园与南浦，万里共悠悠。"

（三）杨 柳

春风中飘拂的杨柳最为婀娜多姿，传达出万种风情。因为柳条似愁肠，柳叶似愁眉，也有人认为，柳丝柔软细长，能系住行人的心，柳枝依依，能传达依依不舍的心绪，同时，"柳"与"留"谐音，折柳赠别，暗中寄寓殷勤挽留的意愿。所以，自然有人慨叹"年年柳色，灞陵伤别"（李白

《忆秦娥》），"长安陌上无穷树，唯有垂杨管别离"（刘禹锡《杨柳枝》）。而褚人获《坚瓠广集》卷四则认为："送行之人，岂无他枝可折而必折柳者，非谓津亭所便，亦以人之去乡，正如木之离土，望其随地皆安，一如柳之随地而活，为之祝愿耳。""昔我往矣，杨柳依依。今我来思，雨雪霏霏。"这是最早将杨柳与离别联系在一起的名句，从此以后，柳的意象便与中国诗歌的离别题材密不可分了。如北朝乐府民歌《折杨柳歌》"遥看孟津河，杨柳郁婆娑，我是虏家儿，不解汉儿歌"，无名氏的《送别诗》"杨柳青青着地垂，杨花漫漫搅天飞。柳条折尽花飞尽，借问行人归不归"等。翁方纲《石洲诗话》："竹枝泛咏风土，柳枝则咏柳，其大较也。""于咏柳之中寓取风情，此当为杨柳枝词本色。"许总《唐诗史》指出："在情景交媾过程中，精心构造的心象从本质及功能上看，也可以说是一种渲染情绪氛围或表达深层理思的象征体。任何对象化了的自然物象，在文学创作的构思环节及特定场合，实际上都具有重要的表现功能与象征意味，而经过长期实践运用的积淀流衍，某些物象便形成一种包蕴着复合象征意义的原型，在某些场合发挥出大大超越个体意象本身的多重意义的作用。比如，送别场合的柳，羁旅途中的雁，象征漂泊无定的浮云，引发旅人愁思的猿啼，其实大多并非诗人创作时的实景，而是作为一种原型意象在特定场合的复合象征。"（许总：《唐诗史》下册，江苏教育出版社 1994 年 6 月版，第 127 页）唐人多能抓住柳与离别情愫的这一特殊关系，多层面、多角度地深入发掘其中蕴含的审美意蕴与文化品质，人们可以从中窥见时代精神的闪烁。如裴说《柳》："高拂危楼低拂尘，灞桥攀折一何频。思量却是无情树，不解迎人只送人。"王之涣《送别》："杨柳东门（风）树，青青夹御河。近来攀折苦，应为离别多。"白居易《忆江柳》："曾栽杨柳江南岸，一别江南两度春。遥忆青青江岸上，不知攀折是何人？"于渍《戍卒伤春》说："萧条柳一株，南枝叶微发。为带故乡情，依依借攀折。"

王维的作品中也多次写到柳的形象，如《送沈子福之江东》："杨柳渡头行客稀，罟师荡桨向临圻。唯有相思似春色，江南江北送君归。"钟惺《唐诗归》："相送之情，随春色所至，何其浓至！末两语情中生景，幻甚。"又如《送丘为落第归江东》，也是以柳作为主体意象构建的："怜君不得意，况复柳条春。为客黄金尽，还家白发新。五湖三亩宅，万里一归人。知祢不能荐，羞为献纳臣。"唐汝询《唐诗解》："'五湖''三亩'，言其生理既微；'万里''一身'，言其漂泊殆甚。悲而且苦，不觉泫然坠泪。"潘德舆《唐贤三昧集评》："无字不悲，收尤厚极，不愧古人，真《三百篇》之苗裔。"王维《送元二使安西》也是以柳意象作为构思主体。唐人离别诗中有柳意象的真可以说得上俯拾皆是，再略举数例，如孟郊《古离别》："松山云缭绕，萍路水分离。云去有归日，水分无合时。春芳役双眼，春色柔四支。杨柳织别愁，千条万条丝。"施肩吾《折柳枝》："伤见路旁杨柳春，一重折尽一重新。今年还折去年处，不送去年离别人。"郑谷《淮上与友人别》："扬子江头杨柳春，杨花愁杀渡江人。数声风笛离亭晚，君向潇湘我向秦。"

（四）夕 阳

夕阳残照历来是诗人表现离愁别绪的敏感触点，以此为生发愁绪的最佳活动背景。这样的艺术背景往往与诗人抑郁孤寂的心情相契合，从而成了诗人抒发幽怨情怀理想的艺术运思模式。唐人离别诗中也常有之。王维《临高台送黎拾遗》："相送临高台，川原杳无极。日暮飞鸟还，行人去不息。"诗人于临高台送别友人，先点出临高台上纵览所见，川原茫茫，无边无际，路在何方？更兼日暮时分，飞鸟尚思归巢，而行人却是行行不息，此情此景，日何以堪？王维又有《送韦评事》："欲逐将军取右贤，沙场走马向居延。遥知汉使萧关外，愁见孤城落日边。"送友赴边，直向居延。诗人不禁悬想别后常与孤城落日相伴的生活情景，真从心里替友人担忧。卢纶约作于大历二年（767）的《与从弟瑾同下第后出关言别》可以说是时代精神的体现："出关愁暮一沾裳，满野蓬生古战场。孤村树色昏残雨，远寺钟声带夕阳。"自此一别，情绪本就低落，抬头所见也只是满目苍凉之色，随风飘过的是发人深省的萧寺钟声，何况孤村、远寺等等这一切都是在夕阳映照之下。诗歌既描绘视觉形象，又叙写听觉形象，给人以极为真切的感受：斜日沉沉，暮云重重，钟声袅袅，使人不寒而栗。崔峒有《送张芬东归》诗："喧喧五衢上，鞍马自驱驰。落日临阡陌，贫交欲别离。早知时事异，堪与世人随。握手将何赠，君心我独知。"策马驱驰，送友东归，回首却是落日西下，我心也好像要随之沉落，别来无赠，只有从心底里祝愿朋友一路走好。

（五）春 草

春草染上伤别的色彩，淮南小山作品中已有滥觞，《招隐士》"王孙游兮不归，春草生兮萋萋"，表达了和朋友临别时的感情活动，江淹《别赋》扬其波。唐人离别诗自然也少不了它，李白《劳劳亭歌》所谓"金陵劳劳送客堂，蔓草离离生道旁"。劳劳亭建于三国吴时，人常于此送别亲友，后就成了离别之意的代称。王维《山中送别》欲以遍野的春草打开离人的心扉，贯穿着对友情的渴望："山中相送罢，日暮掩柴扉。春草明年绿，王孙归不归！"《送徐郎中》中也有"东郊春草色，驱马去悠悠"的叙写。王维又有《送张五谭归宣城》："五湖千万里，况复五湖西。渔浦南陵郭，人家春谷溪。欲归江淼淼，未到草萋萋。忆想兰陵镇，可宜猿更啼？"

（六）美　酒

酒和诗，在人类社会发展史上，是促进文明发展最富于刺激性的两大基因。酒和诗，是孪生姐妹，是最能被人们欣赏和接受的生活之一。江淹《别赋》："左右兮魄动，亲宾兮泪滋。可班荆兮憎恨，唯尊酒兮叙悲。"杨载《诗法家数》："凡送人多托酒以将意，写一时之景以兴怀，寓相勉之词以致意。"这样的物象，唐人离别诗自然也是缺不得的了。刘禹锡《送河南皇甫少尹赴绛州》就有"诗酒同行乐，别离方见情"的情意表达。李峤《送李邕》："落日荒郊外，风景正凄凄。离人席上起，征马路边嘶。别酒倾壶赠，行书掩泪题。殷勤御沟水，从此各东西。"张饮荒郊，时值落日，景自凄厉，只有一醉，或许能稍解愁意，自此一别，更不知重聚何日。陈子昂作于睿宗文明元年（684）的《春夜别友人》："银烛吐青烟，金樽对绮筵。离堂思琴瑟，别路绕山川。明月隐高树，长河没晓天。悠悠洛阳道，此会在何年？"顾安《唐律消夏录》："清晨送别，乃于隔夜设席，饮至天明。此等诗在射洪最不经意之作，而后人独推之，何也？此诗不用主句，看他层次照应之法，纵横变化之中，仍不失规矩准绳之妙。此文章中之《国策》《史记》也。唐人情旷一派，俱本乎此。"分析较为精当。杜甫《奉济驿重送严公四韵》："远送从此别，青山空复情。几时杯把重？昨夜月同行。列郡讴歌惜，三朝出入荣。江村独归处，寂寞养残生。"诗人此番送严武入京，也是心情复杂的，回想几年的相处，不禁感慨万千。所以，诗人也希望能再次畅饮，与严武共续友情。岑参《送杨子》"惜别添壶酒，临歧赠马鞭。看君颍上去，新月到家圆"，也是以添酒作为深情表达的一种重要方式。

（七）明 月

明月的意象在唐人离别诗中更是丰富。王昌龄《送魏二》："醉别江楼橘柚香，江风引雨入舟凉。忆君遥在潇湘月，愁听清猿梦里长。"诗人先写眼前的送别之景，然后推想日后两地相思之情的凄苦，自有画笔不能到处。王昌龄又有《送柴侍御》，以明月作为深情的见证，不管路途阻隔多远，但这样两心相通，都可以诉诸明月，托明月而传情达意："流水通波接武冈，送君不觉有离伤。青山一道同云雨，明月何曾是两乡。"创作这些作品的时候，诗人早已被放逐边荒，但诗情不凡，仍是健爽豪放，具有动人的美学力量。

四、唐代经典离别诗略论

王国维《人间词话》有一段万口传诵的名言：

有有我之境，有无我之境。"泪眼问花花不语，乱红飞过秋千去。""可堪孤馆闭春寒，杜鹃声里斜阳暮。"有我之境也。"采菊东篱下，悠然见南山。""寒波淡淡起，白鸟悠悠下。"无我之境也。有我之境，以我观物，故物皆着我之色彩。无我之境，以物观物，故不知何者为我，何者为物。古人为词，写有我之境者为多，然未始不能写无我之境，此在豪杰之士，能自树立耳。

唐代诗人中执着于艺术者甚众，他们为后人创造了各种审美境界。我们可以这样认为，在离别诗中，多为"以我观物，故物皆着我之色彩"的"有我之境"。先说王勃《送杜少府之任蜀川》：

城阙辅三秦，风烟望五津。与君离别意，同是宦游人。
海内存知己，天涯若比邻。无为在歧路，儿女共沾巾。

首联寓人于物，点明送别之地和友人赴任之所。"风烟"指风尘烟雾。诗句以"风烟"显示出遥望时满眼迷蒙的景象，微露惜别之意。"望"字连接两地，写出天宇寥廓，地域广远。五津指现在四川省从都江堰到犍为一段的岷江中，当时有白华津、万里津、江首津、涉头津、江南津五个渡口。首联破题而入，对仗工整，境界雄伟壮阔。颔联紧承，点染惜别意绪，言辞恳切。从两人境遇相同，情感一致去宽慰对方，真实地展现出宦游者的情感体验。诗歌是富于声律美的艺术，《送杜少府之任蜀川》首颔二联构成"偷春格"，文情跌宕，有参差疏密之妙。因为散对的形式更适合情感的变化，也避免了音律上的板滞。颈联转进一层，在理性的层面上阐明对离别的认识，只要心志相通，心怀知己，即使远在天边亦如近邻一样亲密。诗歌远承《论语·颜渊》"四海之内皆兄弟"的精神，近处则从曹植《赠白马王彪》"丈夫志四海，万里犹比邻。恩爱苟不亏，在远分日亲"句意中化出，但比之原诗语言更精警，蕴意更为丰富与深广，具有极强的艺术概括力，格调也更加高远昂扬。诗句表现了诗人旷达的胸襟、奋发的精神和朋友之间真挚醇厚的情谊。尾联总收全篇，以劝慰友人作结，放达中见深情。起句挺拔严整，又非特意雕饰，结句则矫健圆浑，构成一个完美的整体。

《送杜少府之任蜀川》是一首客中送别诗，送别诗一般写得哀怨缠绵，此诗则一洗凄婉惆怅的感伤情调，唱出了踔厉奋发的时代之音，远超时流。特别是在贬谪背景下的送别，不仅于诗人有了新的心境，于诗作也有了新的诗境。诗歌纯以豪情取胜，胸怀天涯与细语嘱咐有机融合，既委婉地表达了惜别之情，又鼓舞起友人建功立业的"英雄之气"，为传统的送别诗开拓了新意境。语言精警，音韵和谐，舒卷自如，气格浑成，是诗人送别题材的扛鼎之作。胡应麟《诗薮·内编》卷四："大历以还，易空疏而难典赡；景龙之际，难雅洁而易浮华。盖齐、梁代降，沿袭绮靡，非大有神情，胡能荡涤。唐初五言律，唯王勃'送送多穷路''城阙辅三秦'等作，终篇不着景物，而兴象婉然，气骨苍然，实首启盛、中妙境。五言绝亦舒写悲凉，洗削流调。究其才力，自是唐人开山祖。拾遗、吏部，并极虚怀，非溢美也。"俞陛云《诗境浅说》："首句言所居之地，次言送友所往之处，先将本题叙明。以下六句，皆送友之词，一气贯注，如娓娓清谈，极行云流水之妙。大凡作律诗，忌支节横断。唐人律诗，无不气脉流通，此诗尤显。作七律亦然。后半首言得一知己，则千里同心，何须伤别。推进一层，不作寻常离别语。故三四句言送别而况同是宦游，极堪伤感，正以反逼下文，乃开合顿挫之法也。"宇文所安《初唐诗》："这是7世纪70年代的一首杰作，它具有严谨的、内在的统一，这是这一时期诗歌所缺乏的。诗篇中间部分以个人和哲理的肯定取代了描写对句，结尾则有意识地反用适合于离别诗的'流泪反应'。这是一首表达思想的诗，而不是宫廷式的赞美诗。它的直接表达与当时的矫饰作风形成鲜明的对照。"（〔美〕宇文所安：《初唐诗》，生活·读书·新知三联书店2004年12月版，第97页）诗人后因仕途坎坷，品味着人生的诸般苦乐，增长着一种悲苦寂寥的思绪，心境不同，诗风也就完全不一样了，如《别薛华》（《文苑英华》作《秋日别薛升华》）的"送送多穷路，遑遑独问津。悲凉千里道，凄断百年身。心事同漂泊，生涯共苦辛。无论去与住，俱是梦中人"；《重别薛华》的"旅泊成千里，栖遑共百年。穷途唯有泪，还望独潸然"；《别人四首》其一的"久客逢余闰，他乡别故人。自然堪下泪，谁忍望征尘"。

次说王维《送元二使安西》："渭城朝雨浥轻尘，客舍青青柳色新。劝君更尽一杯酒，西出阳关无故人。"上联写送别的时间、地点及环境气氛。渭城多为送别之所，自含分手在即之意，暗示友人将踏上征途。诗人以细雨渲染气氛，好像老天也有情有意为远行者净化路上的尘土，又以"雨""柳"显示故园的亲切可人。诗人选取客舍、杨柳，自然关合送别："客舍"，点明客中送客；"柳"与"留"音近，谐音双关。诗人把送别场景写得色调明丽而又平和，蕴含着安慰、鼓励和祝愿的深情；一种难舍难分的情谊，已巧妙地融合在景物的描写之中，以景色的充满情谊映衬宾主之间的浓情蜜意。第二联一下子从环境描写跳到饯行场面的煞尾，朴素平淡而又曲折深致地表达了对朋友的真挚情谊，蕴藉含蓄。关山阻隔，重会难期，真可谓"一赴绝国，讵相见期"。一个"更"字，便生动地表现出殷勤劝让的情态，不言依恋、惜别、相思、关怀与祝愿，而这一切自然蕴含其中。沈

揭秘唐诗的审美艺术

德潜《唐诗别裁集》卷一九："阳关在中国外，安西更在阳关外，言阳关已无故人矣，况安西乎？此意须微参。"

　　《送元二使安西》一诗展示了中国文化中的人性精神：温厚而又豪爽，缠绵而又质朴。异质文化的漂泊之苦与民族文化的亲和之力，是此诗所富含的文化意蕴。借用韦凤娟论谢朓《晚登三山还望京邑》一诗的话，就是："他诗中的'情'不是主观情绪的自然宣泄，而提炼为一种艺术情感；他诗中的'景'已不是客观的摹写，已经过心灵的筛选，具有了特定的审美个性。"（陶文鹏、韦凤娟主编：《灵境诗心——中国古代山水诗史》，凤凰出版社 2004 年 4 月版，第 128 页）诗歌入乐后改称《渭城曲》，演唱时，"西出阳关"一句要反复叠唱，又称《阳关三叠》，或称《阳关曲》。据说伴奏最后一叠高音时，笛子都要破裂，可见感情之强烈，也可见曲调之高亢豪迈。沈祖棻《唐人七绝诗浅释·引言》中有一段精妙绝伦的话语是在总体上论述七绝的审美意蕴的，自然也完全适合《送元二使安西》一诗的艺术品析："诗是最精粹的语言。它用经过反复挑选过的最合适的语言来表达其最美好、丰富和微妙的思想感情。而七言绝句则可算是最精粹的诗体之一，因为它以最经济的手段来表现最完整的意境或感情见长。当然五言绝句字数更少，但七绝虽然每句只比它多两个字，却显得委婉曲折，摇曳生姿，声辞俱美，情韵无穷，因而别有其动人之处。……它所写的就往往

1106

是生活中精彩的场景，强烈的感受，灵魂底层的悸动，事物矛盾的高潮，或者一个风景优美的角落，一个人物突出的镜头。"（沈祖棻：《唐人七绝诗浅释》，上海古籍出版社 1981年 8 月版，第 3 页）

《送元二使安西》面世后，引得一片赞叹。黄生《唐诗摘抄》："先点别景，次写别情，唐人绝句多如此。毕竟以此首为第一，唯其气度从容，风味隽永，诸作无出其右故也。"王相《千家诗注》："安西，西域诸国之总名，唐有安西都护以镇之。此渭城送人出使安西而作。言渭城朝雨，为君拂浥轻尘。客舍柳色方新，正春暖之时，无风霜之苦也。饯程之酒将阑而欲别，劝君再进一杯以壮行色。明日西出阳关之外，但见白草黄沙，更无故人相遇也。"李东阳《麓堂诗话》："作诗不可以意徇辞，而须以辞达意。辞能达意，可歌可咏，则可以传。王摩诘'阳关无故人'之句，盛唐以前所未道。此辞一出，一时传诵不足，至为三叠歌之。后之咏别者千言万语，殆不能出其意之外。必如是，方可谓之达耳。"

王维《齐州送祖三》（一作《河上送赵仙舟》，又作《淇上别赵仙舟》）也是送别诗中的精品："相逢方一笑，相送还成泣。祖帐已伤离，荒城复愁入。天寒远山净，日暮长河急。解缆君已遥，望君犹伫立。"首联点出题意，第二联再加以强化，第三联构图极有层次，系情于景，苍凉中不乏高朗旷远之致，然后于尾句归结到送别本意。诗人自己的那份心也随着友人远去。诗歌以空间的张力来提升和拓展诗人的心境。全诗以意遣词，疏密相依，有无相生，可以说是于朴素中尽显润泽华采。

高适《别董大二首》（其一）是诗人给唐玄宗时著名的琴师董庭兰送行时的赠言："千里黄云白日曛，北风吹雁雪纷纷。莫愁前路无知己，天下谁人不识君？"敦煌写本诗题作《别董令望》，董令望即董庭兰。首句展现了西北黄土高原上风卷尘沙入云端的独特地域风光。"白日曛"三字给辽阔的黄土高原增添了迷茫暗淡的色彩。第二句"北风吹雁雪纷纷"，写出了送别的时令和气候。诗人写天气骤变，也象征董大处境的恶劣。朔风劲吹，大雪纷飞，本来已经够凄凉的了，耳边又传来鸿雁的阵阵悲鸣，则更令远行人大有孤雁离群之孤寂无依感。雁总是群飞的，它使整个画面都沉浸在依依惜别的感情氛围中，令人在鸿雁的悲鸣声中联想到友谊。"莫愁前路无知己"是安慰董大在前进的道路上处处都会遇到知心朋友，"天下谁人不识君"既是对第三句的补充，又是对董庭兰琴技美誉的赞扬，也是对友人光明前途的预言，从中也披露出诗人自己的胸襟。诗句沐浴盛唐辉泽，唱出了真正属于他们那一时代的声音。许总先生认为："诗写惜别之情，首先展现的却是一幅苍茫壮阔的塞外风光画卷，在这样的壮伟景观氛围中托出心绪，表面上是以怀才挟技无往不适相劝慰，内质中则是一种豪壮气势伟力的体现。"（许总：《唐诗史》上册，江苏教育出版社 1994 年 6 月版，第 482 页）吟诵这样的诗歌，人们的情怀自然为之顿开。《别董大二首》（其二）的情感基调则不完全一样了："六翻飘飘私自怜，一离京洛十余年。丈夫贫贱应未足，今日相逢无酒钱。"这也可以窥出唐人情感的丰富与复杂。

岑参擅长七言歌行，抒情浓郁炽烈，气势雄奇奔放，音节流畅婉转，用韵灵活多变。这一审美特征在送别诗中有着淋漓尽致的表现，显示出岑诗构思不凡的特性，也突出了诗人与友人的惜别之情，如《白雪歌送武判官归京》：

北风卷地白草折，胡天八月即飞雪。

忽如一夜春风来，千树万树梨花开。

散入珠帘湿罗幕，狐裘不暖锦衾薄。

将军角弓不得控，都护铁衣冷难著。

瀚海阑干百丈冰，愁云惨淡万里凝。

中军置酒饮归客，胡琴琵琶与羌笛。

纷纷暮雪下辕门，风掣红旗冻不翻。

轮台东门送君去，去时雪满天山路。

山回路转不见君，雪上空留马行处。

　　方东树《昭昧詹言》卷一二誉《白雪歌》诗为"奇才奇气，奇情逸发，令人心神一快。须日诵一过，心摹而力追之"。"忽如"句传写出景物的情态意趣，表现出诗人独特的情感志向。诗歌的语言组接艺术，正如论者所言："在这头四句中，如用保存古音较多的南方音读，那么'折'和'雪'都应该读急促的摩擦的入声，而后面的'来'和'开'则是流畅浩荡的平声。在这首诗中，由入声转入平声，象征着由封闭到开放，由寒冷局促的冬天到百花盛开的春天的转换。这里，词的这种先后安排本身就含有审美意义。这就是因为作者强调了语言的美学功能的缘故。似乎平时作为传达手段而毫不起眼的语言突然开始强调自己的存在。这里需要特别指出的是，在文学作品中，作家为什么这样选择和安排词句，而不是那样选择和安排词句，这是因为语言的运用与作家的艺术直觉是同一的。他们这样运用语言，不是他们单纯在摆弄某种技巧，而是因为他们如词语这般感觉生活。"（童庆炳：《现代诗学问题十讲》，中国海洋大学出版社 2005 年 4 月版，第 6 页）《走马川行奉送出师西征》用夸张的手法，极力渲染环境的艰苦和恶劣，有力地反衬和集中表现了边塞将士慷慨报国的英雄气概和不畏艰苦的乐观精神，豪情壮采，鲜活感人。诗中句句用韵，三句一转，声调激越高昂，节奏急促有力，对表现诗人热烈的情感和豪迈的胸怀，也起到很好的作用。洪亮吉《北江诗话》论岑诗的奇景深情："余尝以己未冬杪，谪戍出关祁连雪山，日在马首，又昼夜行戈壁中，沙石吓人，没及髁膝，而后知岑（参）诗之'一川碎石大如斗，随风满地石乱走'之奇而实确也。大抵读古人之诗，又必亲历其地，身历其险，而后知心惊魄动者，实由于耳闻目见得之，非妄语也。"

李白送别诗约百首，如著名的《黄鹤楼送孟浩然之广陵》一诗："故人西辞黄鹤楼，烟花三月下扬州。孤帆远影碧空尽，唯见长江天际流。"李白、孟浩然的这次分别正当太平而又繁荣的开元盛世（约开元十四五年，即726—727），季节是春光灿烂的烟花三月，而要去的地方又是名重天下的繁华之地。作为诗人，李白对孟浩然在这样的时间季节去这样的地方，既充满了依依别情，也充满了钦羡，于是，这次离别便具有了无限诗意。首句点明送别友人的地点。黄鹤升仙的传说，为孟浩然的扬州之行增添了轻快的气氛。次句交代了送别的时间和孟此行的去处。在"三月"前加"烟花"二字，把送别环境中那种诗的氛围表现得极为浓郁，情趣无限。因此，诗人虽然与孟依依惜别，但并不感伤，字里行间透露出愉快的情绪，饱含着对挚友的美好祝愿。后两句描绘了一幅蕴含离情别绪而又充满诗情画意的画面。孤帆已隐天际，而送者犹伫立相望，遥望出神，乃至望

揭秘唐诗的审美艺术

断征帆。诗歌以细节描写代替直白的倾诉，而凭栏目送时间的久长，更传递出诗人与孟浩然的情谊深厚而炽烈。全诗寓情于景，情景交融，自然流动而并不显得着力。境界开阔，蕴藉无限。

李白又有《送友人》诗：

青山横北郭，白水绕东城。此地一为别，孤蓬万里征。

浮云游子意，落日故人情。挥手自兹去，萧萧班马鸣。

松浦友久《李白诗歌抒情艺术研究》指出《送友人》一诗"由于运用了'孤蓬''浮云''落日''班马'这些构成离别之歌的传统语汇，同诗题《送友人》构成了一幅形象的画面，舍弃了有关对方的个别性描写，使李白的送别乃至离别之形象更为凝练，其魅力未必会因此而减弱。相反，全诗离别之情正因此更集中、统一，纯度更高"（〔日〕松浦友久：《李白诗歌抒情艺术研究》，上海古籍出版社1996 年 12 月版，第 53 页）。又如《送友人入蜀》："见说蚕丛路，崎岖不易行。山从人面起，云傍马头生。芳树笼秦栈，春流绕蜀城。升沉应已定，不必问君平。"诗中的颔联最为奇警，赋予蜀道的崇山彩云以生命的灵性。

杜甫送别诗约 122 首。一般而言，离别诗都是劝慰、勉励、祝愿，而杜甫给郑虔《送郑十八虔贬台州司户，伤其临老陷贼之故，阙为面别，情见于诗》则别出心裁，独具一格，情致悱恻：

郑公樗散鬓成丝，酒后常称老画师。

万里伤心严谴日，百年垂死中兴时。

苍惶已就长途往，邂逅无端出钱迟。

便与先生应永诀，九重泉路尽交期。

萧涤非先生《杜甫诗选注》指出诗歌约作于肃宗至德二载（757）杜甫由鄜州（今富县）还长安时。诗中回荡着诗人心灵深处的情感波澜，于此可体察到杜诗情感的深沉、厚重、浓郁与凄绝。郑虔于安史之乱中不幸陷贼，虽授水部郎中，但称病不就，还"求为摄市令"，暗中给朝廷传递消息，可肃宗还是以次三等罪贬谪。"樗散"一词系从《庄子》的《逍遥游》和《人间世》两篇中点化而成，含有大而无当、不合世用终遭轻慢的意思，于是，郑虔只好以"老画师"自嘲了，萧涤非先生《杜甫诗选注》指出："老画师有老废物意，是牢骚话。因为唐代风气，轻视画师。"（萧涤非：《杜甫诗选注》，人民文学出版社 1979 年 6 月版，第 96 页）杜甫深为郑虔抱屈。"严谴"，谓朝廷处罚过重。颔联是说郑虔未死于安史乱中，却将要死于国家中兴之时，不禁令人酸楚。"严谴""中兴"四字，无限酸楚。颈联说明未及钱别的缘由。尾联更以诀别之语出之，沉痛无比。诗歌前半为郑虔临老被贬感伤鸣冤，后半为没有当面告别而抱憾寄情，缴清题意，展露一气贯注的真性情。沈德潜《唐诗别裁集》卷一三："屈曲赴题，清空一气，与《闻官军收河南河北》，同是一格。"顾宸《杜律注解》："从至情绝人处，激昂慷慨，悲愤淋漓而出"，当郑公"贬谪时，深悲极痛，至欲与同生死，古人不以成败论人，不以急难负友，其交谊真可泣鬼神"。浦起龙《读杜心解》卷四："诗从肺腑流出。四联两飘洒，两沉痛，相间成章。一、二，题前。三、四，还题中临老贬台，妙着'中兴时'三字，人沐更新雨露，郑偏自外栽培也。五、六，还题中'阙为面别'。七、八，更透题后。若应酬家数，但祝其旦夕还朝耳。"

又如《船下夔州郭宿雨湿不得上岸别王十二判官》："依沙宿舸船，石濑月娟娟。风起春灯乱，江鸣夜雨悬。晨钟云外湿，胜地石堂烟。柔橹轻鸥外，含凄觉汝贤。"几幅画面交替组接，"这些描写性的话语，如'乱''悬''湿'等，似乎不是诗人从语言中选择出来的，而是与诗人的艺术直觉和生活遭际密切相关的，词语只是被显露出来而已。它们本身就是活生生的文学世界的有机的组成部分，而不是单纯的'载体'"（童庆炳：《现代诗学问题十讲》，中国海洋大学出版社 2005 年 4 月版，第 9—10 页）。

韩愈《左迁至蓝关示侄孙湘》："一封朝奏九重天，夕贬潮州路八千。欲为圣朝除弊事，肯将衰朽惜残年。云横秦岭家何在，雪拥蓝关马不前。知汝远来应有意，好收吾骨瘴江边。"韩愈作诗，多逞才使气，离别诗中则往往另具丰姿。《左迁至蓝关示侄孙湘》正是一首以意取胜的诗歌。首联交代被贬及其原因。诗人以正月十四日远贬。"朝"与"夕"连举，极言得罪之重和获罪之速。"贬"扣"左迁"，"路八千"暗逗"瘴江"。诗句高屋建瓴，时空对比鲜明，慷慨激愤之意充溢于平叙之中。《谏佛骨表》："佛如有灵，能作祸祟，凡有殃咎，宜加臣身。上天鉴临，臣不怨悔！"颔联抒写耿介孤忠而横遭贬逐的悲愤和刚正不阿、老而弥坚的精神。"欲为"与"肯将"对举，表明诗人虽遭贬谪却凛然不悔的磊落襟怀和为国除弊的坚强信念。二句为流水对，自然浑成，感慨深沉。纪昀《瀛奎律髓刊误》："三、四是一篇之骨，末二句即归缴此意。"颈联即景抒怀，蕴含着英雄失路的愤慨，也交织着对国事的感伤。云，阴沉悲凉；雪，惨白冷酷。"云横""雪拥"，既是客观自然实景，也是当时险恶政治环境的真实写照，情融景中，烘托和渲染出悲壮的气氛。在苍茫浩渺的自然景象中，寄寓着诗人去国远谪的凄怆抑郁的感情，对读者审美心理构成一股强大的撞击力。"家何在"，沉痛至极；"马不前"，托物起兴，以马的眷恋、忧伤，不肯前进，表明诗人感到前路艰险迷惘，抒写诗人非罪遭贬的委屈和愤慨。境界阔远，形象鲜明，蕴意深广，雄浑悲壮。金圣叹《贯华堂选批唐才子诗》：

"五、六非写秦岭云、蓝关雪也。一句回顾，一句前瞻，恰好逼出'瘴江边'三字。盖君子诚幸而死得其所，即刻刻是死所，收骨江边，正复快语。……唐人加意作五、六，总为眼光在七、八耳。""谁谓先生起衰之功，止在散行文字。"尾联表达沉痛凄楚而又无奈的激愤之情，进一步深化颈联的意蕴。"好"字貌似旷达，实则饱含满腹悲伤。所以，斯蒂芬·欧文称赏诗句的"微妙含蓄及间接手法为《谏佛骨表》本身的直白提供了一个耐人寻味的对照"（〔美〕斯蒂芬·欧文：《韩愈和孟郊的诗歌》，天津教育出版社 2004 年 1 月版，第 259 页）。《左迁至蓝关示侄孙湘》一诗蕴含着一种痛苦的生命体验，情感曲折丰满，诚挚深厚的情怀与苍凉悲壮的景象融为一体，构成了高远壮阔的境界，诗意盎然。笔势纵横开阖，能以"文章之法"行于谨严的格律之中，跌宕有致，既有沉郁顿挫的风格，又呈现出韩诗豪健雄放的特点，可谓是独出群伦。俞陛云《诗境浅说》："义烈之气，掷地有声。"

《送桂州严大夫同用南字》诗采用鸟瞰式的视角，气脉通畅："苍苍森八桂，兹地在湘南。江作青罗带，山如碧玉簪。户多输翠羽，家自种黄柑。远胜登仙去，飞鸾不假骖。"本诗于穆宗长庆二年（822）作于长安，时韩愈任吏部侍郎。四月，秘书监严谟任桂管观察使，例带御史大夫虚衔以示尊宠，白居易、张籍等都有诗为其送行，韩愈此诗尤具风致。"森"做动词，诗人以富于地方色彩的森然挺立的桂树形象来鼓励严谟。下则由虚入实，诗人融悠远的情思于景物叙写之中，诗句的精妙正如有些论者所说："以青罗带喻漓江，不仅表现了漓江清澈、蔚蓝、安谧的静态美，而且表现了江水轻柔、舒缓的动态美；以碧玉簪喻桂林之山，不仅表现了桂山玲珑、娟秀的形态美，更着重表现她碧净如洗的色彩美。"（林雍中、李振兴、郑孝美、刘超尘编：《历代旅游诗赏析》，科学技术文献出版社 1986 年 12 月版，第 165 页）韩愈又有《送郑尚书赴南海》诗："番禺军府盛，欲说暂停杯。盖海旍幢出，连天观阁开。衙时龙户集，上日马人来。风静鹓鸥去，官廉蚌蛤回。货通师子国，乐奏武王台。事事皆殊异，无嫌屈大才。"长庆三年（823）四月，工部尚书郑权为刑部尚书兼御史大夫，赴岭南节度使，诗人成此诗而送之。

白居易《赋得古原草送别》是离别题材的成功之作，久为人所称颂："离离原上草，一岁一枯荣。野火烧不尽，春风吹又生。远芳侵古道，晴翠接荒城。又送王孙去，萋萋满别情。"全诗语句平易而意境不凡。凡是指定、限定的诗题，前面均加"赋得"二字，源于应制诗，后广泛用于试帖诗。六朝以来文士集会，宴游酬唱，分题赋诗，亦以赋得为题。或取成句为题，或为咏物兼送别。《赋得古原草送别》一诗是白居易于德宗贞元三年（787）16 岁时为应考而作的拟诗。首联照应题目，以草起兴。先以"离离"形容野草茂盛的样子，再以"荣"字照应"离离"，突出了野草旺盛的生命力。首联从古原草的生生不息来寄托感慨，似叙似议，形成咏叹情调。颔联紧承第二句，写原上草的蓬勃生机。"不尽"指烧焦茎叶却根柢不死，"又生"指萌生出新芽。诗句以平易朴实的语言创造了一种枯荣意境，把握了原上草涅槃中永生的坚韧不屈品格，热烈赞颂了其生命力的旺盛与顽强；并以原上草死而复生的无穷生命力含寓了有根柢的新生事物是不会被暴力所扼杀这样一种社会哲理。诗风明快，诗境恢宏。语言朴实凝练，意蕴精警丰厚。吴曾《能改斋漫录》、范晞文《对床夜语》分别以刘长卿"春入烧痕青"与刘商《柳》"几回离别折欲尽，一夜春风吹又长"比较。颈联暗含春草常荣而道古城荒的感叹，与首联呼应。"晴翠"指阳光照在草上反射出的碧绿光色。伸向远方的野草掩盖了古道，沐浴着阳光连接着遥远荒僻的城郊。"古道"和"荒城"是春草滋生之地，亦为行人经行之处。诗句通过春草的蔓延伸展，表现离情的有增无已。虽有"古""荒"二字，却无衰飒荒凉之感。颈联渲染氛围，创设送别的典型环境。尾联点出"送别"，归结题意。"萋萋"形容草的茂盛，但同时带有一种凄迷的感情色彩。诗人送走一位远行朋友，望着随风摇曳的萋萋野草，心中充满离情别绪。

诗句当从谢灵运《悲哉行》"萋萋春草生，王孙游有情"中点化而来。诗歌处处咏草，而又处处关合送别，意境浑成。因难见巧，显示了不凡的才华。全诗情融于景，把人对自然的感情和人与人的感情巧妙地结合起来，情味无穷。诗中所写的景，虽被诗人染上了惜别的怅惘，但积极向上、互相勉励仍是主导情绪，因此凄凉中含有生机。

司空曙《云阳馆与韩绅（一作韩升卿）宿别》也是离别诗的经典之作，深得后人赞许："故人江海别，几度隔山川。乍见翻疑梦，相悲各问年。孤灯寒照雨，湿竹暗浮烟。更有明朝恨，离杯惜共传。"《云阳馆与韩绅宿别》一诗深刻地揭示出辗转流离、久别重逢却又不期而遇以致初疑后悲、惊喜交加等情绪的微妙变化以及回首往事，展望前程时所产生的惶惑迷惘心理，传达出衰老、孤独、悲哀、无奈的精神意绪，深挚动人。沈德潜《唐诗别裁集》卷一一："三四写别久忽遇之情，五六夜中共宿之景，通体一气，无饾饤习，尔时已为高格矣。"高步瀛《唐宋诗举要》卷四引吴汝纶语"三四句为千古名句，能传久别初见之神"，因为它准确地传达出动乱年代人们特有的心态。颈联则描写了人生聚散的典型场景，渲染了诗人的悲凉心情，同时也象征了他们未来的黯淡前途。胡应麟《诗薮·内编》卷四称赏："司空曙'乍见翻疑梦，相悲各问年'，戴叔伦'一年将尽夜，万里未归人'，一则久别乍逢，一则客中除夜之绝唱也。"方南堂《辍锻录》也说："人情真至处，最难描写，然深思研虑，自然得之。如司空文明'乍见翻疑梦，相悲各问年'，李君虞'问姓惊初见，称名忆旧容'，皆人情所时有，不能苦思，遂道不出。陈元孝云：'诗有两字诀：曰曲，曰出。'观此二联，益知元孝之言不谬。"

唐代爱情诗审美艺术

一、爱情诗的审美特质

"问世间，情是何物，直教生死相许？"（元好问《摸鱼儿·雁丘词》）文学创作本来就是一个发现美、把握美，进而创造美的过程，美更是诗歌的一个根本属性，而爱情诗的创作自然是其中最能体现这一艺术创造精神的成就之一。歌德《要素》一诗中说："我们所歌唱的主题，最要紧的乃是爱情。"这真可以说是人之初，性本爱了。《吕氏春秋·音初》所载的"候人兮猗"，话语不多，但深情蜜意，也许就是中国最早表露爱情的诗篇了。同样，《礼记·礼运》篇就有了"饮食男女，人之大欲存焉"这样的明确表达，并且强调："何为人情？喜怒哀惧爱恶欲，七者弗学而能。"《孟子·告子》篇也肯定"食、色，性也"。欧阳修《玉楼春》

所谓"人生自是有情痴,此恨不关风与月",包含着人们对爱情的热烈向往与期待,这可以说是人类关于情感方面最完美的表白了。汤显祖甚至宣称:"情不知所起,一往而深,生者可以死,死可以生。生而不可与死,死而不可复生者,皆非情之至也。"(《牡丹亭·题辞》)纳尔逊认为,严格地说,只有男女之间恋爱的情感,是最热烈的情感,所以是最高最真的情感,其他像友谊、爱国、爱人类等情感,可谓"情操",它同思想相连属,由观念而发生,是第二流的情感。爱情是人类最美好、最动人的感情,是令人陶醉的美酒,是催人奋进的动力,既可能是执着期盼的幸福,也可能是不堪回首的苦果,但不管怎样,这一美好的记忆往往成了人生最可珍贵的精神财富,世界上任何一个国家和民族都不能忽视爱情在人类社会发展中的极为重要的作用。

"不信长相忆,抬头问取天。风吹荷叶动,无夜不摇莲。"(裴諴《南歌子》)爱情,是诗歌永恒的主题。诗,也是表达爱情的最好形式。古今中外留下了难以计数的情诗精品,给读者留下了广阔的想象空间,拨动真性情人的心弦,带给人们无穷的审美愉悦,耐人咀嚼。诗,不仅是诗人对个人感情的抒发,也是社会生活透过诗人个人感情的棱镜的形象折射。真正有价值的爱情诗所抒发的往往都是超越了具体时空和人事而成了全人类所共通和共有的普遍心理。爱情,是生命中最为璀璨的篇章,爱情在与社会与自然的撞击中呈现出千姿百态。牛汉《谈爱情诗》充满深情的赞美："爱情，对任何人都不应当是陌生的，但是要理解它，并且进一步评论它，又是多么困难。是不是可以这么说，在文学领域没有哪个题材的作品的精神内涵，会有它这么庄严、奥妙，这么光彩、新奇，这么具有永恒的魅惑力。在爱情温暖的胸怀中，不论痛苦还是幸福，都不是平凡的。因此必须万分谨慎地触及两颗灼热而慧敏的心灵，沿着爱情的闪闪烁烁的密码般的召引与提示，潜入到它们的生命交融而形成的绚丽的激流中，感悟人间最美好的情感。"（牛汉：《梦游人说诗》，华文出版社 2001 年 1 月版，第 211 页）

爱情诗以情真意切为上，美的享受更加突出。西方爱情诗以炽热坦率居多，直抒胸臆，热情奔放，往往洋溢着一种幸福的陶醉感，鲜活明朗但又难免单一，这与西方那种重张扬个性的文化直接相关。同时，由于受柏拉图精神恋爱的影响，西方诗人又往往能从人间美的形体去窥视美的本质，从而产生一种至高的精神享受。中国则长期受封建礼教束缚，痴情男女之间情愫不通，爱情诗创作又始终恪守《论语·八佾》在论述《关雎》时所确立的"乐而不淫，哀而不伤"的原则，讲究以形传神，借景抒情，含蓄蕴藉，龚自珍《天仙子》所谓"古来情语爱迷离，恼煞王昌十五词。楚天云雨到今疑。铺玉版，捧红丝，删尽刘郎本事诗"，而少有如焦循《秋江曲》中"早看鸳鸯飞，暮看鸳鸯宿。鸳鸯有时飞，鸳鸯有时宿"那样清新浅白的言说。如杜牧《赠别二首》其一："娉娉袅袅十三余，豆蔻梢头二月初。春风十里扬州路，卷上珠帘总不如。"首句正面描写女子身材修长、弱不禁风、窈窕绰约的体形风度，第二句写其年龄正值豆蔻年华。后二句以虚形实，侧面烘托，而爱意自然隐寓其中，使人沉浸在美妙的艺术享受中。又如《赠别二首》其二"多情却似总无情，唯觉樽前笑不成。蜡烛有心还惜别，替人垂泪到天明"，也是以双关、拟人等手法表现诗人真挚、热烈的情怀，但由于是借物抒情，更显得含蓄婉丽，言有尽而意无穷，痴情人的形象呼之欲出。对于迷醉于爱情的人来说，发誓立愿是最能表白情真意切的方式，如裴多菲《我愿是急流》，就表达得深切撩人。"中国爱情诗中所谓'代言体'，诗人设身处地、将心比心，专从女性立场与口吻，对女性的自由人格与生命需求，做相当的了解，做同情的歌咏，实为男性中心文化之沙漠中，一小片有情之绿洲。"（胡晓明：《中国诗学之精神》，江西人民出版社2001年9月第2版，第187页）

中国古代的爱情诗可以追溯到《诗经》，爱情婚恋诗是《诗经》特别是《国风》中数量最多、内容也最为丰富的题材，多叙写青年男女相互爱慕及享受爱情的欢乐。《诗经》中爱情诗有78首，尤其是其中的恋歌，直接抒写对异性的爱情的渴求和陶醉，展露诗人炽热的爱恋之心，大胆直率，极富浪漫情调；同时也触及社会生活的各个层面，富于浓厚的生活气息和艺术魅力，精彩动人，揭开了我国爱情文学辉煌灿烂的篇章。如《郑风·出其东门》："出其东门，有女如云。虽则如云，匪我思存。缟衣綦巾，聊乐我员。"写出了对爱情的专一与忠贞，也表现了敢于敞开心扉、敢于吐露真情的勇气。《郑风·溱洧》是一首情侣春游时唱的歌，诗人通过对环境的渲染，通过叙述的对话，生动逼真地写出了一对青年恋人的幸福和欢乐。《邶风·静女》则描写一对恋人幽期密会的欢乐。朱熹《诗集传序》"凡诗之所谓风者，多出于里巷歌谣之作，所谓男女相与咏歌，各言其情者也"，最为透辟。

潘岳的《内顾诗》叙写他与未婚妻杨氏坚贞不渝的爱恋之情，诚挚感人。傅玄的《车遥遥》诗也是极为真切感人的："车遥遥兮马洋洋，追思君兮不可忘。君安游兮西入秦，愿为影兮随君身。君在阴兮影不见，君依光兮妾所愿。"王献之有《桃叶诗三首》，其一："桃叶复桃叶，渡江不用楫。但渡无所苦，我自迎接汝。"其二："桃叶复桃叶，桃叶连桃根。相怜两乐事，独使我殷勤（一作缠绵）。"其三："桃叶映红花，无风自婀娜。春花映何限，感郎独采我。"桃叶渡旧址在今南京秦淮河与青溪合流处。桃叶则有《答王团扇歌三首》："七宝画团扇，灿烂明月光。与郎却暄暑，相忆莫相忘。""青青林中竹，可作白团扇。动摇郎玉手，因风托方便。""团扇复团扇,持许自障面。憔悴无复理,羞与郎相见。"六朝时期的"吴声歌"和"西曲歌"的内容都是抒写男女爱情生活的,如《作蚕丝》:"春蚕不应老,昼夜常怀丝。何惜微躯尽,缠绵自有时。"

二、唐代爱情诗的审美创造

陆耀东《论"湖畔"派的诗》对爱情诗有着重要的艺术认定:"爱情是与人类社会同在的。在不同时期,一方面,不可否认,它有着共同的成分,故而爱情诗的生命力,不能仅仅从它的时代特色中去寻找;另一方面,它又必然有着特定的时代特色,而且在不同历史阶段,即使爱情诗水平相等,它们的历史地位也不尽一样。"(转引自龙泉明:《中国新诗流变论》修订版,人民文学出版社1999年12月版,第135页)唐代可以说是我国爱情诗创作的一个丰收季节,上至九五之尊,下至普通民众,都在诗歌中吟咏过爱情,有着大量的对于男女爱情生活的抒写,在爱情的艺术园地中充分展示了自己的风采。这似与朱熹所说的"唐源流出于夷狄,故闺门失礼之事不以为异"(《朱子语类》卷一一六)相关。他们多能以平等的身份从事这类题材的写作,又少以华艳的辞藻来言情说爱。

南朝文学发展的大体趋势是丽词渐繁而骨力日衰,如魏征《隋书·经籍志》指出:"永嘉已后,玄风既扇,辞多平淡，文寡风力。降及江东，不胜其弊。"宫体诗的泛起，正是这一时代的必然产物，反过来又推波助澜，进一步促使诗风朝着绮靡纤弱的方向运转。徐摛是宫体诗的发起者，《梁书·徐摛传》载："（摛）属文好为新变，不拘旧体……（晋安）王入为皇太子，转家令，兼掌管记，寻带领直。摛文体既别，春坊尽学之，'宫体'之号，自斯而起。"后经梁简文帝萧纲提倡而成一时风气。魏征《隋书·经籍志·集部总论》述及这一文学现象时说："梁简文之在东宫，亦好篇什，清辞巧制，止乎衽席之间，雕琢蔓藻，思极闺闱之内。后生好事，递相仿习，朝野纷纷，号为宫体。"刘肃《大唐新语》也提到："梁简文为太子，好作艳诗，境内化之，浸以成俗，谓之宫体。晚年欲改作，追之不及，乃令徐陵撰《玉台集》以大其体。"透过这些描述，我们清楚地知道，由于主体精神的过于羸弱，这些作品大多无病呻吟，纯以欣赏的心态（有时甚至是不完全正常的一种病态）去描写或叙述，大体上以贵族妇女、舞女伎人为描写对象，细致地刻画女性的体貌举动、歌容舞态、服饰居处以及心理情感等，它以描写女性美为主要审美特征，大多数作品都存在赏玩女性、格调低下的通病，香艳轻绮、软腻纤巧。如萧纲《咏内人昼眠》之类："北窗聊就枕，南檐日未斜。攀钩落绮障，插捩举琵琶。梦笑开娇靥，眠鬟压落花。簟文生玉腕，香汗浸红纱。夫婿恒相伴，莫误是倡家。"就是《采莲曲》也写成这样一番情调："桂楫兰桡浮碧水，江花玉面两相似。莲疏藕折香风起。香风起，白日低，采莲曲，使君迷。"情思上缺乏一种动人心弦的力量。刘勰《文心雕龙·情采》所谓"为文者淫丽而烦滥"，指的就是这样一类情况。这些作品谈不上多少真挚情感的寄寓（更不用说健康、高尚的情致），固然在诗艺的细化、生活化等方面也许有一定的价值，但总体上竞骛辞藻，诗风屡弱，使中国传统的诗歌审美品格陷入一片沼泽之地，在一定意义上造成诗道崩坏的格局。近些年来渐渐能够给予较为公正、客观、全面的评价，这本来是很好的一种社会现象，但有人摆出翻案的架势，为之大做文章，笔者愚见，实在也不宜扬之过高。唐人的这一番努力则完全是对宫体诗为代表的六朝情爱类诗歌萎靡诗风的一次全面、彻底的革命，根本扭转了这一诗风，审美趣味有了极大的提高，回归到诗歌创作的正道，从而使中国的爱情诗在先秦两汉之后又一次获得了新的生命，在中国诗歌史上具有极为重要的历史意义。这样的文化现象才真正值得我们去认真整理和总结，好好地利用这样的文化遗产。杜确《岑嘉州集序》谈到这一现象的时候说："自古文体变易多矣，梁简文帝及庾肩吾之属，始为轻浮绮靡之词，名曰'宫体'。自后沿袭，务为妖艳，谓之摛锦布绣焉。其有敦尚风格，颇存规正者，不复为当时所重，讽谏比兴，由是废缺。物极则变，理之常也。圣唐受命，斫雕为朴。开元之际，王纲复举，浅薄之风，兹焉渐革。"基本上准确地反映了历史的真实趋向及唐人的独特贡献。狄德罗《论戏剧艺术》说："真理和美德是艺术的两个密友。你想当作家、当批评家吗？请首先做一个有德行的人。如果一个人没有深刻的感情，别人对他还能有什么期望？而我们除了被自然中的两项最有力的东西——真理和美德深深地感动以外，还能被什么感动呢？"（〔法〕狄德罗：《论戏剧艺术》，见伍蠡甫主编：《西方文论选》上卷，上海译文出版社 1979 年 6 月新 1 版，第 376 页）这样的论述同样适合于诗歌（包括爱情诗）审美艺术。

唐初诗坛，由于一些客观社会审美需求等因素，情爱类的作品还留下六朝相关作品的影子，如杨师道的《初宵看婚》"洛城花烛动，戚里画新蛾。隐扇羞应惯，含情愁已多。轻啼湿红粉，微睇转横波。更笑巫山曲，空传暮雨过"，神韵极似宫体之作。这一状况到了四杰的时候就有了明显的改观，骆宾王《代女道士王灵妃赠道士李荣》还大胆地表达了女道士对爱情的渴望："此时空床难独守，此日别离那可久。梅花如雪柳如丝，年去年来不自持。"刘希夷现存诗歌 35 首，与爱情题材相关的闺情诗就有 16 首，几乎占一半左右，其中的《代悲白头吟》一篇可以说是名垂诗史，与"孤篇横绝，竟为大家"（王闿运《湘绮楼论唐诗》）的张若虚的《春江花月夜》一样，都能将复杂深沉的人生感受寄寓悠扬婉转的咏叹之中，构成情景交融、含蓄蕴藉的诗歌意境，都标志着初唐诗歌的最后成熟，"年年岁岁花相似，岁岁年年人不同"等句更是家喻户晓。计有功《唐诗纪事》卷一三载刘希夷因此诗被宋之问所害，故事的真伪也许一时难以辨明，但从一个侧面可见其审美艺术之高超。李贺《后园凿井歌》保持了诗人的一贯诗风，可以说是爱情诗园地结出的硕果："井上辘轳床上转。水声繁，弦声浅。情若何，荀奉倩。城头日，长向城头住。一日作千年，不须流下去。"诗歌写出了夫妻相依的那一份深情。到了五代时期，前蜀韦縠编选《才调集》，更说明爱情诗在唐代俨然已成一股艺术的洪流。自然，这其中也免不了有这样的作品："锦里芬芳少佩兰，风流全占似君难。心迷晓梦窗犹暗，粉落香肌汗未干。两脸夭桃从镜发，一眸春水照人寒。自嗟此地非吾土，不得如花岁岁看。"（崔珏《有赠》）关于元稹的《会真诗三十韵》等作品，陈寅恪先生《元白诗笺证稿》强调："莺莺传为微之自叙之作，其所谓张生即微之之化名，此固无可疑。""微之以绝代之才华，抒写男女生死离别悲欢之感情，其哀艳缠绵，不仅在唐人诗中不多见，而影响及于后来之文学者尤巨。"（陈寅恪：《元白诗笺证稿》，生活·读书·新知三联书店2001年4月版，第112页）肯定其在中国爱情诗史上的历史地位。黄世中《关于古代文人恋情诗的评价问题——〈古代诗人情感心态研究〉题言》称："笔者翻检了自风诗至于清代别集，发现诗人抒写个人婚前有明确爱恋对象的恋诗当自中唐之元、白始。《白氏长庆集》存有白居易与邻女湘灵恋爱的诗14首；《才调集》卷五叙元稹与双文的恋爱悲剧，以及《元氏长庆集》有关双文诗共约37首。此后爱情诗大家当推李商隐，李有'无题'诗约100首，大多脍炙人口。"（黄世中：《古代诗人情感心态研究》，浙江大学出版社1990年8月版，第2页）正如论者所说："唐诗虽不能说完全是主情，情诗却特别发达。……谁读了唐诗不知道唐人的情诗，短篇的都是倩丽曼艳，长篇的都是悱恻缠绵？至于宋人，呸！他们不懂得写喜剧的艳情诗犹之乎他们不喜欢作悲剧的宫怨诗一样。"（胡云翼：《宋诗研究》，巴蜀书社1993年10月版，第7页）胡氏所论固然过于情感化，但对唐代爱情诗的褒扬和审美感受的把握应该还是极为准确的。

胡晓明《中国诗学之精神》在将山水诗、怀乡诗的比较中，对中国爱情诗的审美特质在总体上有着这样精当的阐发：

中国诗歌中所表现的爱情意识，亦犹如中国诗中所表现的乡关意识，不仅作为极深厚之一种情感资源，而且构成极深邃之一种意义世界。中国诗的爱情题材，亦犹如中国诗的自然题材，其意不止于性爱与自然本身。从自然山水中，中国诗人照见生命情调之雄奇、冲远、绚丽、幽静、高旷、轻盈；从两性情感中，中国诗人敞亮心灵世界之温馨细腻、忠贞无畏，浪漫与感伤，渴望与执着。家乡、自然、爱情，犹如通往中国文人精神价值的一扇扇明亮之窗。（胡晓明：《中国诗学之精神》，江西人民出版社2001年9月第2版，第183页）

因为，诗歌无论如何总是要负载生活和思想的重量的。唐代爱情诗也不例外，它蕴含着丰富而深刻的社会内容和情感信息，反映出唐人独具时代气息和个性色彩的爱情生活和理想，品读之，即能让人滤去人世尘嚣。唐人的一些较为纯粹的情爱作品，大多仍然采用《江南曲》《采莲曲》等乐府古题，多有"男子而作闺音"（田同之《西圃词说》）的风味，如何希尧《操莲曲》创造了无比丰富的想象空间："锦莲浮处水粼粼，风外香生袜底尘。荷叶荷裙相映色，闻歌不见采莲人。"《采莲曲》本是乐府旧题，相传为梁武帝萧衍所创制，陈、隋作者及唐代许多诗人都用这一曲名，多为五言，间有少量杂言，内容也大多依据旧词意旨稍加演绎，以优美的情调叙写莲女的采莲生活，但多由此而表达男女情思的情怀。如王勃的《采莲曲》："采莲归，绿水芙蓉衣，秋风起浪凫雁飞。桂棹兰桡下长浦，罗裙玉腕摇轻橹。叶屿花潭极望平，江讴越吹相思苦。……徘徊莲浦夜相逢，吴姬越女何丰茸。共问寒江千里外，征客关山路几重。"又如白居易《采莲曲》"菱叶萦波荷飐风，荷花深处小船通。逢郎欲语低头笑，碧玉搔头落水中"，徐彦伯的《采莲曲》"妾家越水边，摇艇入江烟。既觅同心侣，复采同心莲"，以及皇甫松的《采莲子》，等等。温庭筠甚至作《张静婉采莲曲》咏叹张静婉之本事，以合《采莲》旧曲，诗风含蓄深婉，真挚动人。《南史·羊侃传》载："羊侃字祖忻，泰山梁甫人。侃性豪侈，善音律，自造《采莲》《棹歌》两曲，甚有新致。姬妾侍列，穷极奢靡。……有舞人张净琬腰围一尺六寸，时人咸推能掌上舞。"但也有其他丰富多样的形式，有些则以《古艳诗》等形式出现，如元稹《古艳诗二首》："春来频到宋家东，垂袖开怀待好风。莺藏柳暗无人语，唯有墙花满树红。""深院无人草树光，娇莺不语趁阴藏。等闲弄水浮花片，流出门前赚阮郎。"卢纶也有同题的《古艳诗二首》："残妆色浅髻鬟开，笑映朱帘觑客来。推醉唯知弄花钿，潘郎不敢使人催。""自拈裙带结同心，暖处偏知香气深。爱捉狂夫问闲事，不知歌舞用黄金。"不过两诗脂粉味更为浓重一些。权德舆更有《玉台体十二首》这样的作品，固然有"隐映罗衫薄，轻盈玉腕圆。相逢不肯语，微笑画屏前"（其三）之作，蕴藉含蓄，但也有"泪尽珊瑚枕，魂销玳瑁床。罗衣不忍著，羞见绣鸳鸯"（其六）这样的带有宫体成分的作品。

唐代社会的通脱思潮，士女的游观习俗，文人和女冠的交游，以及道教思想在文学中的渗透等，都是唐代爱情诗产生的土壤。人多有唐代女道士实为变相妓女之说，那就另当别论了。比如鱼玄机的一些作品感情还是比较深挚的，如《江陵愁望有寄》："枫叶千枝复万枝，江桥掩映暮帆迟。忆君心似西江水，日夜东流无歇时。"鱼玄机另有《赠邻女》："羞日遮罗袖，愁春懒起妆。易求无价宝，难得有心郎！枕上潜垂泪，花间暗断肠。自能窥宋玉，何必恨王昌？"黄周星《唐诗快》称："鱼老师可谓教猱升木，诱人犯法矣。罪过！罪过！"而胡晓明则认为"以主动的姿态，表现女性追求自由，对'滔滔者天下皆是'的男性文化一份极其大胆的挑战"（胡晓明：《中国诗学之精神》，江西人民出版社 2001 年 9 月第 2 版，第 188 页），两者当以后者为是。又如李冶《寄朱放》："望远试登山，山高湖又阔。相思无晓夕，相望经年月。郁郁山木荣，绵绵野花发。别后无限情，相逢一时说。"总体上看，有关道教的传说、故事，不仅为爱情诗提供了丰富的题材，也加深了某些爱情诗的朦胧幽杳境界的渲染。同时，道教的神秘怪诞不仅在唐代传奇中打上某些烙印，而且这种神秘怪诞又往往同作品的爱情题材结合起来。道教的生活和思想一方面从某种角度直接影响爱情诗，另一方面又通过传奇给爱情诗以影响。还有一种更为直接而显著的影响，就是取材于爱情而兼玄想的题材，分别通过爱情诗和传奇来反映，如白居易写了《长恨歌》，陈鸿又写了《长恨歌传》。特别是中唐后盛行的爱情传奇，浪漫主义风格强烈，善于描写缥缈的仙境和惝恍的梦境，力求创造美的意境，神话色彩极其丰富，部分中、晚唐爱情诗也具有这些特点。袁枚《再与沈大宗伯书》认为"艳诗宫体，自是诗家一格"，在《答蕺园论诗书》中更是着重指出："诗者，由情生者也。有必不可解之情，而后有必不可朽之诗。情所最先，莫如男女。""鄙意以为得千百伪濂、洛、关、闽，不如得一二真白傅、樊川。"章学诚《文史通义》卷五《书坊刻诗话后》则称："近有倾邪小人，专以纤佻浮薄诗词倡道（导）末俗，造然饰事，陷误少年，蛊惑闺壶，自知罪不容诛。"所论过于苛刻，实际上带有明显的时代痕迹。

（一）展现爱情生活之甜美

王昌龄的《朝来曲》："月昃鸣珂动，花连绣户春。盘龙玉台镜，唯待画眉人。"《汉书·张敞传》载张敞"为妇画眉"。自此以后，"画眉"一词就成了夫妻之间感情深切的一种象征。甜美的爱情生活是人类共同的愿望。唐代爱情诗中也有许多作品凝结了人们对美好爱情的坚定追求，展现了两情相悦的幸福与婚后的和乐，情调以活泼可爱居多。王昌龄《采莲曲二首》之二："荷叶罗裙一色裁，芙蓉向脸两边开。乱入池中看不见，闻歌始觉有人来。"寥寥几笔，展现出主人公瞬间的心灵悸动，就使得人物的神情活现，一些富有动感的语词的选用，更使作品增色不少。正如钟惺、谭元春《唐诗归》所说的："从'乱'字、'看'字、'觉'字，耳目心三处参错说出情来，若直作容貌衣服相夸示，则失之远矣。"瞿佑《归田诗话》也说："用意之妙，读者皆草草看过了。""诗意谓叶与裙同色，花与脸同色，故棹人花间不能辨，及闻歌声，方知有人来也。"全诗给人以兴味无穷的审美愉悦，反观阎朝隐的《采莲女》："采莲女，采莲舟，春日春江碧水流。莲衣承玉钏，莲刺罥银钩。薄暮敛容歌一曲，氛氲香气满汀洲。"自不可同日而语。张籍也有《采莲曲》："秋江岸边莲子多，采莲女儿凭船歌。青房圆实齐戢戢，争前竞折漾微波。试牵绿茎下寻藕，断处丝多刺伤手。白练束腰袖半卷，不插玉钗妆梳浅。船中未满度前洲，借问阿谁家住远。归时共待暮潮上，自弄芙蓉还荡桨。"正如论者所述："与王昌龄之作相比，同是绘出一幅江南水乡美丽的民俗画卷，但王作似尚属泛写，张作则犹见细致具体，连牵折莲茎被刺伤手以及相互间询问谁家住得更远之类细事琐节都一一再现，显然使人感到这是一个具体的场景的摄照，因而也就更具有真实感。"（许总：《唐诗史》上册，江苏教育出版社 1994 年 6 月版，第 257 页）古人采莲题材多为表现情爱主题，从一个侧面展现两性相谐的欢乐与甜美。唐以后，有关采莲的题材继续兴盛，也偶有拓展，如马祖常《绝句十六首》其十二："江南女儿年十五，两鬓丫丫面粉光。小红船上采莲叶，北客初来应断肠。"又如于谦《夏日忆西湖》："涌金门外柳如烟，西子湖头水拍天。玉腕罗裙双荡桨，鸳鸯飞近采莲船。"胡晓明《中国诗学之精神》指出："诗文中常见的喻词如'西南风''双飞翼''鱼''采莲'等，其含义皆指向一种自由、无羁、欢快的情感价值。中国封建社会礼防森严，男女间自由交往极不易。故诗中多咏唱人神之恋、人仙之恋、人鬼之恋，实乃追求男女爱情自由之一种异化形式，优美细腻，绮丽缠绵，哀感顽艳，以极动人的力量，表达代代诗人向往自由人生的心声。"（胡晓明：《中国诗学之精神》，江西人民出版社2001年9月第2版，第184页）

　　崔颢《长干曲》三首把细腻深挚的内心感情外化为无比优美的诗歌意象："君家住何处？妾住在横塘。停船暂借问，或恐是同乡。""家临九江水，来去九江侧。同是长干人，生小不相识。""下渚多风浪，莲舟渐觉稀。那能不相待，独自逆潮归。"《长干曲》是乐府《杂曲歌辞》旧题，古辞为："逆浪故相邀，菱舟不怕摇。妾家扬子住，便弄广陵潮。"长干在今南京市区，靠近长江，为吏民杂居之地。左思《吴都赋》："长干延属，飞甍舛互。"刘渊林注："建业南五里有山岗，其间平地，吏民杂居，东长干中有大长干、小长干，皆相连。大长干在越城东，小长干在越城西。地有长短，故号大小长干。"横塘为古堤塘名。三国吴筑于建业城南淮水南岸。左思《吴都赋》: "横塘查下, 邑屋隆夸。"刘渊林注: "横塘在淮水南, 近家渚, 缘江筑长堤, 谓之横塘。"长江下游支流较多, 约有九条, 号为九江, 都在长干里一带。诗歌叙写长江中一对采莲的青年男女不期而遇, 一见钟情, 大有相见恨晚之慨, 于是, 演绎出一段相互问候并相邀共归的欢快情景, 蕴含无限情思, 生活气息浓郁, 形神俱活, 语言活泼自然流畅, 它所创造的空白艺术, 更使得诗意无穷。王夫之《诗绎》: "论画者曰, 咫尺有万里之势, 一势字宜着眼。若不论势, 则缩万里于咫尺, 直是《广舆记》前一天下图耳。五言绝句以此为落想时第一义。唯盛唐人能得其妙。如'君家住何处, 妾住在横塘, 停船暂借问, 或恐是同乡', 墨气所射, 四表无穷, 无字处皆其意也!"沈德潜在《唐诗别裁集》的《凡例》中也极为推崇: "五言绝句, 右丞之自然, 太白之高妙, 苏州之古淡, 并入化机, 不关人力。他如崔颢《长干曲》、金昌绪《春怨》、王建《新嫁娘》、张祜《宫词》等篇, 虽非专家, 亦称绝调。后人当于此问津。"

刘禹锡《视刀环歌》自叹"常恨言语浅, 不如人意深", 而向民间语言学习不失为一条极为有效的途径。刘禹锡创作有大量的《竹枝词》, 其中多表达青年男女的情爱, 流露着最为真挚的感情, 其自叙云: "《竹枝》, 巴歈也。巴儿联歌, 吹短笛击鼓以赴节, 歌者扬袂睢舞, 其音协黄钟羽。"诗人从当地的世俗乡情特别是民谣中吸取诗料，拓展诗体，深得民歌神髓，其中"杨柳青青江水平，闻郎江上唱歌声。东边日出西边雨，道是无晴却有晴"一首是最具影响力的作品。这样的作品往往汲取民歌的养料，"丝竹发歌响，假器扬清音。不知歌谣妙，声势出口心"（陆龟蒙《大子夜歌二首》之二），全诗谐声借喻，贴切自然，用"晴"来暗喻"情"，含蓄地用双关的语言，巧妙地道出了自己的感情。抓住的是眼前景物，通过谐声统一，又使人感到意外的喜悦。又如"山桃红花满上头，蜀江春山拍山流。花红易衰似郎意，水流无限似侬愁"，抒写了山野姑娘情窦初开时的纯真情怀和生活情趣，饶有民歌风味。郭茂倩《乐府诗集·近代曲词三》："《竹枝》本出于巴渝。唐贞元中，刘禹锡在沅湘，以里歌鄙陋，乃依骚人《九歌》作《竹枝新调》九章，教里中儿歌之，由是盛于贞元、元和之间……末如吴声，含思宛转。"刘作杂咏当地风物和男女爱情，从当地的民间歌谣中直接摄取创作素材和艺术营养，富有浓厚的生活气息，在当时就深得人们喜爱，温庭筠《秘书刘尚书挽歌词二首》其二就有"京口贵公子，襄阳诸女儿。折花兼踏月，多唱柳郎词"的真实叙录，日后也极得后人称赏。黄庭坚《跋刘梦得竹枝歌后》："词意高妙，元和间诚可以独步，道风俗而不俚，追古昔而不愧，比之杜子美《夔州歌》所谓同工而异曲也。"王士祯《渔洋诗话》卷上："《竹枝》古称刘梦得、杨廉夫，近彭羡门尤工此体。"《旧唐书·刘禹锡传》也载："武陵溪洞间夷歌，率多禹锡之辞也。"

（二）叙说情侣思念之苦痛

"长相思，摧心肝。"（李白《长相思》）爱情生活中既有回味不尽的甜美时分，也有不堪回首的苦痛记忆，如李远《咏鸳鸯》诗所表达的："鸳鸯离别伤，人意似鸳鸯。试取鸳鸯看，多应断寸肠。"中国古代表达情爱的作品大多平添了一笔浓重的感伤色彩，即使是表达爱的痴迷，也往往是痛苦忧郁的痴迷，浸透着一种缠绵缱绻而又悲凉忧郁的情调。张泌《寄人》颇具典范意义："别梦依依到谢家，小廊回合曲阑斜。多情只有春庭月，犹为离人照落花。"情感浓烈而真挚，细节的选择，更能细腻而充分地表现无尽的思念之情。廉氏的《怀远》写出了自己的思念深切："隙尘何微微，朝夕通其辉。人生各有托，君去独不归。青林有蝉响，赤日无鸟飞。裴回东南望，双泪空沾衣。"不过，在这方面最为动人的大概要数武则天的《如意娘》了，深情地表达了对情人刻骨铭心的思念："看朱成碧思纷纷，憔悴支离为忆君。不信比来长下泪，开箱验取石榴裙。"《如意娘》属于商调曲。正如陈寅恪先生《武曌与佛教》一文中所指出的，"武曌在中国历史上诚为最奇特之人物"（陈寅恪：《金明馆丛稿二编》，生活·读书·新知三联书店 2001 年 7 月版，第 153 页）。高宗永徽三年（652），武则天在感业寺生下了长子李弘，时年 29 岁。而在这以前她与高宗李治之间应该维持了一段不完全正常但也是极富刺激的情爱关系。"看朱成碧"系点化郭遐叔《赠嵇叔夜》一诗的"心之忧矣，视丹如绿"而来，因为以红色、黄色为代表的暖色系统给人以动感，以蓝色、绿色为代表的冷色系统给人以静感，绿色具有宁静、清幽的特质，容易引起人们冷落感伤的情绪，所以，当一个人悲伤欲绝之时，自然是"看朱成碧"了。诗歌以视觉现象的错乱来表现时间的推移，又以时间的长度来渲染相思苦痛和日渐憔悴的过程。接着随手拈出身边爱情的信物——石榴裙，将抽象的苦恋之情具体化，从而展现了情爱主题独特而又最为深切的体验。这种从心灵中流淌出来的浓郁的相思之情，再以设想的口吻，从验看泪痕的角度来写相思之苦，构思更显新颖，也更摄人心魄。孟郊《古怨》诗也是设想新奇："试妾与君泪，两处滴池水。看取芙蓉花，今年为谁死！"

王维《相思》以咏物入手来写情："红豆生南国，春来发几枝。愿君多采撷，此物最相思。"南朝梁任昉《述异记》载："昔战国时，魏国苦秦之难，有以民从征戍秦，久不返，妻思而卒。既葬，冢上生木，枝叶皆向夫所在而倾，因谓之相思木。"相思树长于岭南，树叶似槐，秋开小花。

花冠为蝶形，色白或浅红。结实成荚，荚内有子数粒，如扁豆，心形，色鲜红，通称红豆，也叫相思子。起笔先拈所咏之物，撩人爱慕；然而远在南方，不禁令人遥望遐思。第二句则似自言自语，问花寄意，温婉亲切。第三句一转，表现了诗人的爱护与体贴，婉曲动人。第四句点明题意，呼吁"相思"。诗句以疏淡浅近之语抒浓密深切之情。《相思》一作《江上赠李龟年》，则成了一首赠别诗了。王维又有《伊州歌》，也是径点相思之意的："清风明月苦相思，荡子从戎十载余。征人去日殷勤嘱，归雁来时数附书。"陈贻焮在《山水诗人王维》一文中指出："只写'清风明月'而良宵的情境自然呈现。只说'荡子从戎十载余'，而十余年的相思苦情自然涌出。只提去日'归雁来时数附书'的殷勤嘱咐，而今日由于一直盼不到征人音信所产生的绝望和焦虑情绪自然流露。这就是这首诗艺术上成功的地方。"（陈贻焮：《唐诗论丛》，湖南人民出版社 1980 年 9 月版，第 87 页）白居易进而也有《长相思》这样的作品："思悠悠，恨悠悠，恨到归时方始休，月明人倚楼。"李白也有一首《长相思》："忆君迢迢隔青天！昔日横波目，今作流泪泉；不信妾断肠，归来看取明镜前。"李白的诗句要深刻些，既比较自然，又比较含蓄隽永，不直接写相思者如何形容憔悴，而是让你去联想镜中看到的相思者的形象。

岑参的《春梦》诗情意真切，表现了抒情主体心理活动的超时空运动："洞房昨夜春风起，遥忆美人湘江水。枕上片时春梦中，行尽江南数千里。"春风一起，念人之心更是急切，但那人却又远在天涯，亲近之意非一时所能传达，于是，诗人知道，这样的理想只有在梦的世界里才能完美地实现。李益有一首诗，题目就叫《写情》，诗题本身就具有一种很强的开放性："水纹珍簟思悠悠，千里佳期一夕休。从此无心爱良夜，任他明月下西楼。"刘长卿《赋得》（一作皇甫冉诗，题作《春思》）叙写思妇的忧愁不寐："莺啼燕语报新年，马邑龙堆路几千。家住秦城邻汉苑，心随明月到胡天。机中锦字论长恨，楼上花枝笑独眠。为问元戎窦车骑，何时反旆勒燕然。"诗人在作品中倾注了自己深切的同情与悲悯。权德舆《玉台体十二首》其七："君去期花时，花时君不至。檐前双燕飞，落妾相思泪。"崔仲容则有《赠所思》："所居幸接邻，相见不相亲。一似云间月，何殊镜里人。丹诚空有梦，肠断不禁春。愿作梁间燕，无由变此身。"杜牧有一首《闺情代作》："梧桐叶落雁初归，迢递无因寄远衣。月照石泉金点冷，凤酣箫管玉声微。佳人刀杵秋风外，荡子从征梦寐希。遥望戍楼天欲晓，满城冬鼓白云飞。"征人远行，我唯闺中独守，终日思念，心早已随荡子远去，但可惜梦中亦难得一见，梧桐叶落大雁初归，又是一年将尽，征衣也不知将如何寄达。即便如此，我仍是遥望他的所在，才能于心稍安。刘禹锡《望夫石》也是这样的艺术构思，不过取材有独特之处："终日望夫夫不归，化为孤石苦相思。望来已是几千载，只似当时初望时。"

悼亡诗又是其中较为特别的形式。《全唐诗》中悼亡诗共有 60 首左右。韦应物就写过 19 首不同形式的悼亡诗，如《出还》，沈德潜《唐诗别裁集》卷三甚至推许为"比安仁《悼亡》较真"，另有《对芳树》《月夜》等，都被沈德潜收入《唐诗别裁集》，刘克庄《后村诗话》（后集卷二）称："悼亡之作，前有潘骑省，后有韦苏州，又有李雁湖，不可以复加矣。"孟郊也有《悼亡》一诗："山头明月夜增辉，增辉不照重泉下。泉下双龙无再期，金蚕玉燕空销化。朝云暮雨成古墟，萧萧野竹风吹亚。"元稹的悼亡诗更多达 33 首，其中的《遣悲怀三首》《离思五首》等作表达了诗人对亡妻韦氏的思念之情，更是闻名遐迩。蘅塘退士《唐诗三百首》卷五称"古今悼亡诗充栋，终无能出此三首范围者，勿以浅近忽之"，极是。如《遣悲怀三首》之一："谢公最小偏怜女，嫁与黔娄百事乖。顾我无衣搜画箧，泥他沽酒拔金钗。野蔬充膳甘长藿，落叶添薪仰古槐。今日俸钱过十万，与君营奠复营斋。"《离思五首》之四："曾经沧海难为水，除却巫山不是云。取次花丛懒回顾，半缘修道半缘君。"陈寅恪先生在《元白诗笺证稿》中指出:"悼亡诸诗,所以特为佳作者,直以韦氏之不好虚荣,微之之尚未富贵。贫贱夫妻,关系纯洁。因能措意遣词,悉为真实之故。夫唯真实,遂造诣独绝欤?" (陈寅恪:《元白诗笺证稿》,生活·读书·新知三联书店2001年4月版,第110页)

袁枚《题张忆娘簪花图》五首之五:"当日开元全盛时,三千宫女教坊司。繁华逝水春无恨,只恨迟生杜牧之。"唐人涌现出许多在爱情诗领域有特别创造之功的女诗人,这也是一个奇特的景观。姚鼐《郑太孺人六十寿序》说:"儒者或言文章吟咏非女子所宜,余以为不然。"唐代又是中国历史上一个最为开放通达的时代,自然也就有许多女性作家活跃在诗歌园地里。上官婉儿是其中较早的一位了。袁枚《上官婉儿》有这样的赞誉:"论定诗人两首诗,簪花人作大宗师。至今头白衡文者,若个聪明似女儿?"随后,唐代出现了历史上少有的诸多能较好地表达真情实意的女诗人,如上文提到的鱼玄机以及薛涛等,晁采也是其中的代表之一。《全唐诗》"晁采"条记载了有关作者的情感历程:"晁采,小字试莺。大历时人,少与邻生文茂约为伉俪。及长,茂时寄诗通情,采以莲子达意,坠一于盆,逾旬,开花并蒂,茂以报采,乘间欢合。母得其情,叹曰:'才子佳人,自应有此。'遂以采归茂。"晁采《秋日再寄》表达自己对文茂的思念之情："珍簟生凉夜漏余，梦中恍惚觉来初。魂离不得空成病，面见无由浪寄书。窗外江村钟响绝，枕边梧叶雨声疏。此时最是思君处，肠断寒猿定不如。"又如《雨中忆夫》："窗前细雨日啾啾，妾在闺中独自愁。何事玉郎久离别，忘忧总对岂忘忧。""春风送雨过窗东，忽忆良人在客中。安得妾身今似雨，也随风去与郎同。"晁采还写过一组十八首的《子夜歌》，其二："夜夜不成寐，拥被啼终夕。郎不信侬时，但看枕上迹。"其三："何时得成匹，离恨不复牵。金针刺菡萏，夜夜得见莲。"这些都是其中抒情细腻、感人至深的作品。陈玉兰也是其中的佼佼者，她的《寄夫》诗是写给她的丈夫、著名诗人王驾的："夫戍边关妾在吴，西风吹妾妾忧夫。一行书信千行泪，寒到君边衣到无？"展露在诗中的情感丰富复杂，既有对丈夫的挚爱、担忧，也有那么一丝的怨怒蕴含在里面，应该说，审美主体贤淑而细腻的情怀倾注无遗。李怡在《中国现代新诗与古典诗歌传统》一书中认为："女性，作为社会的非权力性角色，作为社会强权与秩序的牺牲品，作为在很多情况下不得不借助个人精神的幻想聊以生存的弱小者，她的遭遇都与孤寂索寞的诗人叠印在一起，于是乎，似真似幻的'佳人'越发显得亲切，越发撩人心魄，也自有一种让人心驰神荡的默契。"（李怡：《中国现代新诗与古典诗歌传统》，西南师范大学出版社 1999 年 6 月第 2 版，第 257 页）湘驿女子《题玉泉溪》就反映了这样一种心情："红树醉秋色，碧溪弹夜弦。佳期不可再，风雨杳如年！"谢榛《送别曲》也吐露出这样的情怀："阿郎几载客三秦，好忆侬家汉水滨。门外两株乌桕树，叮咛说向寄书人。"

（三）凸现婚姻不幸之苦闷

唐代也有许多诗歌展现了爱情因受一些外部势力的干扰、压制而痛苦、忧闷的心情。蔡翔《情与欲的对立——当代小说中的精神文化现象》认为："在古代社会中，社会活动常常表现为男人的功名活动，形成一种畸态的功名心理，古典诗歌中的'怨妇诗'可以视作这种心理模式的逆反现象。"（《文学评论》1988 年第 4 期，第 38 页）李益《江南曲》可以算得上是这一领域的成功之作："嫁得瞿塘贾，朝朝误妾期。早知潮有信，嫁与弄潮儿。"诗歌叙写抒情主人公的所有期盼最后都一次次落空无望，从一个侧面道出了商贾之人的重利轻别、约而无信，于是，她不期然地产生出"早知潮有信，嫁与弄潮儿"的痴想，因为弄潮儿知道潮水的涨落有定时，弄潮自然也就有定时，嫁给他们绝不至于时常地误了归期，那真是急切而情至的结果了，情深意长，含思凄婉，正如钟惺《唐诗归》所说的："荒唐之想，写怨情却真切。"刘得仁《贾妇怨》也是从这一个层面所展开的爱情诗："嫁与商人头欲白，未曾一日得双行。任君逐利轻江海，莫把风涛似妾轻。"诗歌传达出商妇对独守空闺，长期受孤单寂寞生活煎熬的深深苦闷，却又是那么无可奈何与一筹莫展。

"绝妙江南曲，凄凉怨女诗。"（姚合《赠张籍太祝》）闺怨诗则可以说是关于婚恋生活苦闷情形的最为集中的体现。闺怨诗在中国也有一定的传统，如王僧孺《为人宠妾有怨》、何逊《为人妾思》等。现举沈约《夜夜曲》其一为例："河汉纵且横，北斗横复直。星汉空如此，宁知心有忆？孤灯暧不明，寒机晓犹织。零泪向谁道，鸡鸣徒叹息。"正如林家骊先生所分析的："诗以寒秋夜景起笔，以星汉斗转的宇宙现象为背景，烘托出思妇满腔的惆怅，而'孤灯暧不明，寒机晓犹织'则描写了思妇一人独守空房形单影只的悲凉，在极度悲哀之际，思妇的悲愁愈演愈烈，即便是鸡鸣之时，也难抹去心头的愁怨，倾吐了思妇待夫不归的满腔惆怅，描写了思妇凄凉孤独的处境与心态，所体现的都是思妇真挚纯洁的爱情。"（林家骊：《沈约研究》，杭州大学出版社 1999 年 8 月版，第 148 页）黄世中在《关于古代文人恋情诗的评价问题——〈古代诗人情感心态研究〉题言》一文中则强调："'闺怨'是六朝恋情诗的重要主题，在历代恋诗中也绵延最久。但没有特定的恋爱对象，与其说是诗人一己的感情体验，勿宁说是一种群体的、类型化的感情漂移，其中寻绎不出诗人独特的心态特征，因此还不能说是严格意义上的文人爱情诗。"（黄世中：《古代诗人情感心态研究》，浙江大学出版社 1990 年 8 月版，第 1 页）到了唐代，更有大量直接命名为《闺怨》这样的作品问世。王昌龄的《闺怨》应该说是其中最为人所熟知者之一："闺中少妇不知愁，春日凝妆上翠楼。忽见陌头杨柳色，悔教夫婿觅封侯。"有些作品固然在文题中没有出现"闺怨"的字样，但实际上也是这样的题材，如张籍《忆远》："行人犹未有归期，万里初程日暮时。唯爱门前双柳树，枝枝叶叶不相离。"李商隐《即日》也是这样的作品："小苑试春衣，高楼倚暮晖。夭桃惟是笑，舞蝶不空飞。赤岭久无耗，鸿门犹合围。几家缘锦字，含泪坐鸳机。"袁枚《寄聪娘》六首之二情谊缠绵："一枝花对足风流，何事人间万户侯！生把黄金买离别，是侬薄幸是侬愁。"《金圣叹评点唐诗六百首》论杨巨源《古意赠王常侍》诗"昔人有志未伸，每托闺人自见"，确实如此，这又是唐人对"闺怨"这一传统题材的有力拓展。杨巨源《古意赠王常侍》全诗如下："绣户纱窗北里深，香风暗动凤凰簪。组纴常在佳人手，刀尺空摇寒女心。欲学齐讴逐云管，还思楚练拂霜砧。东家少妇当机织，应念无衣雪满林。"

"宫女多怨旷，层城闭蛾眉。"（陈子昂《感遇诗三十八首》之二十六）唐代另有宫怨诗约五百首，多为《长门怨》《长信宫词》等形式，不但数量相当客观，在主题的开掘与审美艺术的拓展上也有新的突破。朱熹《诗集传》卷一五注《诗经·小雅》中的《白华》诗，认为是"幽王娶申女以为后，又得褒姒而黜申后，故申后作此诗"。果如斯言，则可以称得上是我国古代最早一篇涉及宫怨题材的作品了。诸多娇姿丽质，充满青春活力的宫女拥入宫门，但面对她们的客观现实则是："雨露由来一点恩，争能遍布及千门？三千宫女胭脂面，几个春来无泪痕？"（白居易的《后宫词》）有些人则在得宠之后，不久又失宠，李端《妾薄命》就这样慨叹："新人莫恃新，秋至会无春。从来闭在长门者，必是宫中第一人。"透过原先的"宫中第一人"失宠后幽居冷宫的哀怨，揭示出以色事君不能永远得宠的历史事实，最后失去了人生的一切，自然也包括个人的自由与幸福。正如沈祖棻《唐人七绝诗浅释》所指出："绝大多数的宫女，都在对自由的渴望中消磨了自己的青春和生命，而少数的，则虽然经过激烈的竞争，获得了恩宠，但这种恩宠也是非常靠不住的，因而也在'得宠忧移失宠愁'（李商隐《宫辞》）的情况下同样度过了痛苦忧伤的一生。"（沈祖棻：《唐人七绝诗浅释》，上海古籍出版社1981年8月版，第25—26页）《全唐诗》中吟咏班婕妤的诗近百首，王昌龄的《长信秋词》诗即拟托班婕妤而作，字面上是抒写班婕妤在长信宫里凄楚幽怨的生活，反映的却是历代宫廷妇女被戕害了青春和生命的不幸遭遇，情感炽烈而表现含蓄深挚。其三"奉帚平明金殿开，且将团扇共徘徊。玉颜不及寒鸦色，犹带昭阳日影来"是其中的杰出代表。前两句写班婕妤郁郁寡欢的生活，暗用乐府《相和歌辞·楚调曲》中《团扇诗》（一名《怨歌行》）的诗意，隐喻失宠后哀怨萦系，愁绪满怀。"暂将团扇"刻画出一种孤单空虚之状，"徘徊"点出主人公因同病相怜而陷入沉思，更显得孤寂无聊，精神空虚。三、四两句触景生情，情景浑融。古人常以日喻君，日影象征君恩。诗句景物色彩的冷暖和动静有机结合，以对比、反衬手法刻画人物独特而细腻的心理，再以"不及""犹带"等虚词连贯，写尽她的痛苦、愤懑与不甘，幽怨悱恻。真可谓"设想愈痴，其心愈悲"（俞陛云《诗境浅说续编》），以显示主人的怨情之深。李锳《诗法易简录》："不得承恩意，直说便无味，借'寒鸦''日影'为喻，命意既新，措词更曲。"朱庭珍《筱园诗话》："用意全在言外，而措词委婉，浑然不露，又出以摇曳之笔，神味不随词意俱尽，十四字中兼有赋比兴三义，所以入妙，非但以风调见长也。"刘方平的《长信宫》从另一个角度写出了班婕妤的痴想，别有新意："梦里君王近，宫中河汉高。秋风能再热，团扇不辞劳。"王尧衢《唐诗合解笺注》卷四对后两句有这样的分析，可谓搔到痒处："秋风岂能再热？团扇断然不劳。如能再热，定不辞劳矣。然必无是理也。于绝望之中起妄冀之意，用'不辞劳'三字，妙。"无名氏也有《长信宫》："细草侵阶乱碧鲜，宫门深锁绿杨天。珠帘欲卷抬秋水，罗幌微开动冷烟。风引漏声过枕上，月移花影到窗前。独挑残烛魂堪断，却恨青蛾误少年。"白居易《后宫词》揭示出造成她们痛苦、怨恨的社会本质："红颜未老恩先断。"她们的结果往往是色衰而爱弛，进而由爱弛而恩绝，以至诗人发出"人生莫作妇人身，百年苦乐由他人"（《太行路》）的感慨。刘禹锡《阿娇怨》："望见葳蕤举翠华，试开金屋扫庭花。须臾宫女传来信，言幸平阳公主家。"构思与此相近，而以汉事喻唐事，又是唐人诗歌创作的一种习用方式。诗歌采用对比的手法来写阿娇的怨恨，也是这一类题材的常用方法之一，欢乐与痛苦由此形成极大的情感反差。王尧衢《唐诗合解笺注》卷六对此有较深入的分析："子夫由平阳公主所进，则是平阳公主，阿娇所最嫉者。今帝不来幸，尚可言也，偏幸平阳公主家，不可言矣。篇中不言怨，而字字怨入骨髓。"徐增《而庵说唐诗》卷一一也有着这样的体悟："是言不开殿扫花，恐其即来；开殿扫花，又恐其不来。且试开一开，试扫一扫看。此一字摹写骤然景况如见，当呕血十年，勿轻读去也。"《全唐诗》中吟咏陈皇后的诗近九十首。

这一题材写得比较成功的还有李白《妾薄命》："汉帝重阿娇，贮之黄金屋。咳唾落九天，随风生珠玉。宠极爱还歇，妒深情却疏。长门一步地，不肯暂回车。雨落不上天，水覆难再收。君情与妾意，各自东西流。昔日芙蓉花，今成断根草。以色事他人，能得几时好？"刘言史《长门怨》则选取手里拿的是金箸却心不在焉地乱拨寒灰的细节描写强化主人公愁闷无聊的痛苦情怀，哀怨的神态如见："独坐炉边结夜愁，暂时思去亦难留。手持金箸垂红泪，乱拨寒灰不举头。"

"玉阶生白露，夜久侵罗袜。却下水晶帘，玲珑望秋月。"关于李白《玉阶怨》，李锳《诗法易简录》："无一字说到怨，而含蓄无尽，诗品最高。'玉阶生白露'，则已望月至夜半，落笔便已透过数层。次句以'夜久'承明，露侵罗袜，始觉夜深露重耳。然望恩之思，何能遽止，虽入房下帘以避寒露，而隔帘望月，仍彻夜不能寐，此情复何以堪？又直透'玉阶'后数层矣。二十字中，具有如许神通，而只淡淡写来，可谓有神无迹。"元稹《行宫》也是一首富有韵味的小诗："寥落古行宫，宫花寂寞红。白头宫女在，闲坐说玄宗。"诗歌以平实的语言，极有概括力地表达了历史沧桑之感，并给人以想象的天地。当年花容月貌，娇姿艳质，最后来至宫中，寂寞幽怨也就随之无穷无尽；数十年生活悄然而逝，青春消逝，红颜憔悴；闲坐无聊，只有谈论以往。此情此景，何等凄绝！真可以说是字面有限而韵味无穷。洪迈《容斋随笔》卷二："白乐天《长恨歌》《上阳人歌》，元微之《连昌宫词》，道开元间宫禁事，最为深切矣。然微之有《行宫》一绝句云：（诗略）语少意足，有无穷之味。"李锳《诗法易简录》："白头宫女，闲说玄宗，不必写出如何感伤，而哀情弥至。"杜牧《七夕》首先设置了清冷的生活场景，渲染出一种悲苦的基调，然后从一个细节突出了她们内心的无聊与孤寂，弥漫着浓烈的哀怨情绪："银烛秋光冷画屏，轻罗小扇扑流萤。天街夜色凉如水，卧看牵牛织女星。"刘得仁《悲老宫人》："白发宫娃不解悲，满头犹自插花枝。曾缘玉貌君王宠，准拟人看似旧时。"此诗也控诉了幽闭青春、扼杀人性的宫女制度对妇女的毒害。任翻《宫怨》构思、立意与此也基本相同："泪干红落脸，心尽白垂头。自此方知怨，从来岂信愁！"张祜《赠内人》也是这一题材的杰出之作，情意缠绵哀伤："禁门宫树月痕过，媚眼唯看宿燕窠。斜拔玉钗灯影畔，剔开红焰救飞蛾。"正如沈祖棻先生《唐人七绝诗浅释》所论："这只飞蛾的经历，难道不也就是她自己的经历吗？她入宫之时，可能认为那是升入天堂，前途无限光明；而入宫以后，才知道已经陷入地狱，前途是无边的黑暗。但飞蛾还有她来救，而她又有谁来救呢？诗篇只做客观描写，然而这位女奴隶的悲惨命运和痛苦的灵魂，却已从她凝视燕窠和救飞蛾这两个具体动作中极其生动而又准确地被展现了出来。它体现了作者高贵的人道主义精神，同时也体现了作者精湛的艺术技巧。"（沈祖棻：《唐人七绝诗浅释》，上海古籍出版社1981年8月版，第218页）

李贺也有《宫娃歌》这样的作品，参与到这一题材的开掘中来，诗中展现了主人公的内心世界和复杂情感，最后写女主人公的内心渴望，即使这是完全不切实际的幻想："梦入家门上沙渚，天河落处长洲路。愿君光明如太阳，放妾骑鱼撇波去。"刘皂《长门怨》是其中颇为深警有力的："宫殿沉沉月欲分，昭阳更漏不堪闻。珊瑚枕上千行泪，不是思君是恨君。"她们只有哀伤、孤寂伴随，最后终于有所醒悟。反映宫女的诗在《全唐诗》中共有八百多首，说明这样的题材在唐人中是极为普遍的。"这些绝句都以南朝民歌小诗（或可能是已散佚的同时代的东南民歌）为模式，是单纯的爱情诗，大量运用双关语和情欲隐喻。在《中流曲》中，这一传统引导读者从'芳洲'中发现女子如花的隐喻，从划舟急流的描写中发现情欲难以抑制的暗示。《湖南曲》则在一定程度上体现了王维绝句风格的极端简朴。"（〔美〕宇文所安：《盛唐诗》，生活·读书·新知三联书店2004年12月版，第281页）

这一类题材中还有以《宫人斜》为题的作品，共有7首。"宫人斜"处于长安宫城北面的禁苑之内，位于汉未央宫遗址之西。这其中要数王建《宫人斜》揭露宫女命运最为深刻："未央墙西青草路，宫人斜里红妆墓。一边载出一边来，更衣不减寻常数。"杜牧也有《宫人冢》这样的作品，表现深刻的人生感悟，最后传达出振聋发聩的声音："不识君王到老时。"杜牧又有《奉陵宫人》这样的诗，揭露的是这一制度的另一种罪恶，笔端饱含血泪："相如死后无词客，延寿亡来绝画工。玉颜不是黄金少，泪滴秋山入寿宫。"胡三省为《资治通鉴·唐纪》所做的一段注中指出这样一种社会现象："唐制，凡诸帝升遐，宫人无子者，悉遣诣山陵供奉，朝夕具盥栉，沾衾枕，事死如生。"这反映出唐代社会制度极为野蛮残酷的一面。

　　敖英《唐诗绝句类选》："唐人宫词，或赋事，或抒怨，或寓讽刺，或其负才流落无聊，托以自况。"孙涛《全唐诗话续编》也认为："唐人流放，每托意于宫闱。"这也可以看作是中国爱情诗审美艺术流变史上的奇特现象。所以，这样的作品都有着诗人发自内心的感同身受，因为其中往往也寄寓着诗人自伤落魄的愤懑情怀，正所谓"贵人难得意，赏爱在须臾"（陈子昂《感遇诗三十八首》之十五）。杜荀鹤《春宫怨》便是其中的名作："早被婵娟误，欲妆临花慵。承恩不在貌，教妾若为容。风暖鸟声碎，日高花影重。年年越溪女，相忆采芙蓉。"方回《瀛奎律髓》卷三一："譬之事君而不遇者，初亦恃才，而卒为才所误。愈欲自炫，而愈

揭秘唐诗的审美艺术

不见知。盖宠不在貌，则难乎其容矣，女为悦己者容是也。风景如此，不思从平生贫贱之交可乎？"贺裳《载酒园诗话又编》论颔联："此千古透论。卫硕人不见答，非貌寝也；张良娣擅权，非色胜也。"沈德潜《唐诗别裁集》卷一一论最后两句是"回忆盛年以自伤也，须曲体此意"。当然，"它与一般爱情题材有所不同，一般爱情题材与具体生活切近，宫怨、闺怨往往虚泛一些，'拟''代'的意味很浓，不少作品采取传统乐府的写法"。（余恕诚：《唐诗风貌》，安徽大学出版社 2000 年 3 月版，第 139 页）这一题材的开拓，既表明"诗人们以充满悲愤同情的笔墨，直入妇女心灵深处，代其立言述怀，真实地反映了唐代妇女的不幸命运和可怜境遇，抨击了封建制度摧残妇女的罪恶，体现出浓厚的人道主义精神"（赵荣蔚：《晚唐士风与诗风》，上海古籍出版社 2004 年 12 月版，第 111 页）。而"中国古代宫怨诗中向往爱情自由之心声，因而具有深刻的社会象征意义。……实因为宫女之心声里，有着超乎爱情自由的含义，更广泛意义上社会自由的含义，正是由此种意义上，可以将中国诗话词话中传写不衰的'红叶题诗'故事，做中国爱情诗追求自由人生之一种象征看"（胡晓明：《中国诗学之精神》，江西人民出版社 2001 年 9 月第 2 版，第 188 页）。

红叶题诗是个动人的传说，它从一个侧面反映了宫女的生活（尤其是情感生活）景况，给人以强烈的审美感受。

据范摅《云溪友议》载：宣宗时，诗人卢渥应举京城，偶然看到御沟旁的一片红叶，上有题诗，就从水中取去，全诗为："流水何太急，深宫尽日闲。殷勤谢红叶，好去到人间。"卢渥把红叶藏于箱内。后来，他娶了一位被放出宫的姓韩的宫女。一天，韩氏见此红叶，感叹不已。原来，韩氏便是《题红叶》诗的作者。《云溪友议》中还记载了一个梧叶题诗的故事：天宝年间，一位洛阳宫苑中的宫女在梧叶上写了一首诗，随御沟流出，诗云："一入深宫里，年年不见春。聊题一片叶，寄与有情人。"诗人顾况得诗后曾和诗一首："愁见莺啼柳絮飞，上阳宫女断肠时。君恩不闭东流水，叶上题诗寄与谁？"过了十几天，又在御沟流出的梧叶上见诗一首，诗云："一叶题诗出禁城，谁人酬和独含情。自嗟不及波中叶，荡漾乘春取次行。"禁城内外居然题诗唱和，现在想来这也是极富诗意的美丽话题。

宫怨诗中还出现章碣《东都望幸》这样的揭露时弊之作，这也是很有美学意义的事情："懒修珠翠上高台，眉月连娟恨不开。纵使东巡也无益，君王自领美人来。"诗歌表面上也和其他作品一样，弹唱着宫中妃子对君王怨恨这样的调子，实际上另有所刺，渗透着诗人心中的满腔悲愤。据王定保《唐摭言》卷九"好知己恶及第"条载："邵安石，连州人也。高湘侍郎南迁归阙，途次连江，安石以所业投献遇知，遂挈至辇下。湘主文，安石擢第，诗人章碣赋《东都望幸》诗刺之。"阮阅编著的《诗话总龟》卷三七《讥诮门》所载引《古今诗话》同之。由此可见,章碣《东都望幸》诗完全是据实感而发,对认识唐代(尤其是中晚唐时期)科举制度的弊端有深刻的意义。

三、唐代经典爱情诗品读

"得成比目何辞死,愿作鸳鸯不羡仙。"(卢照邻《长安古意》)唐代的爱情诗不但处处流注着诗人恳挚的感情,而且往往都能从一个特定的视角表露出诗人不同的美学追求,展现了他们不同的审美个性,有着动人心魄的艺术旋律,给人以丰富的审美享受。吴相洲在《唐代歌诗与诗歌——论歌诗传唱在唐诗创作中的地位和作用》一书中认为:"学术界许多人把中唐诗描写艳情看作是对齐梁诗的复归,其实这种复归仅仅是表面的相似。齐梁言情诗的意义在于打破了托情言志的传统,中唐言情诗的意义在于真正地大规模地表现了爱情。"(吴相洲:《唐代歌诗与诗歌——论歌诗传唱在唐诗创作中的地位和作用》,北京大学出版社 2000 年 5 月版,第185 页)就整个唐诗而言,也应该是这样,他们的努力共同推动着诗艺的进一步完美。现就择其要者而略加论析。

(一)李白《长干行》

妾发初覆额,折花门前剧。郎骑竹马来,绕床弄青梅。

同居长干里，两小无嫌猜。十四为君妇，羞颜未尝开。
低头向暗壁，千唤不一回。十五始展眉，愿同尘与灰。
常存抱柱信，岂上望夫台。十六君远行，瞿塘滟滪堆。
五月不可触，猿声天上哀。门前迟行迹，一一生绿苔。
苔深不能扫，落叶秋风早。八月胡蝶来，双飞西园草。
感此伤妾心，坐愁红颜老。早晚下三巴，预将书报家。
相迎不道远，直至长风沙。

李白的《长干行》一诗从主人公最初的结识叙起，写出了两小无猜的天真烂漫，随之描绘出随着年龄的增长，女主人公在感情上所产生的微妙变化，诗人先通过"低头向暗壁，千唤不一回"这一动人的细节，真切地展现女主人公新婚时的害羞心理，语浅情笃。接着，诗篇又以双方婚后的誓言"愿同尘与灰"，突出二人感情的炽热。可谁知好景不长，婚后丈夫远行，斯人独守，情绪顿时一落千丈。绿苔层深、落叶满地等自然环境，映衬出女主人公家庭生活的冷落。春去秋来，蝴蝶双飞，此情此景，增添了一分孤独、愁闷的生活感受。诗歌最后道出了思妇同丈夫团聚的强烈愿望。一旦听到丈夫将归的消息，她就要到七百里外去迎接。诗句以这样的夸张手法，恰到好处地表现出这位少妇渴望见到丈夫的迫切心情，也让人体味到更深层的美。黑格尔说："在爱情里最高的原则是主体把自己抛舍给另一个性别不同的个体，把自己的独立的意识和个别孤立的自为存在放弃掉，感到自己只有在对方的意识里才能获得对自己的认识。"
（〔德〕黑格尔：《美学》第二卷，商务印书馆 1979 年 1 月
版，第 326 页）李白《长干行》中的主人公正具有这样的
品格。

关于李白《长干行》，杨义《李杜诗学》指出："李白
自称曾'混游渔商，隐不绝俗'（《与贾少公书》）。正是这
种生活体验和以平常心理看商家的态度，使他以代言体的笔
锋伸向商家少妇的内心，从而在中国诗史上第一次如此真
切、婉妙而富有生命感觉地展示了一个新鲜、陌生而富有自
然趣味的心灵世界。……李白在透视长干女子时充满同情的
理解，从而传达一种纯洁而深切的两性情感，散发着一种自
然而婉妙的诗学魅力。"（杨义：《李杜诗学》，北京出版社
2001 年 3 月版，第 222—223 页、第 263 页）1915 年，庞德
在《汉诗译卷》中把这首诗的题目改译为《河商之妻》，虽
不尽切题，倒也别有风味。葛晓音《论初、盛唐诗歌革新的
基本特征》论盛唐诗人"兼取汉魏六朝乐府民歌之长，自
作新辞，既取其从容淳雅的古风，又恢复其天真活泼的本
色；既学习民歌直接发自内心的自然音调和单纯明快、不假
思索的新鲜风格，又比民歌更自觉地将个人的感受结合于从
历史和现实中提炼出来的民族共同感情"。（葛晓音：《汉唐
文学的嬗变》，北京大学出版社 1990 年 11 月版，第 109 页）
这也很适合评判《长干行》诗的审美价值。也就是说，比

唐
诗
宋
词
元
曲
精
编

起民歌作品来，李白《长干行》一诗构思更为曲折，内涵更加丰富，较为全面地铺写出爱情生活中的深微感受，自然使得诗意更为深厚，具有独特的审美价值。李白又有《杨叛儿》诗，直率而深挚："君歌《杨叛儿》，妾劝新丰酒。何许最关人，乌啼白门柳。乌啼隐杨花，君醉留妾家。博山炉中沉香火，双烟一气凌紫霞。"

李白有《越女词五首（越中书所见也）》可以说是唐代少有的有关爱情题材的组诗，蕴含着丰富的地域审美因素，字里行间散溢着活泼而浓郁的生活气息："长干吴儿女，眉目艳新月。屐上足如霜，不着鸦头袜。""吴儿多白皙，好为荡舟剧。卖眼掷春心，折花调行客。""耶溪采莲女，见客棹歌回。笑入荷花去，佯羞不出来。""东阳素足女，会稽素舸郎。相看月未堕，白地断肝肠。""镜湖水如月，耶溪女似雪。新妆荡新波，光景两奇绝。"杨义在《李杜诗学》中论第三首："采莲女笑入荷花，是一幅洋溢着青春气息的何等鲜丽的画面。她竟然会'佯羞'，但人们不会因其'佯'而觉得在作假，反而觉得是别具情调的天真。"（杨义：《李杜诗学》，北京出版社 2001 年 3 月版，第 448 页）

（二）白居易《长恨歌》

《长恨歌》是白居易的一篇久为传诵的名作，根据历史事实、民间传说并经过艺术加工创作而成，蕴意丰富。关于作品的主题历来有不同理解，总体上看主要有两种看法。一种认为诗的主题是讽喻，如唐汝询《唐诗解》就认为主题是"讥明皇迷于色而不悟也"，沈德潜《唐诗别裁集》卷八并进一步认为"以女宠几于丧国，应知从前之谬戾矣"。另一种认为主题只是叙写与颂赞李杨爱情，咏叹爱情悲剧，并不是什么政治讽喻诗，如张邦基《墨庄漫录》就说，"不过述明皇追怆贵妃始末，无他激扬"。

从作者的创作意图上看，大约原本为了讽谏，希望当时和日后的君主以后期的玄宗为鉴，中兴前期玄宗励精图治的英风，但诗中的李杨悲剧实际上成了爱情、政治、时代悲剧三者有内在联系的统一整体，作者由哀其不幸而归结为对忠贞爱情的咏叹与赞美，着力渲染玄宗的伤感凄苦、虔心思念和杨妃的纯洁专一、忠贞不渝，细腻委婉，凄艳动人，导引着诗歌的内涵向情和美的方向延展。作品通过富有艺术感染力的描写颂扬超越时空、永恒不变而又诗化了的爱情，创造出具有高度审美价值的悲剧爱情境界，寄予了诗人无限的同情与感慨，也自然引发读者对李杨爱情悲剧的叹惋。因此，可以这样认为，诗歌的主题具有双重性，作者对李杨二人既有谴责又有同情，诗歌起首入题，点出"汉皇重色"，为全篇纲领，自然有讽刺和批判之心；末尾结出"此恨绵绵"，显然已是同情和怜悯之意了。也许，黄世中《论〈长恨歌〉的创作动因及深层意蕴》所论最为切合白作原意，直探诗人

唐诗宋词元曲精编

灵魂深处："《长恨歌》创作的动因不是'为历史而历史',不在于所谓歌颂帝妃爱情的坚贞,也不在于讽刺李杨的荒淫误国,而是在召唤历史的亡灵,以宣泄胸中的长恨!换句话说,《长恨歌》只不过是借了两具历史的僵尸,寄寓诗人的悲剧意识,抒发一种悲苦情怀及对理想爱情的执着追求。"(黄世中:《古代诗人情感心态研究》,浙江大学出版社 1990年 8 月版,第 18—19 页)

全诗以安史之乱为背景,以李杨爱情为主线,截取了最能表现人物心理变化的不同场景叙写李杨爱情悲剧故事,首尾完整而又重点突出。全诗叙事、写景、抒情有机融合,而以抒情为主,叙写为辅;以情叙事,借景寓情。叙事中融会着浓郁的抒情,抒情中又创造出鲜明的人物形象。朱自清《短诗与长诗》:"长诗底意境或情调必是复杂而错综,结构必是曼衍,描写必是委曲周至。"全诗感情浓郁,形象鲜明,情节曲折,语言流丽,音韵和谐,对比强烈。比喻新颖贴切,对仗工整中又有变化,善于使用烘托等手法,渲染迷离恍惚的悲剧气氛,展现出一种恒久的艺术诱惑,从而使读者增强了艺术审美感受。开头至"尽日",写杨妃进宫并受宠,以对比和借代手法突出杨妃的姿容,"不重生男重生女"一句侧面描写,含蓄而又辛辣。许颢《彦周诗话》:"小杜作《华清宫》诗云:'雨露偏金穴,乾坤入醉乡。'如此天下,焉得不乱?""渔阳"至"魂魄",写安史之乱给李杨爱情造成悲剧的结局，突出玄宗的孤寂生活和思念之情。据《太真外传》载："上皇登沉香亭诏太真妃子，妃子时卯醉未醒，命力士从侍儿扶掖而至。妃子醉颜残妆，鬓乱钗横，不能再拜。上皇笑曰：'岂是妃子醉，真海棠睡未足耳。'"昔日情状令人不忘。"临邛"至结束，写杨妃绵绵不尽的相思，表达生死不渝的爱情，在细腻委婉的描写中寄予诗人无限的同情与感慨。诗人最后怀着对传主的深切同情，对美的毁灭的沉重感伤，点出全诗的主题："天长地久有时尽，此恨绵绵无绝期！"《唐宋诗醇》指出："结处点清'长恨'，为一诗结穴，戛然而止，全势已足，更不必另作收束。"

邵博《邵氏闻见后录》卷一九指出："白乐天《长恨歌》有'夕殿萤飞思悄然，孤灯挑尽未成眠'之句，宁有兴庆宫中夜不烧蜡油，明皇帝自挑尽者乎？书生之见可笑耳。"众所周知，艺术来源于生活而高于生活。季摩菲耶夫在《文学概论》一书中强调："作家因为对生活现象有所选择，可以对事实中的某些环节置之不顾。"（〔苏〕季摩菲耶夫：《文学概论》，平明出版社 1953 年 12 月版，第 158 页）实际上，《长恨歌》正是通过对日常生活琐事的具象化描写（包括一些平民化、世俗化的处理），概括抽绎出一种人生图式，并借此传达出诗人对人生实存状态的思索，产生深刻震撼的艺术感染。季摩菲耶夫又指出："在许多情况中，作家为了使所要描写的现象更鲜明地突出，甚至可以违反生活事件的原有次序，借以加强作品的普遍的真实性，获取更大的感动力。"（同上书，第157页）白居易的作品的艺术处理正符合这样一种审美原则。诗中的"风情"突破了它的"戒鉴"，这种情与欲的统一而升华出的爱情极容易在人的心灵深处唤起情感的呼应，《长恨歌》在当时就激起了各阶层的广泛而强烈的共鸣，白居易在《与元九书》中就有这样的记载："及再来长安，又闻有军使高霞寓者，欲聘倡妓，妓大夸曰：'我诵得白学士《长恨歌》，岂同他妓哉？'"又说："今仆之诗，人所爱者，悉不过杂律诗与《长恨歌》已下耳。时之所重，仆之所轻。"在《编集拙诗成一十五卷因题卷末戏赠元九李二十》中诗人又自称："一篇长恨有风情，十首秦吟近正声。每被老元偷格律，苦教短李伏歌行。世间富贵应无分，身后文章合有名。莫怪气粗言语大，新排十五卷诗成。"宣宗李忱在亲撰《吊乐天》诗中也把《长恨歌》作为诗人的主要作品加以突出："缀玉联珠六十年，谁教冥路作诗仙？浮云不系名居易，造化无为字乐天。童子解吟长恨曲，胡儿能唱琵琶篇。文章已满行人耳，一度思卿一怆然。"吴北江称："如此长篇，一气舒卷，时复风华掩映，非有绝世才力未易到也。"（高步瀛《唐宋诗举要》卷二引）

（三）温庭筠《西州词》

温庭筠一生执意于艺术美的追求，《西州词》也应该是唐人爱情诗篇中的出彩之作："悠悠复悠悠，昨日下西州。西州风色好，遥见武昌楼。武昌何郁郁，侬家定无匹。小妇被流黄，登楼抚瑶瑟。朱弦繁复轻，素手直凄清。一弹三四解，掩抑似含情。南楼登且望，西江广复平。艇子摇两桨，催过石头城。门前乌臼树，惨淡天将曙。鹚鹕飞复还，郎随早帆去。回头语同伴，定复负情侬。去帆不安幅，作抵使西风。他日相寻索，莫作西州客。西州人不归，春草年年碧。"诗歌当以审美主体刻骨铭心的生活感受为基础叙写而成，绘景、抒情层次丰富，于浅易中见深沉，显得真切而浑成。移情、顶针、叠词、细节描写等多种审美艺术手法的综合运用，传达出深深的爱慕与思念之情，纯任内在的情感驱动。作品把主人公心灵上最细微的颤动展现得风韵摇曳，缠绵感人，具有浓郁的民间情歌风味，而又多了一分文人的清雅之气，自出机杼、融入新意。作品上承《西洲曲》古辞诗意，下启后人同类题材的情意表达方式，如明张丁《白石山房逸稿》卷上《西洲曲》，就明显可以看出受到诗人这一构思的影响，不过处理得更为简洁而已："送郎下西洲，畏侬不回顾。恨煞浪头风，转向烟中树。烟树冷茫茫，风来吹断肠。赠我双环镯，不如置道傍。"温庭筠又有《懊恼曲》表达了主人公追求理想爱情的坚贞："三秋庭绿尽迎霜，唯有荷花守红死。"

四、李商隐爱情诗的审美意蕴

"人禀五行之秀，备七情之动，必有咏叹，以通性灵。"（李商隐《献相国京兆公启》）所谓诗人，就是那些通过诗的方式与旨趣来解读和认识生活的本质的人。李商隐也应该属于这一群体中杰出的一员，这是不容置疑的。吴乔《西昆发微序》"唐人能自辟宇宙者，唯李、杜、昌黎、义山"，着重点应该是就题材的拓展而言。刘学锴先生在为自己《汇评本李商隐诗》所作的《前言》中就此加以这样精当的阐发："李、杜所辟，是前所未有的恢宏的盛唐气象、广阔的时代生活和人民疾苦；韩愈所辟，是以非诗为诗、不美为美的新境；李商隐所辟，则是人的心灵世界这一还未被前人深入表现过的领域。"（刘学锴：《汇评本李商隐诗》，上海社会科学院出版社 2002 年 1 月版，第 1 页）也就是说，作为杜诗艺术的步趋者，李商隐的这一着力拓展，在取境上即表现出一种卓见特识，这实际上也是顺应诗史发展内在要求的必然途径，在中国诗歌史上有着特别重大的美学意义，值得后人不尽地探寻。因为每一个时代的人都要找寻到真正属于自我的独特的表达方式，艺术创造中也只有真情的表现才真正具有审美的价值。即如《北青萝》这样的作品，实际上也有着诗人对大千世界的深刻品味:"残阳西入崦,茅屋访孤僧。落叶人何在,寒云路几层。独敲初夜磬,闲倚一枝藤。世界微尘里,吾宁爱与憎。"黄昏时分,诗人独访孤僧而不遇,落叶飘落,寒云塞路,在此得闻钟磬而发人深省。在微尘般的世界里,诗人思索着爱乎憎乎的人生课题。

"对影闻声已可怜,玉池荷叶正田田。"(李商隐《碧城三首》之二)诗本来就是生命的一种存在方式,爱情也一直是诗歌关注的根本命题之一。黑格尔在《美学》第三卷中指出:"抒情诗的内容是主体(诗人)的内心世界,是观照和感受的心灵,这种心灵并不表现于行动,毋宁说,它作为内心生活而守在自己的家里。所以抒情诗采取主体自我表现作为它的唯一的形式和终极的目的。"(〔德〕黑格尔:《美学》第三卷下册,商务印书馆1981年7月版,第99—100页)作为中国诗史上一个极具敏锐的艺术感受力并于杜诗犹有深悟的诗人,李商隐既是这一时代的孤独者,更是对这一时代苦闷情怀体验最为深刻的人之一。诗人生逢衰世,蒿目时艰,在政治上百求而无果的情形下,遂专意于创作,研精覃思,无论是题材还是诗律,都做出了极大的贡献。就题材而言,诗人在咏物诗、咏史诗等方面都取得了很高的艺术成就,在唐人中绝对称得上是首屈一指,但相对来说,他在爱情诗方面的创造也许更富于开创意义,使诗人自己一生的真挚情感最后找到了艺术的归宿,高标独树,造境精工。

李商隐的爱情诗闪烁着作为一个艺术天才的悟性之光，大多表现爱的力量所激荡的巨大而又细腻的情感波澜，隐含着诗人自身情感发展、流变的轨迹。更为可贵的是，诗人将这一自我精神生活感受，提炼为一种典型而感人的艺术情景，多角度、全方位地对爱情诗这一独特的艺术领域进行了深层探索，拓宽了传统诗歌艺术的视野，使得自己的爱情诗既洋溢着审美个体独特的生命经验，又渗透着极为浓重的身世之感，从而使传统的爱情题材具有更高、更强的审美意义。换言之，诗人在对失意爱情的叙写中蕴含着生命流走、功业无成的无奈与苦涩，呈现出一种个人心灵痛苦的印记和时代的沉重忧患互为纠结的艺术品性，极大地提升了我国爱情诗的审美品位和艺术地位，也可以说到了李商隐手中，爱情诗才成为一种真正意义上的完美的诗体。所以，李商隐的爱情诗真称得上是中国传统诗林中一块卓荦超群的巨碑。费锡璜《汉诗总说》谈到屈原的诗歌创作时说："屈原将投汨罗而作《离骚》……千古绝调，必成于失意不可解之时。唯其失意不可解，而发言乃绝千古。"李商隐的爱情诗也正是这种既"失意不可解"，又"发言绝千古"的艺术杰构，情感触角隐然不露，千百年来一直焕发着迷人的光彩，让无数人如痴如醉，为之倾倒。我们固然无法确知诗人想要传递的真正而深刻的内心情愫，但这些作品的艺术妙境也恰恰在于诗歌自身所具有的朦胧迷幻的审美特质。梁启超先生《中国韵文里头所表现的情感》认为，李商隐的《锦瑟》《碧城》《圣水祠》等诗，"讲的什么事，我理会不着；拆开一句一句叫我解释，我连文义也解不出来。但我觉得它美，读起来令我精神上得一种新鲜的愉快。须知美是多方面的，美是含有神秘性的，我们若还承认美的价值，对于这种文学，是不容轻易抹煞"（陈引驰编：《梁启超学术论著集·文学卷》，华东师范大学出版社 1998 年 11 月版，第 215 页）。这里"理会不着""解不出来"之说，固然有梁先生的自谦之意，但所谓"精神上得一种新鲜的愉快"，深具卓识，表达的应是人们在欣赏李商隐有关诗歌（尤其是爱情诗）时的共同感受。

（一）李商隐爱情诗的情感空间

"昔年曾是江南客，此日初为关外心。"（《出关宿盘豆馆对丛芦有感》）本来，李商隐的心灵就承受着巨大的痛苦，其父李嗣虽然在元和年间曾任获嘉（今河南新乡）令，不久即遭罢官，并在诗人十岁那年过早去世。于是，诗人自小便孤儿寡母相依为命。对此，《献相国京兆公启》有着较为全面的表述："若某者幼常刻苦，长实流离。乡举三年，才沾下第；宦游十载，未过上农。顾筐篚以生尘，念机关而将蠹。其或绮霞牵思，珪月当情，乌鹊绕枝，芙蓉出水，平子四愁之日，休文八咏之辰，纵时有斐然，终乖作者。"

《祭裴氏姊文》中也有"四海无可归之地，九族无可倚之亲"的辛酸表白。由此可见，诗人确实是"过早地领略人情冷暖、世态炎凉的愁苦心境，掺和着过早成熟的灵敏心理，总是在体验别人和自身的酸愁时显得特别细腻和敏锐"（吴功正：《中国文学美学》上卷，江苏教育出版社 2001 年 9 月版，第 425 页）。在《李肱所遗画松诗书两纸得四十韵》一诗中，诗人又自称"忆昔谢四骑，学仙玉阳东。千株尽若此，路入琼瑶宫"。据《河南通志》载："玉阳山有二，在济源县西三十里，东西对峙。"李商隐人生的特定经历为他日后岁月恋情心理的滋生，提供了最为丰厚的生活土壤。此后，李商隐经历了多次痛苦的、悲剧性的情爱体验，如与宋华阳姐妹及柳枝的情感纠葛，最后都无果而终；又在得中进士、仕途渐现生机之时，身陷牛、李党争，忽遭令狐绹等人挤压，非但"十年京师寒且饿"（《樊南甲集序》），终其一生，也是"厄塞当途，沉沦记室"（朱鹤龄《笺注李义山诗集·序》），萍漂蓬转，最后坎坷而终。"如何匡国分，不与夙心期？"（《幽居冬暮》）这样也就根本无法实现早年许下的"欲回天地入扁舟"（《安定城楼》）的人生壮言，也如崔珏《哭李商隐》所叹息的："虚负凌云万丈才，一生襟抱未曾开。"这种种的人生际遇给他造成一般中国传统士人都难以承受的精神苦痛，内心有着说不尽的怨愤和凄苦，于是，自然形成了诗歌感伤情调。王慎中《王遵岩集》之《碧梧轩诗集序》从中国历代文人这一奇特的创作现象中总结了这样的艺术规律："不得志于时，而寄于诗，以宣其怨忿而道其不平之思，盖多有其人矣。所谓不得志者，岂以贫贱之故也？材不足以用于世，而沮于贫贱，宜也，又何怨焉？材足以用于世，贫且贱焉，其怨也，宜也。言之所寄，必出于不平。"作为一个处境惯于冷清寂寞，以致郁结一生的诗人来说，体味自己内心的种种感受，然后通过情感（这里主要指男女情爱）的慰藉来相对减轻这一番苦痛，进而达到心灵深处的抚慰和平衡，渗入由审美而产生的情感中，也是极为自然的发展结果，再把这些丰富的情感体验凝结为动人的诗篇，而作品中的艺术形象比生活更具集中性，审美内涵也有着普遍提高。而实际上，就当时的现实世界来说，这情感的慰藉本身谈何容易。因为，在客观生活中，个体的抗争往往都要遭到正统观念和维护现有秩序者的阻击，哪怕是极为细小的人生之望，也是如此，再退一步说，即使是诗歌中所表现的这种爱是人生的欲求也应该说是一种时代的亮色，因为从爱情的渴望中寻求抚慰，也委婉曲折地抒发了审美主体对生命的深深眷恋。实际上，这一特定历史环境下的审美趣味与艺术敏感，凝结了诗人对美好爱情的坚定追求，实现了在现实爱情生活中的审美感受的升华，由此，人们也可以对李商隐在诗美创造中独辟蹊径的良苦用心有一个更好地去真切体会的社会空间。正如诗人自己在《柳》中所慨叹："倾国

1172

宜通体，谁来独赏眉？"

　　李商隐的爱情诗蕴含着审美个体与社会既定文化价值规范的矛盾与冲突，也传达了作为一个诗人的真性情，从中我们可以亲切地瞻望到诗人丰富饱满的自我形象。诗歌所展现的都是诗人亲身经历过的一种极为美好的感情，这样的一片柔情绮思又有着诗人独特的刻骨铭心的情感体验，即使如《袜》诗"常闻宓妃袜，渡水欲生尘；好借嫦娥著，清秋踏月轮"，也是深含着诗人的那一份真情的，其中既有甜蜜的爱的追怀，也有失意过后的一阵悲哀。而诗人又能够把这种思念之情以及现实的苦难与不平完美地转化为诗，其中也有感叹身世没落的哀怨之情的吐露，总之，能在客观物象中探寻严肃深沉的美。因此，李商隐的爱情诗完全可以说是生命节律颤动的结晶，而在大量的作品中又多含蓄有致，正所谓"楚雨含情皆有托"（《梓州罢吟寄同舍》），"为芳草以怨王孙，借美人以喻君子"（《谢河东公和诗启》），"至于南国妖姬，丛台妙妓，虽有涉于篇什，实不接于风流"（《上河东公启》），别有所托，曲传美人芳草之遗意，隐含着诗人对国运危殆的忧虑之情，寄托了自己的身世之感，体物微妙，诗歌的抒情因素也因而被内化了，正所谓"多少襟怀言不尽，写向蛮笺曲调中，此情千万重"（晏殊《破阵子·燕子欲归时节》）。这样的作品也以其特有的朦胧美和丰富的暗示性，更引人回味其中的别样情怀，令人体味不尽。在这样的审美与文化的意义上来认识，也许我们就能够找寻到李商隐的爱情诗在中国诗史上的准确位置。

诗人的情感境界本来就不是单一与凝固的，而是丰富而开放的。内心情感经历极为复杂的李商隐，能够悉心地、体贴入微地揣摩生活事物，他的爱情诗自然也多表现为对爱情生活有着深切审美体验后的一种心灵的展示，对爱情热诚的向往和讴歌。到了具体创作的时候，这种展示又多以《无题》诗的形式出现，这本身就是诗人内心痛苦挣扎的一种显影。李商隐的爱情诗除了《柳枝五首》《月夜重寄宋华阳姊妹》《临发崇让宅紫薇》等少数作品外，多以"无题"为题。关于李商隐《无题》的创作动机，詹满江《李义山艳诗创作的背景》一文结合唐人大量的诗歌创作实践，得出这样的结论："他大概是给恋人作过几首无题诗，这样的无题诗一定是为了只让恋人读才作的，所以没有诗题。"（王永宽、尚立仁主编：《李商隐与中晚唐文学研究》，中州古籍出版社 2003 年 4 月版，第 56 页）这一说法应该是可信的。陆游《老学庵笔记》中的一席话指出了唐代社会确实存在的一种生活现象，但过于绝对，并不算深知唐人："唐人诗中有曰'无题'者，率杯酒狎邪之语，以其不可指言，故谓之'无题'，非真无题也。"不过，我们也不必深为之讳，非得说每首《无题》诗都是意蕴深厚，正如纪昀《瀛奎律髓刊误》所说的："义山风怀诗，注家皆以寓君臣为说，殊

多穿凿。"吴功正先生认为李商隐在作品中"融化了故事，
形成了一种情感的存在或体现形式，进而以审美的方式表现
出来。他在审美中没有胶柱鼓瑟，因此在解读时也不应胶柱
鼓瑟"（吴功正：《唐代美学史》，陕西师范大学出版社 1999
年 7 月版，第 644 页），这应成为我们解读李商隐有关诗篇
的一把精神钥匙。

吉川幸次郎《李商隐》一文中说："《无题》及其他恋
爱诗，与其说是吟咏了恋情的欢乐，不如说更多地唱出了失
恋的哀怨。"（〔日〕吉川幸次郎：《中国诗史》，复旦大学出
版社 2001 年 12 月版，第 260 页）这样的把握是确切的，也
是很深刻的。《无题》即是这样的作品，客观的自然景象被
注入了深浓的主观情意："相见时难别亦难，东风无力百花
残。春蚕到死丝方尽，蜡炬成灰泪始干。晓镜但愁云鬓改，
夜吟应觉月光寒。蓬山此去无多路，青鸟殷勤为探看。"正
所谓是"意多沉至，语不纤佻"（施补华《岘佣说诗》）。
"晓镜"一联从杜诗脱化而出，从对面落笔，更婉转地写出
自己思念的深沉。李商隐的这一类作品或许受到刘禹锡有些
作品的启发，如刘禹锡的《怀妓》其四："三山不见海沉
沉，岂有仙踪更可寻？青鸟去时云路断，姮娥归处月宫深。
纱窗遥想春相忆，书幌谁怜夜独吟？料得夜来天上镜，只应
偏照两人心。"这可以看出两者之间在诸多方面的联系。正
如李从军先生《唐代文学演变史》一书所说："诗中笼罩着

一种扑朔迷离的气氛和无可奈何的感伤，表现了对美好过去的无限留恋以及对人生的惆怅，开了李商隐'无题'诗的先河。"（李从军：《唐代文学演变史》，人民文学出版社1993年10月版，第393页）但必须指出的是，李商隐的爱情诗取径宽博，而并不固守一家。胡晓明《中国诗学之精神》指出："爱情是自由的特殊领域，这是爱情的第一个本质特征。两性之间由倾慕而心心相印而最终结合，乃是生命自由之实现；两性之间历经重重障碍而达致结合的过程，乃是人的自由本质对象化过程的深刻形式；两性追寻自由致内外冲突及其悲剧结局，乃是人的自由本质之否定形式。从不自由到自由之种种形式中，最鲜明地反映超乎性爱本身的社会自由程度，所以，爱情诗具有社会意义。"（胡晓明：《中国诗学之精神》，江西人民出版社2001年9月第2版，第183—184页）

李商隐与妻子王氏于文宗开成三年（838）结婚，至宣宗大中五年（851）妻子王氏谢世，两人共同生活时间总计为十三年，但其间两人分多合少，往往暌隔千里，实际相聚时间不及六年。所以，李商隐也有一些作品表达了对妻子的怀念，动人肺腑，如《夜雨寄北》："君问归期未有期，巴山夜雨涨秋池。何当共剪西窗烛，却话巴山夜雨时。"在一个初秋的雨夜里，无限思念远方的妻子，因而写下这首千古流传的诗作。平淡朴实的诗句之

所以流传千年，也许就是因为这份亘古不变的感情。固
然说"两情若在久长时，又岂在朝朝暮暮"（秦观《鹊
桥仙》），但一些时间的分别却也是令人产生无限的思念，
更何况是真挚相爱的人儿。诗的开头两句以问答和对眼
前环境的抒写，阐发了孤寂的情怀和对妻子深深的怀念，
因为巴山夜雨更加激起诗人自身的羁旅之愁和离别之情。
后两句跨越时空，设想来日重逢谈心的欢悦，通过巧妙
的剪接，笔势呈现腾挪之妙，不过主要还是用来反衬今
夜的孤寂。回环迂折之中，曲尽情致。作品化实为虚，
眼前实景与虚拟的未来幻境叠映、对照，使诗歌的意境、
章法与音调都有回环往复之美。全诗情感之真切，构思
之新颖，都令人拍案叫绝。徐德泓《李义山诗疏》"翻从
他日而话今宵，则此时羁情，不写而自深矣"，桂馥《札
朴》卷六"眼前景反作后日怀想，此意更深"，都是历代
的经典品评。姚培谦在《李义山诗集笺》中更把《夜雨
寄北》诗与白居易的《邯郸冬至夜思家》"料得闺中夜
深坐，多应说着远行人"做了比较，认为白诗"是魂飞
到家里去。此诗则又预飞到归家后也，奇绝"，也很能拓
展人们的审美视野。又如《凤》诗，也是构思细致深曲：
"万里峰峦归路迷，未判容彩借山鸡。新春定有将雏乐，
阿阁华池两处栖。"胡震亨《唐音癸签》认为"似是寄
内诗"，也应该是正确的。

"柿叶翻时独悼亡"（《赴职梓潼留别畏之员外同年》，在妻子王氏于宣宗大中五年（851）病故后，诗人写下了《房中曲》这首感情沉挚而又深重的悼亡诗："蔷薇泣幽素，翠带花钱小。娇郎痴若云，抱日西帘晓。枕是龙宫石，割得秋波色。玉簟失柔肤，但见蒙罗碧。忆得前年春，未语含悲辛。归来已不见，锦瑟长于人。今日涧底松，明日山头檗。愁到天池翻，相看不相识。"据赵翼《陔余丛考》卷二四《寿诗、挽诗、悼亡诗》条考述："寿诗、挽诗、悼亡诗，唯悼亡诗最古。潘岳、孙楚皆有悼亡诗，载入《文选》。《南史》：宋文帝时，袁皇后崩，上令颜延之为哀策，上自益'抚存悼亡，感今怀昔'八字，此'悼亡'之名所始也。"这说明悼亡诗在我国也是有渊源的。潘岳深挚感人的《悼亡诗》一出，悼亡诗便从此成了一个专门指男子悼念死去的妻子的专名。以后，李商隐又在作品中多次表达深挚的悼念之情，创作了三十余首悼亡诗，以一支支永失我爱的哀曲，展现了一种虽死不渝的爱情品格。《王十二兄与畏之员外相访见招小饮时余以悼亡日近不去因寄》便是其中之一："谢傅门庭旧末行，今朝歌管属檀郎。更无人处帘垂地，欲拂尘时簟竟床。嵇氏幼男犹可悯，左家娇女岂能忘。秋霖腹疾俱难遣，万里西风夜正长。"诗歌完全是内心世界的一种表白。但由于在悼亡之中又织入了对时代环境和自我畸零身世的感受，使得诗歌的内涵比一般的同类作品要更为丰富与复杂，透露出时代的悲剧气氛和诗人的凄凉心态。诗歌平实写去，却给人凄断欲绝的感受，说明它具有平易而富于感情含蕴的特点。《端居》也是一首悼亡诗，使用潘岳《悼亡诗》"长簟竟床空"这一典故："远书归梦两悠悠，只有空床敌素秋。阶下青苔与红树，雨中寥落月中愁。"吴世昌《词林新话》："有论者释义山'远书归梦两悠悠，只有空床敌素秋'句云：义山所用以抵御此萧索寒冷之素秋的只剩有一张空床而已，床而着一'空'字，是极言其无可用以抵御之物也。按：'空床'，即'长簟竟床空'，乃说明悼亡情景，非所谓除了床以外无有他物也。"（吴世昌：《词林新话》增订本，北京出版社 2000 年 10 月版，第 456 页）指出李诗巧妙无痕地化用艺术，极是。纪昀甚至认为诗人的《嫦娥》诗"云母屏风烛影深，长河渐落晓星沉。嫦娥应悔偷灵药，碧海青天夜夜心"，也是悼亡诗，不为无据："意思藏在第一句，却从嫦娥对面来，十分蕴藉，此悼亡之诗，非咏嫦娥。"（沈厚塽编《李义山诗集三家辑评》）唐人确有把去世的妻妾比作奔月嫦娥的，如韦检《悼亡姬》："宝剑化龙归碧落，嫦娥随月下黄泉。一杯酒向青春晚，寂寞书窗恨独眠。"沈祖棻《唐人七绝诗浅释》对此做了更为具体的阐述，以证成其事。（详参沈祖棻：

《唐人七绝诗浅释》，上海古籍出版社 1981 年 8 月版，第
250—253 页）

《无题二首》其二："重帏深下莫愁堂，卧后清宵细
细长。神女生涯原是梦，小姑居处本无郎。（原注古诗有
'小姑无郎'之句）风波不信菱枝弱，月露谁教桂叶香。
直道相思了无益，未妨惆怅是清狂。"诗歌表面上叙写少
女醒后细品梦中的情景，恍然若失，徒自伤感，展现了
爱情追求进程中的幻灭感觉，不过，最后表达了为了爱
情甘愿受折磨，决心继续追求幸福的心志。作品着重凸
显了主人公的低回缱绻，一往情深之态。其中的"神女
生涯原是梦，小姑居处本无郎"等句应该隐含了诗人自
己身世凄苦，特别是君臣遇合无望的心灵深痛，具备一
种沟通政治与情爱的体验和感受。这样的句子，就不是
一般所谓的琢磨能写得出来的，而更多应是来自真实的
人生情感历程。李商隐的《无题》诗，往往抒发了多层
次的思想感情，层层递进，迂回曲折，令人一时难以完
全领悟，所以就有种种臆测。《马嵬》诗也是别有韵味，
其中也蕴含了诗人深邃的情感体验："海外徒闻更九州，
他生未卜此生休。空闻虎旅传宵柝，无复鸡人报晓筹。
此日六军同驻马，当时七夕笑牵牛。如何四纪为天子，
不及卢家有莫愁。"朱弁《风月堂诗话》卷下称赏诗歌的
第三联与温飞卿《苏武庙诗》"回日楼台非甲帐，去时冠

剑是丁年",都属于"用事属对如此者罕有"的精妙之思,固然是极为正确,但我们也不应该忽略诗歌中的别具情怀。《瑶池》更是一篇奇特的情爱之诗,余韵悠然:"瑶池阿母绮窗开,黄竹歌声动地哀。八骏日行三万里,穆王何事不重来。"相传周穆王曾乘八匹骏马之车西游至昆仑山,西王母宴之于瑶池,临别对歌,相约三年后再来,但穆王不久便死去。诗人有感于当时有不少帝王因感于长生而痴迷,特借咏神仙故事,对沉迷求仙、荒唐不经的最高统治者予以有力的讽刺,从而显示出李商隐爱情诗独特而又完整的面目。《过楚宫》中也发"微生尽恋人间乐,只有襄王忆梦中"的慨叹。

总之,与唐人一般的情爱题材相比,"李商隐的爱情诗可谓是这一题材的高度升华,在其笔下,不仅可见浓郁炽烈的情感迸发,而且使男女之情超脱了性爱的层次,更多地表现出精神性追求的特点"(许总:《唐诗史》下册,江苏教育出版社1994年6月版,第378页),作品反映的时代精神和传统底蕴都极为精深,蕴含着丰富而深刻的社会文化内容,给人以厚重的历史感,又体现着诗人审美感受和抒情方式的个性特征。但不可避免,时代的局限谁也无法挣脱,由于受晚唐社会风气的熏染,李商隐在那些"花情羞脉脉,柳意怅微微"(《向晚》)的爱情诗中也流露出一些不很健康,甚至是颓靡的情感,固然这也是当时社会生活的一种折光。

（二）李商隐爱情诗的审美创新

从上可知，李商隐有着丰富的情感生活经历，他的许多作品中肯定暗含着他极为私密而又刻骨铭心的个人情感体验，然后选取经过这一深层内心体验的，极具个人象征意味的意象，而在意象或材料之间互为映照与勾连，在意象的组接上显示出极大的创造性，从而映现着诗人的独特心态，即展现出以着力于诗歌创作从而为自己安顿生命找寻一种精神寄托的审美方式，而这一切也从一个独特的视角感受着衰世的危机，用意甚深。但是，诗人并没有采取过于直接或过于显露自我的方式来记录这一经历，不做强烈的感情直抒，而是服从于情感的表达需要，将自己的痛苦和挚爱都寄托在一个具体的物象上面，写得含蓄蕴藉，努力在最为普遍的日常感受中发掘出不平凡的诗意来，包孕着深幽微妙的意蕴，也进一步丰富了诗质的密度，形成常人难以企及的深邃的诗意结构，努力建构一种全新的诗美品格，闪烁着美学创造的智慧之光。正如叶燮《原诗》卷四所论："七言绝句，古今推李白、王昌龄。李俊爽，王含蓄，两人辞调意俱不同，各有至处。李商隐七绝，寄托深而措辞婉，实可空百代无其匹也。"这是因为，"它悄悄掩藏了诗人丰富的感情和意绪，强有力地吸引着读者沉潜地体味诗人这种未公开的丰富的感情，从而深入地探索诗人心中的奥秘"（房日晰：《唐诗比较研究》，安徽大学出版社2005年2月版，第200页）。

李商隐真可以说是中国诗歌史上一个以诗歌语言写意的大师，而"对于诗歌的短小篇幅来说，言说是有限的，未言说是无限的。能够以有限激发无限，产生意义与幻象的共振，是为好诗"（杨义：《李杜诗学》，北京出版社2001年3月版，第277页）。李商隐这一类称得上"好诗"的作品可以说是量丰质优，构成极富美学魅力的艺术篇章，其中尤以《锦瑟》诗最具有典范意义："锦瑟无端五十弦，一弦一柱思华年。庄生晓梦迷蝴蝶，望帝春心托杜鹃。沧海月明珠有泪，蓝田日暖玉生烟。此情可待成追忆，只是当时已惘然。"此诗以锦瑟起兴，以首句前二字为题，实际上也就等于"无题"。"锦瑟"就成了诗人全部身心感受的凝聚点，而正由于对这一主体意象理解不一，关于这一诗歌的主旨，旧说也就颇多歧义，但又往往追寻字面以外的隐衷与寓意：或认为"锦瑟"是令狐楚家的婢女名，这是一首情爱诗；或认为是李商隐为追怀亡妻王氏而作，认定此诗是悼亡诗；或说瑟有适、怨、清、和四声，诗中四句每句咏一调，则这又是一首咏物诗。有人则认为是听瑟之曲，也有人认为是伤唐室残破，以及作者晚年追叙生平，自伤身世之辞，等等，异说纷起，不一而足，也让人为之迷乱，莫衷一是。自 1926 年孟森在《东方杂志》第 23 卷第 1 号上发表《李义山〈锦瑟〉诗考证》起，单是专门论述《锦瑟》的文章就有三十多篇，而多是在其中或证旧论，或创新说，真正有重大突破的实际上也并不多。（参看黄世中：《〈锦瑟〉笺释述评及悼亡诗新笺》，载《古代诗人情感心态研究》，浙江大学出版社 1990 年 8 月版，第 75—113 页）所以，与其在一些永远说不清的地方纠缠，不如择善而从之为好。其中钱锺书《谈艺录》论之甚详，可以参看。所以，郑敏《中国诗歌的古典与现代》感叹："如此短短的 56 个字，包含了多少思维的曲折与心灵的运动，它的深度、强度令今人叹为观止。"（郑敏：《诗歌与哲学是近邻——结构—解构诗论》，北京大学出版社 1999 年 2 月版，第 314 页）

元好问《论诗绝句》："望帝春心托杜鹃，佳人锦瑟怨华年。诗家总爱西昆好，独恨无人作郑笺。"就此而言，这真可以说是"獭祭曾惊博奥殚，一篇《锦瑟》解人难"（王士禛《戏仿元遗山论诗绝句》）。就李商隐的一些作品而言，"无人作郑笺"固是憾事，但由上所述，"郑笺"一多，各持己见，令人难以适从，亦非幸事。袁枚《随园诗话》卷五说："自《三百篇》至今日，凡诗之传者，都是性灵，不关堆垛。唯李义山诗，稍多典故；然皆用才情驱使，不专砌填也。"所谓"用才情驱使"，正是搔到了李诗的痒处。汪正龙《文学意义研究》所论甚为通达与精警："这首诗的意象组合和典故使用具有很大的跳跃性和发散性，便提供了种种不同的阐释路径，其中不少阐发方式又各有其合理性和依据。这类作品由于作者有意淡化其生成背景的特殊性去追求能指的普遍，虽然对其意图和原意的探究仍可以作为意义分析性范畴，却断然失去了全面的可操作性。或者说作者创作这类作品时原本存有原初意向，但这一点已无关紧要，因为作品意指的多指性早已超出了作者的意向，留有充足的意义解释和创造余地。"（汪正龙：《文学意义研究》，南京大学出版社2002年6月版，第64—65页）李商隐的诗歌少有李白式情绪的直接叙说和倾泻，而是潜心于审美艺术境界的构筑。这固然是时代因素起着主导的作用，但也与诗人的个体审美气质大有关联。姚一苇先生在《李商隐诗中的视觉意象》一文中有这样的审美感悟："当我年少时读李诗，虽然知识浅陋，只在似懂非懂之间，但却为它的凄艳悱恻的美所迷惑；没有去追求它的意义，而仿佛意义自来。其后年事渐长，对于李商隐的身世了解日多。在冯浩与张采田等人的影响下，令狐父子的阴魂已和他的诗结缠在一起；不仅以往的那种美感已不复存在，甚至会对李商隐的那种患得患失的心情感到厌恶。如果一定要自这一角度来读诗，诗给予吾人的将不是美，而是丑。"（卢兴基选编：《台湾中国古代文学研究文选》，人民文学出版社1988年1月版，第167—168页）

前半自谦，后半则是极有见地的话语。《锦瑟》一诗，完全可以说是具体意象还较为清晰，而整体建构则呈现朦胧之态，本文不废过多笔墨去进行并无多少实际意义的辨析，暂作情爱诗加以讨论，做一番探幽触微的阐发。胡震亨《唐音癸签》卷二三说："以《锦瑟》为真瑟者痴；以为令狐楚青衣，以为商隐庄事楚、狎绚，必绚青衣亦痴。商隐情诗借诗中两字为题者尽多，不独《锦瑟》。"这样的判断总体是正确的。但由于在实际创作中，诗人能够实现恋情之叹与人生之叹的浑化无迹，所以，审美的空间应该是极为敞开与丰富的。

春心，也就是伤春之心，这里是指对已经失去了的美好事物的思念。颔联二句借庄子和望帝的事为比，是说往事（主要应是情爱层面）有如梦幻一般远逝，远大的抱负和美好的理想也都随之化为云烟，所以，现在这一切都只能寄情于文字了，而这样的一番艺术叙写，也就使飘忽难言的深情有了质感，又能使作品的意象具有更为丰富的象征含义和多种角度的折光，从而进一步形成曲折深沉的美学结构，更是给全诗增添了几分神韵。全诗意象在总体上固然呈现一种朦胧的状态，每句话也都可以说是歧解纷出的诗句，又加之脉络婉曲，一时难以尽解，但应该说这种意余言外的深层结构还是给人以一种浑然完整的审美感受。可见，抒情诗人的审美活动和丰富的想象力，往往源于激情，李商隐也不例外。

唐诗宋词元曲精编

他在观察生活时能以诗人的审美之心精微地体验对象，再加以完美的艺术表达。

《无题》（相见时难）笼罩着一种怅惘的情绪。首联两个"难"字，表面上看似同义反复，实际含义上翻进一层，强调"别难"沉重。别离前的伤感，只觉得东风力尽，百花凋残。它附丽着诗人强烈的主观色彩，深化了爱情的悲剧意味。这一暗示性的意象看似写景，实则写人，花已如此，人何以堪。颔联运用比兴、谐音双关等多种表现手法传神地将抽象的相思和痛苦化为具体可感的形象，含蓄而又鲜明地表达了真挚执着的爱情和矢志不渝的忠贞。两句各有侧重：上句重在缠绵，悠悠不绝；下句意在悲壮，一往情深。诗句分别描写柔软而又坚韧的春蚕与蜡炬形象，深深地蕴含着一种超越一切的殉情精神，优美与壮美互为映衬，精美绝伦。但由于"形象大于思维"，诗句又能超越情爱层面的意蕴而产生更为广泛的内涵启迪，具有执着人生、执着理想的普遍而永恒的意义。诗句当从下列诗意提炼化合而成：晋傅玄《明月篇》："昔为春蚕丝，今为秋女衣。"南朝《子夜歌》："春蚕易感化，丝子已复生。"《华山畿》："闻欢大养蚕，定得几许丝。"西曲歌《作蚕丝》："春蚕不应老，昼夜常怀丝。何惜微躯尽，缠绵自有时。"隋朝陈叔达《自君之出矣》："思君如夜烛，煎泪几千行。"但此诗具有更为动人的审美内涵。颈联系揣念之词，神思飞越，诗从对面飞来，写分隔两处后情人孑然无聊、无人抚慰的内心凄苦，是颔联情意深婉的延伸，以白描手法开拓意境，拓展诗篇的广度和深度。尾联系劝慰之词，以托人探望作结，意致婉曲。以"蓬山"比作爱人的住处，可见其神圣之处。"无多路"是反面落墨，实为远在天边。但是，虽然爱人在虚无缥缈的仙境，仍然期待能得到信息，给人以抚慰。这种亦远亦近、希望和幻想交织在一起的矛盾心理和绵邈情思在字里行间曲折地表现出来，表达上又是回流起伏，余韵不绝，令人一唱三叹，回味不已。李商隐的《无题》一诗熔铸着刻骨铭心的凄苦相思和缠绵灼热的执着追求，意境深邃而又朦胧，针线细密，比喻尖新，属对工巧，语言绮丽而又自然。

《无题二首》其一："凤尾香罗薄几重，碧文圆顶夜深缝。扇裁月魄羞难掩，车走雷声语未通。曾是寂寥金烬暗，断无消息石榴红。斑骓只系垂杨岸，何处西南待好风。"诗歌境象迷茫，基本上都由闪回性的虚景构造而成，可能叙写女子在怀思自己所爱之人时的那种惆怅及渴望的心情。夜已经很深了，但主人公一时难眠，实难排遣的相思之意又不禁袭来。手里固然还在缝制着罗帐，但在这样的时刻，不由得回想起当年二人偶遇的情景，匆匆照面，情意未展，旋又别离，但马上又意识到这都已经是很远的事情了，眼下却是斯人消息杳然全无，唯有这暗淡的烛光相伴，最后，化用曹植《七哀诗》"愿为西南风，长逝入君怀"的句意，只有期待着什么时候有一个机会能借助好风，使二人能再度相遇，一续前情。这是一种痛苦至极的结果，在恍惚中产生了那么一种根本不切合实际的幻觉和希望。诗歌借几幅情景宛然的场景来暗示这样的情怀，展现了女主人公的无限惆怅，清丽而不浮浅，笔致深婉。诗歌第二联或从费昶《鼓吹曲·有所思》其二"帘动忆君来，雷声似车度"化用而得。《无题二首》之一"昨夜星辰"叙写的是一种心灵感应历程，诗人的情感倾向与意绪流程，皆历历可见。"昨夜星辰昨夜风，画楼西畔桂堂东。身无彩凤双飞翼，心有灵犀一点通。隔座送钩春酒暖，分曹射覆蜡灯红。嗟余听鼓应官去，走马兰台类转蓬。"与《锦瑟》一样，李商隐的大部分以《无题》命名的作品都是借助于意象的营构造成诗意的朦胧，若隐若现，似真似幻。"如果说日常语言具有'实用'和'美学'两种功能的话，那么文学语言中，语音的搭配，词的组接，句子的连接，就不单是为了传达信息，它们本身就具有审美意义。"（童庆炳：《现代诗学问题十讲》，中国海洋大学出版社 2005 年 4 月版，第 5 页）

　　总之，李商隐的爱情诗作品在诗美的创新上取得了杰出成就，推动了中国传统诗歌创作向审美艺术的纵深掘进，婉曲典丽而又寄意幽深，代表着唐代在李白、杜甫之后对中国诗歌史做出最大贡献的创作实绩。管世铭《读雪山房唐诗抄·七律凡例》："七言律至长庆以后，奄奄一息，温、李二集，正如渔歌牧笛，忽闻钟鼓嘈呐。"上引吴乔《围炉诗话》也肯定了李诗的拓展之功："于李、杜后，能别开生路，自成一家者，唯李义山一人。"客观来说，李商隐的爱情诗确实包含丰富的历史文化内涵，审美艺术上也有诸多创造，寓意深远，耐人咀嚼，李商隐在诗歌中所呈现的自我形象之丰富，也是唐人中少有的。胡晓明指出："中国文人情诗，一个极显著的特质，即长于咏唱一种有缺憾的爱，从中表现一种怅惘不甘的情调。通观古代爱情诗词，诗人们很少去吟咏那一份正在爱中的欢乐意识，亦极少以乐观之眼光，去憧憬爱的明天，而是对消逝的往日之恋，一往情深，那昔日的情事，如一樽醇酒，一缕幽香，有着令人心醉之美。从这个意义上，可以说，西方式的精神之恋，乃是由肉体上升为灵魂，如仙，如神，如生命之再生，生命光华之放射；而中国式的精神之恋，则是由现在回溯过去，如酒，如轻烟，如清梦，为生命之重温，生命源头之吮吸。"（胡晓明：《中国诗学之精神》，江西人民出版社 2001 年 9 月第 2 版，第 191—192 页）从这样的精神层面上来看，固然赵嘏《江楼感旧》"独上江楼思渺然，月光如水水如天。同来望月人何处？风景依稀似去年"等诗都擅一时之胜，但李商隐的爱情诗更为丰富而又最为经典地真正地实现了刘勰《文心雕龙·丽辞》中所提出的所谓"丽句与深采并流，偶意共逸韵俱发"的艺术深境，是诗人创造力和自我超越精神的全面展现。李商隐诗歌创作的独特个性和艺术精神早已经超越了唐代，而成为中国古典诗歌最具经典意义的成就之一，正如董乃斌先生充满诗意的表述："诗人所追求的是一种富于含蕴的幽微意味。他要用诗意的自由构想和诗句的独创性表述，在精神和语言的世界中建立一个独立王国，以此补偿、消弭，至少是冲淡现实生活所给予的种种压抑和困厄。他的主体在诗歌创作中寻求尽可能大的自由，可是他的创作作品，却要求读者在仔细涵咏和咀嚼之后才体会到深意和美感。他的乐趣和美学理想是在诗意的表现上致力于反复的精择和锤炼，既要在诗面留下导向中心题旨的思维线索，又要把线索安排得若隐若现，扑朔迷离，正如胸中大有丘壑的园林设计者，能将一片不大的地方布置得曲径通幽、层叠不尽。（董乃斌：《李商隐的心灵世界》，上海古籍出版社 1992 年 12 月版，第 162 页）

当然，也不可否认，他的这些略带唯美倾向的诗艺追求基本上都是在寂寞、愁苦的心境中实现的，所以总体上偏于阴柔；由于一些主客观的因素，有些作品又过于晦涩，以致阻碍了审美客体与审美主体在情感与理智上的完美交流。因为符号意象以保持信息传输的灵敏度为前提条件和存在价值，而李商隐的诗歌恰恰在这一方面留下了历史的遗憾，有些作品诗意难明，令人颇费猜测。应该说，怎样把情感的恰当流露与诗的含蓄蕴藉更有效地结合起来，诗人既带给后人以无穷的魅力，也给后人以无尽的思索。北宋初年，杨亿、刘筠等为代表的西昆体创作群体出现，讲究声律，铺陈辞藻，典故丰博，对偶精警，雅丽密致是他们的共同追求。但这些人实际上只是机械地学到了李诗辞藻华美的表象，而不能窥李诗之堂奥，正如魏泰《临汉隐居诗话》所指责的："杨亿、刘筠作诗务积故实，语意轻浅也，一时慕之，号西昆体。识者疾之。"惠洪《冷斋夜话》卷四甚至说："诗至李义山，谓文章之一厄，以其用事僻涩，时称西昆体。"此语贬之过甚，也不是客观的态度。刘攽《中山诗话》载："祥符天禧中，杨大年、钱文僖、晏元献、刘子仪以文章立朝，为诗皆宗尚李义山，号西昆体，后进多窃义山语句。赐晏，优人有为义山者，衣服败敝，告人曰：'我为诸馆职挦扯至此！'闻者欢笑。"朱弁《风月堂诗话》卷下的分析较为客观："李义山拟老杜诗云：'岁月行如此，江湖坐渺然。'直是老杜语也。其他句'苍梧应露下，白阁自云深''天意怜幽草，人间重晚情'之类，置杜集中亦无愧矣。然未似老杜沉涵汪洋，笔力有余也。义山亦自觉，故别立门户，成一家。后人挹其余波，号'西昆体'"，句律太严，无自然态度。

胡应麟《诗薮·续编》卷二："使事自老杜开山作祖，晚唐若李商隐深僻可笑，宋人一代坐困此道。后之作者，鉴戒前规，遂为大忌。"我们且不去评述这样的话语正确与否，

1192

但有一点可以肯定的是，李商隐的爱情诗还是有许多作品并不借典故而成，而是以深挚的情感为基点，所以才会如此深得人心。

唐代酬赠诗审美艺术

一、唐代酬赠诗序说

（一）酬赠诗源流

《论语·阳货》中，孔子指出《诗经》的经典作品实际上含有"兴观群怨"的社会作用："子曰：小子何莫学夫诗？诗可以兴，可以观，可以群，可以怨。迩之事父，远之事君，多识于鸟兽草木之名。"就诗歌发展的轨迹来说，"诗可以群"一语，实际上寓含诗歌艺术已经从审美化、功用化，同时也走向应酬化、普及化以及技巧化等方面的意义，即孔安国注中所说的"群居相切磋"。也就是说，首先借助于诗歌来聚集士人，人们再进而相互切磋砥砺，交流思想。焦循《论语补疏》进一步发挥道："诗之教温柔敦厚，学之则轻薄嫉忌之习消，故可群居相切磋。"朱熹《四书章句集注》解释为"合而不流"，与前者稍有差异，但在

"居"与"合"这一本质层面上看还是可以贯通的。在社会上，善与人共处其实也是极为重要的一件事，不可随意，所以，同一章中，孔子又有这样的话："人而不为《周南》《召南》，其犹正墙面而立也与?"所强调的也是在社会上与人交往沟通，进而与人和谐相处这一方面。

文学是一种用语言表达的特殊的审美意识形态，而语言本来就是人类表达情意的工具，交际功能自然也应该是语言的一项极为显著的功能，所以，文学也就不可避免地承担起人类促进彼此交流的社会职责，《论语·子路》中，孔子更是认为："诵《诗三百》，授之以政，不达；使于四方，不能专对；虽多，亦奚以为?"由此观之，酬赠诗的自古而有，也是一件可想而知的事情。春秋时代出现的所谓"赋诗言志"的文化现象，引用《诗经》中的诗句作为高雅得体的外交辞令，也只是诗的社会功能的一种较为特别而又极具时代特性的展现方式而已。据统计，单是《左传》记载春秋时期友朋会聚、邦交外事往来等活动中引证到《诗经》的内容与创作背景等，就有150多处，实际引用《诗经》240余篇次，诗歌作为一种社交话语所衍生的社会功能可见一斑。皮日休在为自己与陆龟蒙相互酬唱的《松陵集》而写的序中着力强调："词之作，固不能独善，必须人以成之。昔周公为诗以遗成王，吉甫作诵以赠申伯。诗之酬赠，其来尚矣。后每为诗，必多以斯为事。""必多以斯为事"虽不一定是这样，但肯定"诗之酬赠，其来尚矣"，应该说还是正确的。实际上，酬赠诗本身在中国诗歌史上确实是一份独立而独特的存在，并且也是起源很早的体式之一。再往前回溯，几千年前那一声深情动人的"候人兮猗"（《吕氏春秋·音初》），从生活的真情实感升华为艺术领域的诗歌情思，也许就奠定了中国诗歌这样一份展露内心细密情怀的独特美学价值。

酬赠诗在发展的过程中，也有各种不同的名称，说法不一，诸如应答诗、酬答诗，等等。胡云翼在《宋诗研究》一书中把苏轼的全部诗作分为五大类，其中第四类就定名为"应酬诗"，而在"应酬诗"这一名目下，又加以细分，则有所谓"酬赠诗""题咏诗""寄赠诗""送别诗""庆贺诗"五类，极显与众不同。（胡云翼：《宋诗研究》，巴蜀书社1993年10月版，第55—56页）

人类在自身历史的发展进程中，产生了精神的丰富性，也经历着人生的种种快乐、得意、苦闷、烦恼与惆怅。我国诗人之间早就有以诗会友的社会习惯，人们通过相互酬赠的方式表达自己的爱慕、思念、怜惜等情怀，分享友朋的快乐与悲伤，正如陶渊明《赠长沙公》所说的："何以写心，贻兹话言。"建安时期，诗歌创作活动中应酬唱和就逐渐成为一种社会风气。洪迈《容斋随笔》卷一六《和诗当和意》指出酬酢之作的原始要求："古人酬和诗，必答其来意，非若今人为次韵所局也。观《文选》所编何劭、张华、卢谌、刘琨、二陆、三谢诸人赠答，可知已。"吉川幸次郎《关于曹植》强调："曹植诗中所见对友情如此强烈的赞美，在文学史上具有划时代的性质。在他以前的时代，即《诗经》的时代和汉代，如此热烈的友情之歌，也有据说是李陵和苏武的赠答作品留传下来，但这些诗并不是确实可信的。在曹植之后，友情成为中国诗歌最为重要的主题，它所占有的地位，如同男女爱情之于西洋诗。这个主题的创始者就是曹植。换言之，是曹植发现了友情对于人生的价值。"（〔日〕吉川幸次郎：《中国诗史》，复旦大学出版社 2001 年 12 月版，第 128—129 页）建安之后，酬赠之作渐趋繁盛。必须要注意的是，"汉魏诗人的酬赠之作，相砺以志，抒发双方的慷慨意气，有赠人以言的遗风。但西晋诗人的赠人之作，无外乎夸赞对方的美德与文藻。这些诗其实是在形容儒玄结合、柔顺文明的人格。这类诗作从总体上看是虚伪之意居多，与对方真实的人格常常不相符。但儒玄结合、柔顺文明本来就是一种缺乏现实精神和真实力量的人格。所以从这些典雅、空洞的赠诗中，却正可以探取西晋文士的心态"（钱志熙：《魏晋诗歌艺术原论》修订本，北京大学出版社 2005 年 9 月第 2 版，第 188 页），极是。

葛晓音《论齐梁文人革新晋宋诗风的功绩》指出：太康时期，流行博奥工丽的诗风，与此相适应，"朋友间的赠答酬别之作也大都采用四言体，充满虚饰浮夸、装点门面的恭维之词"（葛晓音：《汉唐文学的嬗变》，北京大学出版社1990年11月版，第57页），这样一来，斗工求巧的社会习气自然也就随之滋长。而就当时精神生活的实际情况而言，"四言雅诗，其功用在实用与玩赏之间，最能反映东晋人在写作上的态度。以文章酬赠应对，标榜风流，题品人物，实是东晋门阀士人在写作上的特长。而抒情言志，则非其所长"（钱志熙：《魏晋诗歌艺术原论》修订本，北京大学出版社2005年9月第2版，第280页）。可喜的是，这样一种完全脱离个人性情，纯以标榜风流为主体意义的创作情况到齐梁时期发生了根本性的变化。这一时期，诗味匮乏的四言体已几近绝迹，代之以流丽畅达的五言诗。吴均的现象就具有一定的代表性，在诗人现存的147首诗歌中，其中有40多首可以厘定为酬赠诗。（详参林家骊校注：《吴均集校注》，浙江古籍出版社2005年8月版）除个别情况以外，多为五言体，如《与柳恽相赠答诗六首》《赠任黄门诗二首》等，举《赠朱从事诗》以见一斑："我行欲何之，千里寻胶漆。长葭历渚生，疏蒲缘岸出。袅袅能随风，离离堪度日。客思已飘荡，相思复非一。未得幸殷勤，先作数行泣。"

何逊在诗歌创作过程往往都能很好地避免情绪的直接叙说和倾泻，而是融情思于客观景物的描写中，自出机杼。《酬范记室云》把感受的情绪凝练为诗，是赠答酬别之作中的上品："林密户稍阴，草滋阶欲暗。风光蕊上轻，日色花中乱。相思不独欢，伫立空为叹。清谈莫共理，繁文徒可玩。高唱于自轻，继音予可惮。"范云是何逊的老朋友，时在齐竟陵王萧子良记室任所，他们在互相交往中常以诗交流各自的感情。其《贻何秀才》有句云："临花空相望，对酒不能歌。"《酬范记室云》诗就是酬答诗。诗前四句写景，为传唱佳句。窗前树影扶疏，阶下花草繁茂，娇美的花儿在微风中震颤，日光闪烁中更显得缤纷绚烂。面对一片烂漫春景，诗人却无心观赏，反倒勾起他对远方老友的思念之情。林密草滋，风摇花颤，景物清新明丽；以"轻"写花蕊微颤之状，以"乱"状五彩缤纷之景，生动、细贴，见诗人炼字之功。全诗情真意切，正如清人沈德潜《说诗晬语》卷上所说的："萧梁之代，君臣赠答，亦工艳情，风格日卑矣。隐侯（沈约）短章，略存古体；文通（江淹）、仲言（何逊），辞藻斐然，虽非出群之雄，亦称一时能手。"

（二）唐代酬赠诗序说

作为诗人情感世界与精神领域最主要显现方式的诗歌创作，自然应该全面展示这样的情怀，在诗歌极为普及的唐代，用武的天地也是极为广阔的，可以更加自由地追求个人的审美趣味。"盛唐时代，诗歌几乎成为社会公众生活的一种必需，这还不仅仅是指娱乐，诗的审美教育作用得到极大程度普及的同时，诗的社会应用价值也得到空前的提高。"赋诗言志"曾经是古代上层社会交际中的事实，而在盛唐则成为普通人的社交工具。"（周啸天：《唐绝句史》，重庆出版社2006年1月版，第59页）真实的情况正是这样。白居易《刘白唱和集解》叙写自己与元稹、刘禹锡先后诗歌酬酢的盛况："彭城刘梦得，诗豪者也，其锋森然，少敢当者。予不量力，往往犯之。夫合应者声同，交争者力敌；一往一复，欲罢不能。由是每制一篇，先相视草；视竟则兴作，兴作则文成。一二年来，日寻笔砚，同和赠答，不觉滋多……"白居易《醉封诗筒寄微之》也说："为向两州邮吏道，莫辞来去递诗筒。"元稹在《上令狐相公诗启》中则说："居易雅能为诗，就中爱驱驾文字，穷极声韵，或为千言，或为五百言律诗，以相投寄。小生自审不能以过之，往往戏排旧韵，别创新词，名为次韵相酬，盖欲以难相挑耳，江湘间为诗者复相仿效，力或不足，则至于颠倒语言，重复首尾，韵同意等，不异前篇，亦自谓为元和诗体。"合而观之，唐人酬赠诗创作数量之多可想而知。这一时期编成的酬唱集就有刘禹锡、白居易二人的《刘白唱和集》，白居易、刘禹锡、裴度三人的《汝洛集》，刘禹锡与令狐楚的《彭阳唱和集》，刘禹锡与李德裕的《吴蜀集》，等等。细而论之，"酬寄赠答统称唱和。两者在联络方式与制题上有区别。赠答都发生在当面，赠诗的一方题作《赠××》，答作则曰

《酬××见赠（示、贻、召）》，酬寄则在不同地点之间进行，就得通过邮递以及顺路捎带等方式，寄作曰《寄××》，有的在人名前后还有族望、行第、官职、地名等习惯性称呼，答作曰《答××见寄》，有寄有答，统谓之寄答。准确地说，应简称为异地唱和"（李德辉：《唐代交通与文学》，湖南人民出版社 2003 年 3 月版，第 257 页）。为行文简洁起见，本文则合称为酬赠诗加以讨论。因为两者在本质上并无多大区别，可以统而观之，即以刘禹锡的实际创作而论，如令狐楚有《寄礼部刘郎中》，刘禹锡则答以《酬令狐相公见寄》。

白居易《序洛诗》展示了他们当时创作的真实情况："闲适有余，酣乐不暇，苦词无一字，忧叹无一声。"大概也正是在这样的背景之下，才有了如《哭刘尚书梦得二首》其一自称的："四海齐名白与刘，百年交分两绸缪。"文宗大和三年（829），白居易取大和元年（827）至三年与刘禹锡长安唱和诗 138 首，编为《刘白唱和集》二卷。六年（832），白居易又编成《刘白吴洛寄和卷》，并与前集合为三卷。这样的举动对后世有很大的影响。北宋初年，李昉即把自己与李至的相互唱和的作品编为《二李唱和集》，有意模仿白、刘之举，赞叹："昔乐天、梦得有《刘白唱和集》，流布海内，为不朽之盛事。今之此诗，安知异日不为人之传写乎？"陈衍《石遗室诗话》卷一："诗莫盛于三元：上元开元，中元元和，下元元祐。君（指沈曾植）谓三元皆外国探险家觅新世界，殖民政策，开埠头本领。"元祐年间，苏轼文人集团雅集京师，题诗品画，相互酬赠，更是极一时之盛，也进一步强化了诗歌的现实功利色彩，南宋高宗绍兴年间由邵浩编辑成《坡门酬唱集》，张叔椿在为之所作的序中，即强调："诗人酬唱盛于元祐间。"于此也可见唱和风气的久远而盛行。

实际上，最能代表传统诗歌艺术、作为古诗经典格式之一的七律，从它面世的那一刻起，就与酬应有着深厚的历史渊源，最早出现的七律，多为应制、应教之类的作品。刘长卿与秦系互为酬唱的作品，在当时就编成《秦征君校书与刘随州唱和集》，权德舆在序中称之为"奇采逸响，争为前驱"，应该说是准确的。中唐诗人间的交往唱和之风，早在贞元年间即已初露端倪。当时应进士举者"多务朋游，驰逐声名"（《旧唐书·高郢传》），形成了"侈于游宴"的"长安风俗"（李肇《国史补》卷下）。权德舆的后期诗歌中，便多是与聚集在他周围的一批台阁诗人酬唱应答、在体式技巧上竞异求新之作，诸如《奉和李给事省中书情寄刘苗崔三曹长因呈许陈二阁老》《酬崔舍人阁老冬至日宿直省中奉简两掖阁老并见示》等等，从冗长的标题即可看出诗人们的交往概况。这些诗的内容并不充实，创作呈现出凝固化的弊端，艺术性自然也就不那么显明了，但这一些自身所具有的特征对贞元末年的诗风却是较有影响的。到了元和年间，又出现了比一般唱和更进一步的以长篇排律和次韵酬答来唱和的形式，而元稹和白居易便是这种形式的创始者。元稹、白居易在相识之初，即有酬唱作品，此后他们分别被贬，一在通州，一在江州，虽路途遥遥，仍频繁寄诗，酬唱不绝。残酷现实扭曲了诗人的实际生活，也就自然改变着文学的价值取向与审美趣味。所谓"通江唱和"，也就成为文学史上一个令人注目的现象。元、白此期的唱和诗多长篇排律，次韵相酬，短则五六十句，长则数百句，洋洋洒洒，蔚为大观。如白居易有《东南行一百韵》寄元稹，元稹即作《酬乐天东南行诗一百韵》回赠。这种次韵诗的创作难度是很大的，既要严守原诗之韵，又要自抒怀抱，还要写上数百句，搞不好就会顾此失彼。白居易另有《郡斋暇日辱常州陈郎中使君早春晚坐水西馆书事诗十六韵见寄亦以十六韵酬之》等诗，像《严十八郎中在郡日改制东南楼因名清辉未立标榜征归郎署予既到郡性爱楼居宴游其间颇有幽致聊成十韵兼戏寄严》这样的诗干脆连题目都难以卒读。正是从这样的意义上，都穆《南濠诗话》认为："（酬赠诗）唯务应酬，真无为而强作者，无怪其语之不工。"正如蒋寅《大历诗风》在评述高仲武《中兴间气集》"自丞相以下，出使作牧，二君（指钱起、郎士元——引者）无诗祖饯，时论鄙之"的话语时所特别指出的："它们的性质已由单纯的情感表现手段沦为应酬交际的社会工具，创作动机和情感表现都因对象、情境的要求而受到一定限制，诗人的主体性从而受到束缚和削弱。"（蒋寅：《大历诗风》，上海古籍出版社1992年8月版，第19页）王国维在《人间词话》中甚至认为："人能于诗词中不为美刺投赠之篇，不使隶事之句，不用粉饰之言，则于此道（指诗词创作）已过半矣。"不可否认，这一领域的创作中确实存在不少问题。黄庭坚《答秦少章帖》："二十年来，学士大夫有功于翰墨者为不少，卓尔名家者则未多。盖尝深求其故，病在欲速成耳。"固然"有功于翰墨"并不一定得"卓尔名家"，但"速成"之病于酬赠诗尤然，在较大的程度上弱化了诗歌的艺术特征和审美意义。

但这些实际上还是就问题的一个方面来说的，相比较而言，史蒂芬·欧文先生《传统的叛逆》的一段话较为客观、公允："大部分应酬诗几乎都像它们所力求达到的那样直截了当。当时境况要求它们说什么，它们便会温文尔雅地说什么，从不故作深奥。大部分应酬诗也敢于不自封为伟大诗篇。"（莫砺锋编，尹禄光校：《神女之探寻——英美学者论中国古典诗歌》，上海古籍出版社1994年2月版，第227页）作为作家忠于良知的艺术样式之一，酬赠诗并不是诗力不足的表征，却往往能展露一个人灵魂深处的细密神经（上引钱志熙"可以探取西晋文士的心态"，正是此意）：比如能够更好地找寻解脱内心苦痛的途径，抒写诗人胸中的丰富意趣，也能见证交往双方的坚贞友谊。王绩《九月九日赠崔使君善为》可称微妙："野人迷节候，端坐隔尘埃。忽见黄花吐，方知素节回。映岩千段发，临浦万株开。香气徒盈把，无人送酒来。"705 年，沈佺期因事流放越南，途中有《遥同杜员外审言过岭》诗，赠答被流放到越南峰州（今越南北境）的杜审言："天长地阔岭头分，去国离家见白云。洛浦风光何所似？崇山瘴疠不堪闻。南浮涨海人何处？北望衡阳雁几群？两地江山万余里，何时重谒圣明君？"两人同病相怜，自然有些感慨，只不过最后归结为"何时重谒圣明君"，见出心胸境界之低下。但无论如何，此诗作为奠定唐初七律格式的重要作品，在诗美上还是应该值得肯定的。王维《献始兴公》也是这样的作品。开元二十三年（735），张九龄封始兴县伯，王维作此诗既表达自我"宁栖野树林，宁饮涧水流"的气节，更多则是称颂张九龄"所不卖公器，动为苍生谋"的高洁人品：

宁栖野树林，宁饮涧水流。不用坐梁肉，崎岖见王侯。

鄙哉匹夫节，布褐将白头。任智诚则短，守仁固其优。

侧闻大君子，安问党与仇。所不卖公器，动为苍生谋。

贱子跪自陈，可为帐下不。感激有公议，曲私非所求。

张九龄贬为荆州长史后，诗人又作《寄荆州张丞相》："所思竟何在？怅望深荆门。举世无相识，终身感旧恩。方将与农圃，艺植老丘园。目尽南飞鸟，何由寄一言？"表达了诗人的知遇之恩。"九龄既得罪，自是朝廷之士，皆容身保位，无复直言。"《资治通鉴》卷二一四《唐纪三十》的一番记载更映衬出诗人的品行之高洁。而在《山中示弟等》一诗中，王维则是将佛、道二教融合在一起，表现了无我的境界："山林吾丧我，冠带尔成人。莫学稽康懒，且安原宪贫。山阴多北户，泉水在东邻。缘合妄相有，性空无所亲。安知广成子，不是老夫身!"

张籍《寄白学士》表达了诗人对朋友的思念之情："自掌天书见客稀，纵因休沐锁双扉。几回扶病欲相访，知向禁中归未归。"白居易读后，立即以《答张籍因以代书》诗相招："怜君马瘦衣裘薄，许到江东访鄙夫。今日正闲天又暖，可能扶病暂来无。"于頔《郡斋卧疾赠昼上人》奉送皎然，皎然马上以《奉酬于中丞使君郡斋卧病见示一首》奉还。这都可以看出友朋之间情谊之深厚。贾岛《戏赠友人》也表达诗人内心并不完全枯寂的情怀："一日不作诗，心源如废井。笔砚为辘轳，吟咏作縻绠。朝来重汲引，依旧得清冷。书赠同怀人，词中多苦辛。"李商隐《寄永道士》以景致映衬，称赏对方的秉性高洁："共上云山独下迟，阳台白道细如丝。君今并倚三珠树，不记人间落叶时。"

实际上，友朋之间相互酬赠，取长补短，也能促进诗意的进一步成熟与完美，深化了诗歌作为一种中国古代主体文学样式的抒情言志功能，从而给人以美的享受，如韦应物

《寄全椒山中道士》，沈德潜《唐诗别裁集》卷三认为"化工笔，与渊明'采菊东篱下，悠然见南山'，妙处不关语言意思"，高步瀛《唐宋诗举要》卷一谓之"一片神行"。柳宗元《酬娄秀才寓居开元寺早秋月夜病中见寄》："客有故园思，潇湘生夜愁。病依居士室，梦绕羽人丘。味道怜知止，遗名得自求。壁空残月曙，门掩候虫秋。谬委双金重，难征杂佩酬。碧霄无枉路，徒此助离忧。"叶梦得《石林诗话》卷上载蔡天启云："尝与张文潜论韩柳五言警句，文潜举退之'暖风抽宿麦，清雨卷归旗'，子厚'壁空残月曙，门掩候虫秋'，皆为集中第一。"这是因为"壁空"一联"创造了一个清新幽雅而又不无荒冷寂寥的意境，并将此意境与描写对象的处境、心境非常贴切地关合起来"（尚永亮：《柳宗元诗文选评》，上海古籍出版社 2003 年 12 月版，第 48 页）。这也正是酬赠诗成为中国古典诗词一个重要门类的意义所在，前引元稹在《上令狐相公诗启》"戏排旧韵，别创新词，名为次韵相酬，盖欲以难相挑"，即是此意；白居易也说自己与元稹是"为文友诗敌"（《刘白唱和集解》）。他们在相互酬酢之间，并不忽视诗体语言的运用，而是着意"以此怡情遣兴、竞较诗艺、促进诗歌创作、提高艺术水平"（张海鸥：《宋代文化与文学研究》，中国社会科学出版社 2002 年 4 月版，第 113 页）。也就是说，在排比声韵的过程中也能追求和谐自然。被林逋称为"放达有唐唯白傅，纵

唐诗宋词元曲精编

横吾宋是黄州"(《读王黄州集》)的王禹偁对这样的技法就颇为推许,《酬安秘丞见赠长歌》有着这样的赞颂:"迩来游宦五六年,吴山越水供新编。还同白傅苏杭日,歌诗落笔人争传。"这也是以诗人自身的切实创作实践为审美基点的。

同时,酬赠之作的大量出现客观上深化了创作中的接受意识,进一步促进传统诗歌创作深入社会生活,也能更为有效地避免文学活动逐渐被边缘化的命运。柳宗元在《王氏伯仲唱和诗序》中就肯定了"与余通家,代为文儒"的王氏兄弟这样的唱和行为。再进一步说,只要我们客观地去详加考察,就会发现,即便是僚友、同年之间的相互酬酢与推许,也并没有完全沦入馆阁唱和的空虚单调,而是做出各自不同的努力,力争有所拓展和深化,字里行间,时代脉搏也是依稀可辨的。刘禹锡与李德裕的唱和之作就很是频繁,大和七年(833),诗人时任苏州刺史,将自己与当时在剑南西川节度副大使位上的李德裕酬唱作品编为《吴蜀集》,在为作品所写的《引》中,诗人深情地回忆二人的相知过程:"长庆四年,余为历阳守,今丞相赵郡李公时镇南徐州。每赋诗,飞函相示,且命同作。尔后出处乖远,亦如邻封。凡酬唱始于江南,而终于剑外,故以'吴蜀'为目云。"而刘禹锡在与牛僧孺的有关作品中则又是另一番情调,对对象有所微讽,如《旧唐书·牛僧孺传》载牛僧孺南庄,"嘉木怪石,置之阶庭,馆宇清华,竹木幽邃"。刘禹锡的《和思黯忆南庄见示》则说："丞相新家伊水头，智囊心匠日增修。化成池沼无痕迹，奔走清波不自由。台上看山徐举酒，潭中见月慢回舟。从来天下推尤物，合属人间第一流。"揄扬中含有讥讽，以此可见诗人的情感把握。刘禹锡与柳宗元更是建立了最为深厚的情谊，相契无间，这在两人的酬赠诗中有着全面充分的体现（具体参考本章第三节有关阐释）。由于皮日休、陆龟蒙之间往往是"半年得酬唱，一日屡往复。三秀间稂莠，九成杂巴濮。奔命既不暇，乞降但相续。吟诗口吻喝，把笔指节瘃。君才既不穷，吾道由是笃"，围绕一个题目反复酬唱，于是，有了"百家皆搜荡，六艺尽翻覆。似馁见太牢，如迷遇华烛"（皮日休《吴中苦雨因书一百韵寄鲁望》）的艺术感受，这更可以说是酬赠诗的创作，既增进了人们的友谊，也提高了人们的审美赏鉴与识别的能力。

即使是如武元衡《赠歌人》（一作《赠佳人》）那样的作品，也使我们从一个特定的侧面了解了那一时期人们的生活与精神状况，有一定的文化史的意义，不能全面贸然否定："林莺一哢四时春，蝉翼罗衣白玉人。曾逐使君歌舞地，清声长啸翠眉颦。"诗人的另一首《赠歌人》也有这样的意义："仙歌静转玉箫催，疑是流莺禁苑来。他日相思梦巫峡，莫教云雨晦阳台。"陈羽也有《同韦中丞花下夜饮赠歌人》，殷尧藩有《赠歌人》等，称一时之盛。

总之，"唐代绵延近三百年，初、盛、中、晚各个时期均有帝王雅好诗歌者，君臣酬唱，大臣与大臣之间、京官与地方官之间诗歌的寄赠应答，几乎已成家常便饭，司空见惯，成为他们政治生活中一个不可分割的组成部分，并直接影响和推动了唐诗的发展"（孙琴安：《唐诗与政治》，上海人民出版社2003年7月版，第18页）。同时，这一现象也从一个特定的角度透露出文学观念由抒情言志逐渐向娱乐消遣转变的审美信息。更何况，"时代在不断地演变，因此我们对文学作品的评价，也必然要随时有所转变，倘使我们能按照时代的要求，加以适当地评骘，究竟比抛开时代，凭臆武断要更加合适些"（朱东润：《杜甫叙论》，人民文学出版社1981年3月版，第171页），朱东润先生《杜甫叙论》里的这一番话语固然着重是就五言排律等形式说的，但这样的一种客观、公允的精神与原则同样适用于有关题材等方面的审美判断。严羽《沧浪诗话·诗评》："和韵最害人诗，古人酬唱不次韵，此风始盛于元白皮陆，而本朝诸贤乃以此而斗工，遂至往复有八九和者。"因巧逞才，一旦完全陷入文字游戏的圈子中去，自不足法。

（三）酬赠诗的历史趋势

"只要是真诚的，是真情实感，是从内心流泻出来的，都可以发而为诗；只要能与诗的艺术和谐地组合，融为一体，都可以成为好诗。"（孙琴安：《唐诗与政治》，上海人民出版社 2003 年 7 月版，第 323 页）酬赠诗也是如此。酬赠诗在我国诗史上也一直是一种长盛不衰的样式，应该说，酬赠诗的审美评判是一个包孕非常丰富的话题，人们现在的具体展开还很不够。宋初杨亿等人的《西昆酬唱集》领一时风气，史称盛事，但因袭为多，新创很少，不足为式。但是，不可否认，酬赠诗在宋代也出现过许多经典名篇，有着较高的社会价值与审美价值。欧阳修的《戏答元珍》便是深为后人称赏的诗歌：

> 春风疑不到天涯，二月山城未见花。
> 残雪压枝犹有橘，冻雷惊笋欲抽芽。
> 夜闻归雁生乡思，病入新年感物华。
> 曾是洛阳花下客，野芳虽晚不须嗟。

尾句合和了与对方唱酬之主旨、意趣。这以后，人们也力图在酬赠诗这一视域创立新意，如黄庭坚的《寄黄几复》一诗，就是中国酬赠诗史（乃至中国诗史）上的难得佳作，融合着诗人痛切的人生体验，情感层层深入："我居北海君南海，寄雁传书谢不能。桃李春风一杯酒，江湖夜雨十年灯。持家但有四立壁，治国不蕲三折肱。想得读书头已白，隔溪猿哭瘴烟藤。"

吴乔《围炉诗话》卷一指出当时的创作现象："步韵，元、白犹少，皮、陆已多，今则非步韵无诗矣。陷溺之甚者，遂谓步韵诗思路易行，又或倡作而步古人诗之韵。"这

1210

只能说是诗歌创作中的逆流，不足为训。直到近代，林则徐也有《次韵答陈子茂德培》诗，绝不局限于个人的悲欢，而是强烈地表达出诗人气壮山河的豪情："送我凉州浃日程，自驱薄笨短辕轻。高谈痛饮同西笑，切愤沉吟似《北征》。小丑跳梁谁殄灭？中原揽辔望澄清。关山万里残宵梦，犹听江东战鼓声。"

二、唐代酬赠诗的情感空间

审美情感"更多的是审美主体对审美对象的反应，是人对自己同环境的关系进行审美评价的产物。它总是表现出主体的喜怒哀乐的情态，肯定或否定的态度，积极或消极的取向"（杜书瀛主编：《文艺美学原理》，社会科学文献出版社1992年10月版，第34—35页）。诗是人的心灵的呈现，在这样的呈现过程中，情感抒发就属于诗歌最本质的艺术属性，所以，只有真情表现在作品中才使以诗为代表的一切艺术具有真正审美的价值，而内心情感的活跃又可以说是诗人特殊才能的基本标志。人都有吐露心曲的需要，"真实、饱满、强烈的感情是诗的生命。但诗人的感情绝非无缘无故发生，它是绚烂多彩的大自然和纷纭复杂的社会生活触发而来的"（陶文鹏：《论孟浩然的诗歌美学观》，《唐宋诗美学与艺术论》，南开大学出版社2003年5月版，第35页）。唐人的酬赠诗在这方面也是做了极大努力的，一般都能在审美主体与诸友的唱和中，遵循个人化的抒情法则，拓展出诗歌的言说空间，而且往往都能融进极为清醒明确的主体意识，描画出自我真切而又具体的生活历程，展现出内心丰富而又复杂的情怀，从而也展现出较为宽广的社会生活，少有为文造情、虚意应酬之弊。约而言之，唐人酬赠诗所展开的情怀大致可以分为下列几类：

（一）表达自我的壮志与期许

这一类酬酢之作多淋漓尽致地抒发诗人的豪壮情怀，多表现为一种人格精神的闪光，尤以盛唐时期最为突出，李白的作品尤为经典，如《玉真公主别馆苦雨赠卫尉张卿二首》"功成拂衣去，摇曳沧州傍"，《赠韦秘书子春》"终与安社稷，功成去五湖"，《赠崔司户文昆季》"欲折月中桂，持为寒者薪"等，唱出了诗人内心的衷曲与期待。《经乱离后天恩流夜郎忆旧游书怀赠江夏韦太守良宰》更是以细腻的笔触，描绘了安史之乱给国家和人民带来的灾难与不幸，从而抒发了诗人博大的襟怀："汉甲连胡兵，沙尘暗云海。草木摇杀气，星辰无光彩。白骨成丘山，苍生竟何罪？"李白又有"五岳寻仙不辞远，一生好入名山游"（《庐山谣寄卢侍御虚舟》）的情意表达。杜甫在自己无法有所作为的时候，就用自身的执着热切之情勉励友人，向生活的深广层开拓出丰厚的诗的意境，如《奉送严公入朝》："公若登台辅，临危莫爱身。"韩愈《赠族侄》："我年十八九，壮气起胸中。作书献云阙，辞家逐秋蓬。"诗歌回顾了自己年少气盛时的凌云壮志，展现卓尔不群的独立人格。李频《赠长城庾将军》关怀世事的情怀可见一斑：

初年三十拜将军，近代英雄独未闻。

向国报恩心比石，辞天作镇气凌云。

逆风走马貂裘卷，望塞悬弧雁阵分。

定拥节麾从此去，安西大破犬戎群。

诗人的《赠李将军》也表达了这样的凤愿："吾宗偏好武，汉代将家流。走马辞中禁，屯军向渭州。天心待破虏，阵面许封侯。却得河源水，方应洗国仇。"怀抱和眼光宽广而深刻，语壮而情切。

朱庆余《近试上张籍水部》（一作《闺意献张水部》）是这一类作品中颇为后人称道的："洞房昨夜停红烛，待晓堂前拜舅姑。妆罢低声问夫婿，画眉深浅入时无。"张籍阅后作《酬朱庆余》，也是别有韵味的："越女新妆出镜心，自知明艳更沉吟。齐纨未是人间贵，一曲菱歌敌万金。"这也成了唐人生活中的一段佳话，酬赠诗到了这份儿上，可谓极致。

（二）抒写内心的愤懑情怀

陈子昂《酬晖上人秋夜山亭有赠》："皎皎白林秋，微微翠山静。禅居感物变，独坐开轩屏。风泉夜声杂，月露宵光冷。多谢忘机人，尘忧未能整。"诗歌的最后抒发主旨，因为冷酷的现实往往促使诗人更加清醒。李白《答王十二寒夜独酌有怀》通过对比深刻地反映了"骅骝拳跼不能食，蹇驴得志鸣春风"的社会现实。白居易《春来频与李二十宾客郊外同游，因赠长句》："风光引步酒开颜，送老消春嵩洛间。朝踏落花相伴出，暮随飞鸟一时还。我为病叟诚宜退，君是才臣岂合闲。可惜济时心力在，放教临水复登山。"诗歌既表达了对李绅不幸遭遇的同情，更抒发了自我闲放见废、壮志难酬的满腔激愤，激愤之情，几欲破纸。所以，《唐宋诗醇》指出："观此诗，可知香山未尝一刻忘世，岂独为他人惋惜哉！"

　　"天子多恩泽，苍生转寂寥。"（杜甫《奉赠卢五丈参谋琚》）杜甫的《赠花卿》诗不是现实事件的文字记载，而是蕴含着诗人丰富的人生之思。关于杜甫《赠花卿》，胡仔等认为是蜀人苦花卿骄恣不法，诗人不欲显其平贼之功。（有关花惊定事见《旧唐书·崔光远传》："及段子璋反，东川节度使李奂败走，投光远，率将花惊定等讨平之。将士肆其剽劫，妇女有金银臂钏，兵士皆断其腕以取之，乱杀数千人，光远不能禁。"但这些罪行似乎与花卿并没有多大瓜葛）杨慎《升庵诗话》卷一强调作品所体现的社会责任感："杜公此诗讥其僭用天子礼乐也，而含蓄不露，有风人'言之无罪，闻之者足以戒'之旨。公之绝句百余首，此为之冠。"杨伦《杜诗镜铨》卷八在引用《升庵诗话》后强调："似谀似讽，所谓言之者无罪，闻之者足戒也。此等绝句，亦复何减龙标、供奉。"罗大经《鹤林玉露》卷六更是认为诗歌形容花卿勇锐有余而忠义不足，"语意涵蓄不迫切，使人咀嚼而自得之"。后二句可能从庾信《和咏舞》"已曾天上学，讵是世中生"中点化而成。

韩愈作诗强调"余言岂空文"（《谢自然诗》），永贞元年（805）作于郴州的《八月十五夜赠张功曹》便是这样一首有感而发、气势充沛的作品：

纤云四卷天无河，清风吹空月舒波。

沙平水息声影绝，一杯相属君当歌。

君歌声酸辞且苦，不能听终泪如雨。

洞庭连天九疑高，蛟龙出没猩鼯号。

十生九死到官所，幽居默默如藏逃。

下床畏蛇食畏药，海气湿蛰熏腥臊。

昨者州前捶大鼓，嗣皇继圣登夔皋。

赦书一日行万里，罪从大辟皆除死。

迁者追回流者还，涤瑕荡垢清朝班。

州家申名使家抑，坎坷只得移荆蛮。

判司官卑不堪说，未免捶楚尘埃间。

同时辈流多上道，天路幽险难追攀。

君歌且休听我歌，我歌今与君殊科。

一年月明今宵多，人生由命非由他。

有酒不饮奈明何？

张功曹名署，韩贬阳山令，张为临武令（今属湖南）。时二人量移江陵，韩为法曹参军，张为功曹参军。诗歌讲究虚实正反。首先渲染气氛，引出主客对酒当歌。最后反骚命意，故作旷达之笔。音节雄浑劲健而又恣肆流转，韵律随情感波澜而起伏变化，层层换韵，平仄相间，并从间句韵变为逐句韵，犹如京剧曲调中的流水和开板，一句紧似一句，声气连绵而下，诉尽了诗人的满腔悲愤。全诗感情起伏跌宕，抒情叙事交错，有层次，有变化，又前后照应。诗用赋体，语言古朴，近于散文笔法，波澜曲折，有一唱三叹之妙，是唐人以文为诗取得成功之杰作。张署《全唐诗》存诗仅一首，载于《韩子年谱》中，名为《赠韩退之》："九疑峰畔二江前，恋阙思乡日抵年。白简趋朝曾并命，苍梧左宦亦联翩。鲛人远泛渔舟火，鹏鸟闲飞露里天。浣汗几时流率土，扁舟西下共归田。"韩愈《此日足可惜一首赠张籍》追述诗人与张籍结交经过以及现在的惜别情怀。中间写身遭汴州之乱，离开汴州后与张籍徐州相逢，既指斥藩镇的强横跋扈，也讥刺了朝廷的姑息无为。正如《唐宋诗醇》所说：诗歌"追溯与籍交结之始，至今日重逢别去，而其中历叙己之崎岖险难，意境纡折，时地分明，摹刻不传之情，并尔见缕不必详之事，倥偬杂沓，真有波涛夜惊、风雨骤至之势"。韩愈《醉赠张秘书》也表达了丰富复杂的审美意蕴："人皆劝我酒，我若耳不闻。今日到君家，呼酒持劝君。为此座上客，及余各能文。君诗多态度，蔼蔼春空云。东野动惊俗，天葩吐奇芬。张籍学古淡，轩鹤避鸡群。阿买不识字，颇知书八分。诗成使之写，亦足张吾军。……"

韩愈《长安交游者一首赠孟郊》："长安交游者，贫富各有徒。亲朋相过时，亦各有以娱。陋室有文史，高门有笙竽。何能辨荣悴，且欲分贤愚。"诗歌以"荣悴"与"贤愚"的对立存在作为立意之本，以曲折委婉的方法表达心中的怨意，指出一者以学富五车自高，一者则以表面所拥有的歌舞生活自诩，初看两者都是长安城中的快乐者，但实际上双方分属两个完全不同的审美天地：陋室贫而实富，高门华而不实。在《答孟郊》一诗中，韩愈对诗人的不幸遭遇深表同情，对诗人的才情则给予极高的评价："规模背时利，文字觑天巧。人皆余酒肉，子独不得饱。才春思已乱，始秋悲又搅。朝餐动及午，夜讽恒至卯。名声暂膻腥，肠肚镇煎熁。古心虽自鞭，世路终难拗。弱拒喜张臂，猛拿闲缩爪。见倒谁肯扶，从嗔我须咬。"诗人在这里所表达的都是发自内心的声音，自然也就能激起人们的共鸣。孟郊自己也有《赠崔纯亮》诗，对这样的生活有着深刻的体验："食荠肠亦苦，强歌声无欢。出门即有碍，谁谓天地宽。有碍非遐方，长安大道旁。小人智虑险，平地生太行。镜破不改光，兰死不改香。始知君子心，交久道益彰。君心与我怀，离别俱回遑。譬如浸蘗泉，流苦已日长。……"诗中的"出门即有碍，谁谓天地宽"句表达的是那一时代士人的痛苦呼声。李贺《赠陈商》较为全面地展露了诗人的愤激情怀："长安有男儿，二十心已朽。《楞伽》堆案前，《楚辞》系肘后。人生有穷拙，日暮聊饮酒。只今道已塞，何必须白首？凄凄陈述圣，披褐锄俎豆。学为尧舜文，时人责衰偶。柴门车辙冻，日下榆影瘦。黄昏访我来，苦节青阳皱。太华五千仞，劈地抽森秀。旁苦无寸寻，一上戞牛斗。公卿纵不怜，宁能锁吾口？李生师太华，大坐看白昼。逢霜作朴樕，得气为春柳。礼节乃相去，憔悴如刍狗。风雪直斋坛，墨组贯铜绶。臣妾气态间，唯欲承箕帚。天眼何时开？古剑庸一吼。"

姚合《寄贾岛，时任普州司仓》："长沙事可悲，普掾罪谁知。千载人空尽，一家冤不移。吟寒应齿落，才峭自名垂。地远山重叠，难传相忆词。"《寄贾岛》："漫向城中住，儿童不识钱。翁头寒绝酒，灶额晓无烟。狂发吟如哭，愁来坐似禅。新诗有几首，旋被世人传。"诗人在作品中或同情贾岛衔怨被贬，或同情贾岛贫困交加的生活境遇，并对造成这种现象的社会进行嘲讽，同时，也对贾岛的新诗有成表示赞颂。姚合又有《寄李频》诗："闭门常不出，唯觉长庭莎。朋友来看少，诗书卧读多。命随才共薄，愁与醉相和。

珍重君名字，新登甲乙科。"性情的抒发与此相类。项斯《长安书怀呈知己》从一己之遭遇推想开去，遥想当下社会归而不甘、进又无计如我者何可胜数，揭露晚唐社会的不平也是颇为深刻的，这样的所谓"清平"之日其真正本质也就不言而喻了："江湖归不易，京邑计长贫。独夜有知己，论心无故人。一灯愁里梦，九陌病中春。为问清平日，无门致出身。"也正因为具有如此愤慨之心，方干《赠会稽杨长官》才会说出这样的话语："直钩终日竟无鱼，钟鼓声中与世疏。"杜荀鹤《郊居即事投李给事》也发出了这样的慨叹："江湖苦吟士，天地最穷人。"

（三）展露宾主双方的深情

李白《赠汪伦》精巧绝人："李白乘舟将欲行，忽闻岸上踏歌声。桃花潭水深千尺，不及汪伦送我情。"据杨齐贤《李太白文集》注说，宋时汪伦的子孙还保留着触景而发而又深情缅邈的《赠汪伦》一诗："白游泾县桃花潭，村人汪伦常酿美酒以待白。伦之裔孙至今宝其诗。"李白游约在天宝十四载（755）。关于《赠汪伦》一诗，唐汝询《唐诗解》卷二评："太白于景切情真处信手拈出，所以调绝千古。"沈德潜《唐诗别裁集》卷二说："若说汪伦之情比于潭水千尺，便是凡语，妙境只在一转换间。"李锳《诗法易简录》："言汪伦相送之情深耳，直说便无味，借桃花潭水以衬之，便有不尽曲折之意。"踏歌为唐代一种民间歌调，连手而歌，踏地以为节拍，且踏且歌。黄叔灿《唐诗笺注》："'将'字，'忽'字，有神有致。"唐汝询《唐诗解》："伦，一村人耳，何亲于白？既酾酒以候之，复临行以祖之，情固超俗矣。太白于景切情真处，信手拈出，所以绝调千古。后人效之，如'欲问江深浅，应如远别情'，语非不佳，终是杞柳梧梣。"《哭宣城善酿纪叟》一诗，也是真切动人："纪叟黄泉里，还应酿老春。夜台无李白，沽酒与何人？"李白《闻王昌龄左迁龙标遥有此寄》《哭晁卿》等诗，也都情感深挚，意境动人。《闻王昌龄左迁龙标遥有此寄》："杨花落尽子规啼，闻道龙标过五溪。我寄愁心与明月，随风直到夜郎西。"诗人抓住杨花飘摇无定的特性，给全诗奠定一个飘零凄厉的情感基调，然后以痴想兜结，更显得情意深长。此外，诗人又有《酬宇文少府见赠桃竹书筒》："桃竹书筒绮绣文，良工巧妙称绝群。灵心圆映三江月，彩质叠成五色云。中藏宝诀峨眉去，千里提携长忆君。"

严武《巴岭答杜二见忆》饱含着诗人与杜甫之间的深情厚谊："卧向巴山落月时，两乡千里梦相思。可但步兵偏爱酒，也知光禄最能诗。江头赤叶枫愁客，篱外黄花菊对谁。跋马望君非一度，冷猿秋雁不胜悲。"金圣叹对此大为叹服："看先生此诗，始悟工部昔日相依，直是二人才力、学力自应投分至深，岂为草草交游之云而已哉！登床、钩帘

1220

之疑，吾更不欲辨焉。"（《金圣叹评点唐诗六百首》）皎然《酬别襄阳诗僧少微》："证心何有梦，示说梦归频。文字赍秦本，诗骚学楚人。兰开衣上色，柳向手中春。别后须相见，浮云是我身。"诗题第一次出现了"诗僧"一词，也可以说是中国文化史上的一件别有意味的事情。（详参蒋寅：《大历诗人研究》上编，中华书局 1995 年 8 月版，第 325页、第 337 页）贾岛《卧疾走笔酬韩愈书问》："一卧三四旬，数书唯独君。愿为出海月，不作归山云。身上衣频寄，瓯中物亦分。欲知强健否，病鹤未离群。"后贾岛又作《寄韩潮州愈》表示关切之情："此心曾与木兰舟，直到天南潮水头。隔岭篇章来华岳，出关书信过泷流。峰悬驿路残云断，海浸城根老树秋。一夕瘴烟风卷尽，月明初上浪西楼。"杜牧《寄扬州韩绰判官》："青山隐隐水迢迢，秋尽江南草未凋。二十四桥明月夜，玉人何处教吹箫？"探问友人近况，表现了他们之间的深厚友谊，全诗形成具有音乐美与绘画美的抒情境界，令人吟咏不尽。喻凫《冬日寄友人》诗，借物抒情，深切感人："空为梁甫吟，谁竟是知音？风雪坐闲夜，乡园来旧心。沧江孤棹迥，落日一钟深。君子久忘我，此诚甘自沈。"

（四）称贺或劝慰友人

姚合《寄东都分司白宾客》对白居易的诗歌审美成就

给予极高的赞颂："阙下高眠过十旬，南宫印绶乞离身。诗中得意应千首，海内嫌官只一人。宾客分司真是隐，山泉绕宅岂辞贫。竹斋晚起多无事，唯到龙门寺里频。"贾岛《投张太祝》："风骨高更老，向春初阳葩。泠泠月下韵，一一落海涯。"姚合《赠张籍太祝》又这样称贺对方："绝妙江南曲，凄凉怨女诗。古风无手敌，新语是人知。飞动应由格，功夫过却奇。麟台添集卷，乐府换歌词。李白应先拜，刘祯必自疑。贫须君子救，病合国家医。野客开山借，邻僧与米炊。甘贫辞聘币，依选受官资。多见愁连晓，稀闻债尽时。圣朝文物盛，太祝独低眉。"喻凫《赠李商隐》感叹诗人"徒嗟好章句，无力致前途"。方干《赠进士章碣》："织锦虽云用旧机，抽梭起样更新奇。何如且破望中叶，未可便攀低处枝。藉地落花春半后，打窗斜雪夜深时。此时才子吟应苦，吟苦鬼神知不知？"方干又有《酬孙发》："锦价转高花更巧，能将旧手弄新梭。从来一字为褒贬，二十八言犹太多。"

酬赠之作中还出现了司空图《赠日东鉴禅师》的诗中珍品，记载了两国友人之间的真情："故国无心度海潮，老禅方丈倚中条。夜深雨绝松堂静，一点飞萤照寂寥。"

李肇《唐国史补》卷下载："自贞元侈于游宴，其后或侈于书法、图画，或侈于博弈，或侈于卜祝，或侈于服食。"社会游宴一多，应酬诗自然也更为普遍，但创作的情调在不经意间也发生了较大的变异，往往展露出友朋之间快意自足的惬意心态。刘禹锡以太子宾客分司东都期间，生活娴雅，与白居易、裴度、牛僧孺等诗酒唱和，所以，这一时期有大量的酬赠作品，《洛中早春赠乐天》就表达了这样一种心情："花意已含蓄，鸟音尚沉吟。期君当此时，与我恣追寻。翻愁烂漫后，春暮却伤心。"在对美的形式法则的把握中绘出如画诗境，诗人又有《赠乐天小亭寒夜有怀》诗，对闲废不起表示愤慨而又苦痛："寒夜阴云起，疏林宿鸟惊。斜风闪灯影，进雪打窗声。竟夕不能寐，同年知此情。汉皇无奈老，何况本书生！"《酬淮南牛相公述旧见贻》更有"少年曾忝汉庭臣，晚岁空余老病身。初见相如成赋日，后为丞相扫门人。追思往事咨嗟久，喜奉清光笑语频。犹有当时旧冠冕，待公三入拂埃尘"的嗟叹。《酬端州吴大夫夜泊湘州见寄一绝》在对友人的深切同情中，融入自我身世之感："夜泊湘川逐客心，月明猿苦血沾襟。湘妃旧竹痕犹浅，从此因君染更深。"元稹元和十年（815）作《酬卢秘书》："涸鱼千丈水，僵燕一声雷。"姚合《惜别》"似把剪刀裁别恨，两人分得一般愁"，把无形的愁苦化为可感的形象。

只有真正走进唐人的内心世界，才会发现一切都是那么丰富多彩，人们也不会随便就下结论否定他们在酬赠诗这一领域所做出的努力了。

三、唐代酬赠诗的审美成就

韩愈《原性》认为："性也者，与生俱生也；情也者，接于物而生也。"从这样的客观实践生活到诗歌作品，这中间自然必须经过诸多环节。更准确地说，独抒性灵的诗歌创作从诗情勃发，到立意谋篇，直至最后改定，既是情感凝结为晶体的过程，也是美的升华的历程。繁复多样的酬赠诗，也大多能在纷纭变幻的社会生活中发现和提取诗的意象，有效地经过审美主体情感的过滤，从而在这一特殊的艺术领域中展示自己的才华，同时也从一个特定的层面进一步促使诗歌技巧更为纯熟。因为"创造的欲望勇于向陈规戒律挑战，从约定俗成中转化出活泼灵动，从习以为常处发现生命的诗化可能性的契机"（杨义：《李杜诗学》，北京出版社2001年3月版，第832页），酬赠诗的创作也能很好地体现出这样的一种创造精神。刘禹锡《酬乐天扬州初逢席上见赠》就可以说是酬赠领域中的佳品：

巴山楚水凄凉地，二十三年弃置身。

怀旧空吟闻笛赋，到乡翻似烂柯人。

沉舟侧畔千帆过，病树前头万木春。

今日听君歌一曲，暂凭杯酒长精神。

首联点题，承接白居易的赠诗《醉赠刘二十八使君》而来，沉痛淋漓地表达了备受弃置的悲哀。白诗为刘才高命乖的坎坷遭际鸣不平，表现出强烈的惜才伤感之意：
"为我引杯添酒饮，与君把箸击盘歌。诗称国手徒为尔，
命压人头不奈何。举眼风光长寂寞，满朝官职独蹉跎。
亦知合被才名折，二十三年折太多。"最后两句在同情浩
叹中深含赞美，刘诗即承此而来。"巴山楚水"概指贬谪
之所，"凄凉地"既指贬地的偏僻荒凉，兼含心境的孤独
凄凉。诗句从时空角度着笔，一写被贬地域之苦，一写
被贬时间之长。颔联承题，抒发感伤。诗句紧承"二十
三年"而来，诗人伤悼旧友。《思旧赋》情词沉痛，文短
意长。诗人连用二典，暗示自己贬期之长，此次回来恍
如隔世，徒起惆怅，百感丛生。颈联拓开，转写对坎坷
际遇的达观态度。诗人自比沉舟和病树，既见悲伤与惆
怅，亦有自慰与放达，沉郁中见豪迈，含有历尽坎坷仍
将振作起来、对未来充满信心的精神信念，给人以不屈
不挠、昂扬振奋的力量。这不但显示了诗人豁达的襟怀
和仍然充溢的济世雄心，也表达了诗人对新生力量的热
情赞颂。诗句立意高远，形象鲜明，深含哲理，意蕴丰
厚；至今仍常被人引用，并赋予它以新的意义，说明新
事物必将取代旧事物。《乐天见示伤微之敦诗晦叔三君子
皆有深分因成是诗以寄》"芳林新叶催陈叶，流水前波让
后波"与此意同。尾联回扣诗题，点明酬答。诗歌寄慨
遥深，诗情起伏跌宕。通过平直叙述与形象比喻相交错

的表现手法，抒发心中的不平，也表现出一种开朗乐观的精神，化低回哀婉之音为慷慨激越之韵，风骨苍劲。刘禹锡的《酬乐天咏老见示》也有"莫道桑榆晚，为霞尚满天"的诗意表达。李颀的酬赠诗也是很有成就的，如《赠张旭》就是一幅具有个性色彩的人物素描："张公性嗜酒，豁达无所营。皓首穷草隶，时称太湖精。露顶据胡床，长叫三五声。兴来洒素壁，挥笔如流星。下舍风萧条，寒草满户庭。问家何所有，生事如浮萍。左手持蟹螯，右手执丹经。瞪目视霄汉，不知醉与醒。诸宾且方坐，旭日临东城。荷叶裹江鱼，白瓯贮香粳。微禄心不屑，放神于八纮。时人不识者，即是安期生。"

范仲淹《送谢景初迁凭宰余姚》抒发了这样的情怀："文藻凌云处，定喜江山助。"这就是说，人们就是在酬赠诗中，也善于表现较为深远的感情，并且也尽力展现空间的辽阔与时序的永恒。唐人自然也不例外，李远《赠南岳僧》就是较为成功的作品，颔联尤为诗意盎然："曾住衡阳岳寺边，门开江水与云连。数州城郭藏寒树，一片风帆着远天。猿啸不离行道处，客来皆到卧床前。今朝惆怅红尘里，唯忆闲陪尽日眠。"吴师道《吴礼部诗话》："卢纶与李益中表，唱酬交赞，在大历十才子中号为翘楚。"实际上，唐人的酬赠诗在诸多方面都取得了较高的成就，有着极大的审美张力。宇文所安在《初唐诗》一书中对此有这样的评说："终唐一代，应景诗是最普遍的诗歌形式。盛唐诗人并不因为喜爱非应景诗而放弃应景诗，而是将应景诗提高到新的重要层次。在大部分应景诗的复杂意义下面，可以发现简单的应景信息。诗歌设法同时存在于文学界和社交界，成为交流的工具。"（〔美〕宇文所安：《初唐诗》，生活·读书·新知三联书店 2004 年 12 月版，第 305 页）所论充分肯定了应景诗在社会交流与文学创新两个方面的作用与贡献，固然文中所说的应景诗在范畴上也许要大于酬赠诗，但主体上还是指酬赠诗而言的。现就唐人较有成就的酬赠诗分几个方面略作论说。

（一）《大明宫》诗略说

这里所说的"《大明宫》诗"，是指贾至《早朝大明宫》以及由此引起的唱和之词。这几篇《大明宫》诗都可以说是为历代传诵的名篇佳作，笔法精纯，用词华美。这样的雅事、盛事也可以说是我国诗史（特别是酬赠诗历史）上的一段佳话，也进一步促进了传统诗艺的全面提高。赵翼《瓯北诗话》卷一："开元、天宝之间，七律尚未盛行；至德以后，贾至等《早朝大明宫》诸作，互相琢磨，始觉尽善。"所论基本合乎诗歌发展的实际情况，其中着重强调了这一事件对唐代诗歌创作的影响力。唐肃宗乾元元年（758），中书舍人贾至写了一首《早朝大明宫呈两省僚友》："银烛朝天紫陌长，禁城春色晓苍苍。千条弱柳垂青琐，百啭流莺绕建章。剑佩声随玉墀步，衣冠身惹御炉香。共沐恩波凤池里，朝朝染翰侍君王。"王夫之《唐诗评选》卷四谓之"劲调中不乏生色"，就是颇有眼力的评论。关于贾至《早朝大明宫》一诗的创作缘起及引发的众人雅兴，金圣叹对此有这样的议论，于后人很有启发意义："须悟是发兴本是因朝大明宫，忽然一念庆快，遂呈两省僚友。裁诗，却是因呈两省僚友，要其各知庆快，故更补写早朝大明宫。盖举朝如此多官，而独有两省诸公，载其笔墨，侍从天子，高华清切，无能与比，此真不可不知庆快者。"所以，引来当时许多同僚、朋友作了和诗，以诗作为手段对当时的中兴局面和社会现象进行思考，也以此来寻觅新的诗意，于是便有这样的历史话题，众星闪耀，可是，这其中谁又能拔得头筹？见仁见智，各执一词。金圣叹认为："和诗三章，独杜工部别换机杼，他如王之'万国衣冠'，岑之'玉阶千官'，皆是先生一样章法。"（《金圣叹评点唐诗六百首》）王维《和贾至舍人早朝大明宫》这一应酬之作写的是："绛帻鸡人报晓筹，尚衣方进翠云裘。九天阊阖开宫殿，万国衣冠拜冕旒。日色才临仙掌动，香烟欲傍衮龙浮。朝罢须裁五色诏，佩声归到凤池头。"前半实写，最后转为虚化叙事，又见灵动之妙。两诗相比之下，贾作呆滞，无震撼力，而王作把皇家气象写得堂皇、庄重、威严、亲切，从而把中书舍人的荣耀感衬托得更鲜明。有人认为压倒贾至原作的是岑参、杜甫的和作，在群伦中可夺魁首。沈德潜《唐诗别裁集》卷一三就这样认为："早朝倡和诗，右丞正大，嘉州明秀，有鲁、卫之目。贾作平平，杜作无朝之正位，不存可也。""九天阊阖开宫殿，万国衣冠拜冕旒"一联确实呈现一派盛唐气象，何尝有半丝战后衰气，这联压过了少陵的"旌旗日暖龙蛇动，宫殿风微燕雀高"（"燕雀"对"龙蛇"不称，写宫殿环境用"燕雀"也不妥），如系一个经安史大乱而"落魄"的诗人，断无此心胸气魄。应酬诗尚如此，则王维大手笔可知。

杜甫作《和贾至舍人早朝大明宫呈两省僚友》："五夜漏声催晓箭，九重春色醉仙桃。旌旗日暖龙蛇动，宫殿风微燕雀高。朝罢香烟携满袖，诗成珠玉在挥毫。欲知世掌丝纶美，池上于今有凤毛。"岑参《奉和中书舍人贾至早朝大明宫》："鸡鸣紫陌曙光寒，莺啭皇州春色阑。金阙晓钟开万户，玉阶仙仗拥千官。花迎剑珮星初落，柳拂旌旗露未干。独有凤凰池上客，阳春一曲和皆难。"《金圣叹评点唐诗六百首》认为："此亦全依贾舍人样，前解通写早朝，后解专写两省也。若其争奇竞胜，又各有不同者：看他欲写千官入朝，却将一、二反先写千官未入朝时。夫千官未入朝时，则只需'鸡鸣'七字，便写'早'字无不已尽。而今又更别添'莺啭'七字者，意言如此风日韶丽，谁不诗情满抱？然而下朝后各供乃职，王事蹇蹇，竟成不暇，便早为结句

'独有'字、'皆难'字反衬出异样妙色。此又为右丞之所未到也。"

后皇甫曾也有《早朝日寄所知》："长安雪夜见归鸿，紫禁朝天拜舞同。曙色渐分双阙下，漏声遥在百花中。炉烟乍起开仙仗，玉佩才成引上公。共荷发生同雨露，不应黄叶久随风。"沈德潜《唐诗别裁集》卷一四"颔联不让贾、王诸公"，极为正确。又，窦叔向也有《春日早朝应制》这样的作品："紫殿俯千官，春松应合欢。御炉香焰暖，驰道玉声寒。乳燕翻珠缀，祥乌集露盘。宫花一万树，不敢举头看。"王夫之《唐诗评选》卷三认为："其不如岑、杜七言者未能于景外取景，而润秀无强入语，则贤于右丞'绛帻鸡人'矣！一结意开句合，自是名手，五子碌碌，不足步乃公后尘。"

（二）元、白酬赠诗说

明人江进之《亘史外编·雪涛小书》说："香山自有香山之工，前不照古人样，后不照来者议。意到笔随，景到意随，世间一切都着并包囊括入我诗内。诗之境界，到白公不知开扩多少。较诸秦皇、汉武，开边启境，异事同功，名曰'广大教化主'，所自来矣。"指出白诗"意到笔随，景到意随"的拓展之功，应该是正确的，同时，这一成就也少不了酬赠诗的贡献。元、白二人的友谊可以称得上是中国诗史上的一段佳话。他们都是颇有用世志向的文士，二人真可以说是"生同其时，各相为偶，固其人才之敌，亦唯其心之合耳"（吴宽《后同声集序》）。张表臣《珊瑚钩诗话》卷一云："前人作诗，未始和韵。自唐白乐天为杭州刺史，元微之为浙东观察，往来置邮筒，倡和始依韵，而多至千言，少或百数十言，篇章甚富。其自耀云：'曹公谓刘玄德曰：天下英雄，唯使君与操耳。予于微之亦云。'岂诗人豪气，例爱矜夸邪？"

文中所谓和韵从元、白二人首创的说法不一定就对，但指出了二人之间篇章之多的写作特点应该是正确的。二人同年中举及第，仕途路上以道义相聚。他们志趣相投，才情相似，互为推崇，往来之间酬酢的作品自然也多，其中难免有为文造情之处，但元、白二人并不是那种提倡有心、创造无力之人，所以，他们在酬唱领域也多有高妙之作，往往显示出过人的清醒与深刻，展现了他们笃于友情的风范。人生以不得意居多，心中也就免不了有许多哀伤，而这样的哀伤能够与知心朋友一叙，也许就会淡化许多。白居易有《舟中读元九诗》："把君诗卷灯前读，诗尽灯残天未明。眼痛灭灯犹暗坐，逆风吹浪打船声。"元稹马上作《酬乐天舟泊夜读微之诗》以答之："知君暗泊西江岸，读我闲诗欲到明。今夜通州还不睡，满山风雨杜鹃声。"正如前述，人生难免有失意不快的时刻，友朋之间的往来酬赠之作可以尽情地抒发自己心中的那一份愁怨。这一基于共同生存境遇的知己情感的表达，也才能真正动人心魄。读着这样情真意切的往返酬赠之作，真给人以看似清水、饮如醇醪的美感享受。

元稹《闻乐天授江州司马》展现了一曲痛苦心灵的哀歌："残灯无焰影幢幢，此夕闻君谪九江。垂死病中惊坐起，暗风吹雨入寒窗。"全诗仅是一首七绝，但构成的意境却极为深远，深深引起读者的共鸣。《得乐天书》情感真挚，凄婉动人："远信入门先有泪，妻惊女哭问何如。寻常不省曾如此，应是江州司马书！"元稹这样的作品还有许多，如《酬乐天频梦微之》："山水万重书断绝，念君怜我梦相闻。我今因病魂颠倒，唯梦闲人不梦君！"《重赠乐天》："休遣玲珑唱我诗，我诗多是别君词。明朝又向江头别，月落潮平是去时。"赵执信在《谈龙录》谈道："元、白，皮、陆，并世颉颃，以笔墨相娱乐。后来效以唱酬，不必尽佳，要未可废。"另外，杨巨源有《寄江州白司马》诗，因题材相近，一并附记于此："江州司马平安否？惠远东林住得无？湓浦曾闻似衣带，庐峰见说胜香炉。题诗岁晏离鸿断，望阙天遥病鹤孤。莫谩拘牵雨花社，青云依旧是前途。"

（三）刘、柳酬赠诗说

刘、柳二人之情谊比起元、白来那真是有过之而无不及，两者在唐代也可以称得上是争辉比美。刘、柳二人少有

1232

凌云之志，中举入仕后又以道义相聚，同气相求，刚正立朝，树新政，止流俗，力挽狂澜，也希冀能解民于倒悬，但没想到随之而来的是不尽的流贬。不过，人生遭际的艰难并没有完全抹去他们的人生真趣。两度的贬谪生涯，更使他们心扉相通，领悟到与朋友的交往是情感生活的重心，所以，二人常以道义互勉。于是，"以志节之砥砺、心性之涵养、诗文之切磋为主要内容"（伍晓蔓：《江西宗派研究》论临川诸友的"每月一会面"语，巴蜀书社 2005 年 6 月版，第 266 页）的刘柳之交超越了一般的所谓有乐同享、患难与共的境界。柳宗元终于踏上了精神深受创痛的贬谪之路。从某种意义上说，从离开京城的那一刻起，他就注定了要度过人生最后十几年穷边独处的生命。也许在这一时候，诗人也会有"白云满鄣来，黄尘暗天起。关山四面绝，故乡几千里"（刘昶《断句》）的感慨。但令诗人万万没有想到的是，从此，他便在一个新的具有普遍意义的层面上揭示出中国传统文人的一种生命漂泊之感。《衡阳与梦得分路赠别》：

十年憔悴到秦京，谁料翻为岭外行。

伏波故道风烟在，翁仲遗墟草树平。

直以慵疏招物议，休将文字占时名。

今朝不用临河别，垂泪千行便濯缨。

此诗既表现出诗人对文字的敏锐感受力和高超的驱遣力，但更以急遽的时间跨越传递出一种忧郁而激愤的心理感受，时空幅度极其广阔。首联点题，"十年"显期待之漫长，"岭外"写贬所之僻远，时空交感。《金圣叹评点唐诗六百首》深知柳子："不苦在'岭外行'，正苦在'到秦京'。盖'岭外行'是憔悴又起头，反不足又道；'到秦京'是憔悴已结局，不图正不然也。"诗歌接着向纵深开拓，先以历史故实接榫，尽显荒凉萧瑟，后以当下场景贯穿，更是惆怅莫名，末联透过一层，反用李陵《与苏武》"临河濯长缨，念子怅悠悠"诗意，更凸现此番分别的伤痛，宣溢出诗人因之而产生的满腔悲愤。诗歌结构是一种有生命感的审美格式，此诗结构井然，管世铭《读雪山房唐诗序例》"七律凡例"认为此诗起结"皆足为一代楷式"。何焯《唐诗鼓吹》批语卷一指出："路既分而彼此相望，不忍遽行，唯有风烟草树，黯然欲绝也。"物象叠印着诗人的情感，而诗人的情感体验又通过时空的多次奇变而得到层层释放，时间与空间凝缩成一种晶化的艺术境界。刘埙《隐居通议》卷八《律选》："律诗始于唐，盛于唐，然合一代数十家而选其精纯高渺、首尾无瑕者，殆不满百首，何其难也。"柳宗元《衡阳与梦得分路赠别》应无愧属其"精纯高渺、首尾无瑕"之列。刘禹锡则作《再授连州至衡州酬柳柳州赠别》以赠："去国十年同赴召，渡湘千里又分歧。重临事异黄丞相，三黜名惭柳士师。归目并随回雁尽，愁肠正遇断猿时。桂江东过连山下，相望长吟有所思。"王夫之《唐诗评选》

卷四对此极为称赏："字皆如濯，句皆如拔，何必出沈、宋下？'长吟有所思'五字一气。《有所思》乐府篇名，言相望而吟此曲也。于此可得七言命句之法。"

柳宗元又作《重别梦得》续情："二十年来万事同，今朝歧路忽西东。皇恩若许归田去，晚岁当为邻舍翁。"诗歌既有对所谓"皇恩"的睿智反讽，更有对生死之交的信任与期许。诗人从二十年的深挚交谊一直说到眼前的歧路分别，一语道尽世事沧桑，不可逆料，中间寄寓了多少难以回首的风雨与聚散；再以日后宁静和谐的邻里生活相期，获取振作的精神力量，从而宕出远神。短短的一首七绝，意象单纯而丰富，蕴含了如此丰厚的诗心，可见诗人的驾驭体裁能力确非常人之所能及。第一句是时，第二句是空，时空交合；前两句是实景，后两句是意蕴，情景融会，诸多意象相互渗透，构成立体的四维审美时空，转折处又用虚字斡旋，凝聚了诗人高超的语言审美感知能力。诗人意犹未尽，再作《三赠刘员外》："信书成自误，经事渐知非。今日临歧别，何年待汝归？"第一、第二两句是以数年的人生履历而凝成的理思，蕴含了时间在其中，第三句是在时间的片段中做出的空间叙写，正因为有了时空的如此交合，最后深意的抒发便有了更好的落脚点，时间艺术获得了高超的空间效果，富有感情张力。在孤寂和困境中的人们更极力追寻着情感和友谊的珍重与呵护，诗人在失意的境遇中体验和审视着新的情谊，也在更高的层次上深化和丰富着对友情的认识，三首诗歌一线贯穿，可并作一个整体来认读，借用俞陛云《诗境浅说续编》评《长沙驿前南楼感旧》的话，真可谓"知子厚笃于朋友之伦矣"。又如作于宪宗元和十年（815）的《答刘连州邦字》："连璧本难双，分符刺小邦。崩云下漓水，劈箭上浔江。负弩啼寒狖，鸣枹惊夜狵。遥怜郡山好，谢守但临窗。"只不过深厚的情怀采取更为含蓄、理性的方式来表达。

除与刘禹锡的往来酬酢之外，柳宗元还有其他的一些酬赠之作也是情深意切，极为感人，如《韩漳州书报彻上人亡因寄二绝》其一："早岁京华听越吟，闻君江海分逾深。他时若写兰亭会，莫画高僧支道林。"其二："频把琼书出袖中，独吟遗句立秋风。桂江日夜流千里，挥泪何时到甬东。"诗人以一种内心独白的抒情方式倾吐对故人的缅怀之情，先是遥想昔日在长安与灵彻上人的交往，表达无限景仰之情，然后以宕笔展开，往历史更深处回溯，叹赏灵彻上人远胜兰亭盛会上风期高亮、能言善辩的高僧支遁，在时间过程中展现空间物象，丰富空间层面；其二则立足当下，妙用"暗转"手法，"频把""独吟"等等都以空间画面渗透着时间感，再由"桂江"而联想到"甬东"。正如蔡英俊先生所论："时空是人类对外界事物的流动所能知觉到与抽绎的观念。从我生这一刻起，人便占有了空间的位置与时间的起始——空间的恢廓性与时间的流动感，恒是人类所能直觉到的。"（蔡英俊：《李贺诗的象征结构试探》，载卢兴基选编《台湾中国古代文学研究文选》，人民文学出版社1988年1月版，第158页）在诗里，柳宗元以颇似现代电影蒙太奇的手法剪辑组合成两幅简洁而生动的画面，在时空的多维世界中联结物我，创造出时空化合的意境，情尽词满。作为诗歌艺术形式美学的自觉实验者，诗人的《闻彻上人亡寄侍郎杨丈》又换了一种笔法，基本上是从历史时空切入，以彻上人与惠休都姓汤作为联结点，以南朝宋时的鲍照与惠休上人的交游寄托对彻上人的怀念。

《酬曹侍御过象县见寄》则属于"诗从对面飞来"的作品，借以"倾诉其抑郁不平的心情""微婉曲折，沉厚深刻"（沈祖棻：《唐七律诗浅释》，上海古籍出版社1981年3月版，第204页），思想蕴含在诗的意境中，动人心旌，展现了一种诗化的心理时空："破额山前碧玉流，骚人遥驻木兰舟。春风无限潇湘意，欲采蘋花不自由。"表达上更是错综唯意，自由驱使，绘景写意的构思精妙，闪耀着诗意的光彩，末尾化用柳恽《江南春》"汀州采白蘋，日暖江南春。洞庭有归客，潇湘逢故人"和陈子昂《送客》"故人洞庭去，杨柳春风生。相送河洲晚，苍茫别思盈。白蘋已堪把，绿芷复含荣。江南多桂树，归客赠生平"诗意，触处生神，极为切合时地。沈德潜对此称誉不已，在《说诗晬语》中更认为几乎是唐人七绝的巅峰之作，俞陛云《诗境浅说续编》也认为"此诗独淡荡多姿，可入唐人三昧集中"。许浑《送人归吴兴》："绿水棹云月，洞庭归路长。春桥悬酒幔，夜栅集茶樯。箬叶沉溪暖，蘋花绕郭香。应逢柳太守，为说过潇湘。"即由此诗生发而出。另外，《朗州窦常员外寄刘二十八诗见促行骑走笔酬赠》《铜鱼使赴都寄亲友》等诗都展现了时空知觉和形象思维的综合进程，产生了"投荒垂一纪，新诏下荆扉。疑比庄周梦，情如苏武归""行尽关山万里余，到时间井是荒墟"等惊人妙句。柳宗元的酬赠诗还有《雨中赠仙人山贾山人》也是很成功的："寒江夜雨声潺潺，晓云遮尽仙人山。遥知玄豹在深处，下笑羁绊泥涂间。"诗歌从时间向空间滑动，创造了感人的境界，后接以自我解嘲，见出意趣。